华 章
传奇派

品味无限不循环的人生

金眼图

天国密令

·孟繁勇 著

重庆出版集团 重庆出版社

图书在版编目（CIP）数据

金银图. 天国密令 / 孟繁勇著. —重庆 : 重庆出版社, 2021.9
ISBN 978-7-229-15986-3

Ⅰ. ①金… Ⅱ. ①孟… Ⅲ. ①长篇小说–中国–当代 Ⅳ. ①I247.5

中国版本图书馆CIP数据核字（2021）第165783号

金银图. 天国密令

孟繁勇　著

出　　品： 华章同人
出版监制： 徐宪江　秦　琥
责任编辑： 王昌凤
责任印制： 杨　宁
营销编辑： 史青苗　刘晓艳
封面设计： 蒋宏工作室

重庆出版集团 重庆出版社 出版
（重庆市南岸区南滨路162号1幢）
投稿邮箱：bjhztr@vip.163.com
三河市天润建兴印务有限公司　印刷
重庆出版集团图书发行有限公司　发行
邮购电话：010-85869375/76/78转810
重庆出版社天猫旗舰店 cqcbs.tmall.com
全国新华书店经销

开本：880mm × 1230mm　1/32　印张：10.125　字数：205千
2021年11月第1版　2021年11月第1次印刷
定价：45.00元

如有印装质量问题，请致电023-61520678

目录

第一章
致命饭局

刘亦然面前是一张红楠木圆桌，周围五个人正襟危坐，圆桌中央摆放着一盘菜，旁边是尺把长的金色木匣。

菜是嫩玉白菜，盛在黄色的瓷盘中。盘敞口，圈足、弧形壁，底微塌，通体黄釉，色如初升之阳，淡而薄，润色娇嫩，淡雅匀净。

“这是一份毒菜，不知各位是否有意尝一尝？”声音不大，却钻入每个人的耳朵。

“马先生说笑了，我孙老三还没坐在这张桌子前时，就知道要吃毒菜了。”孙老三哈哈大笑，看着在座的其他四人道，“我肯定是要吃的，死就死吧，谁让你坐在这里呢？他们想吃，还吃不着呢。”

马先生没有理会孙老三，接着道：“薛亮先生，您从美国旧金山而来，虽然知道必吃毒菜，但现在还有机会退出。”

薛亮摘下银丝边眼镜，从左上衣兜中取出麂皮眼镜布，缓缓地擦拭着镜片，道：“玉白菜，蔬菜之王。苏尼特羊肋条肉，八瘦两肥，手工剁成肉糜。河北衡水老白干，少许喷洒除味，拌匀盐、糖、胡椒粉。胡萝卜切丁，玉米百粒，搅拌肉糜为馅料。”

镜片在麂皮的擦拭下洁净如新，薛亮轻轻戴上，然后将眼镜布叠好放入衣兜，看向桌上那盘菜：“玉白菜去除叶梗，精选上好叶片，嫩黄小菜叶汆水，再摊凉，包入馅料，上锅蒸熟，薄芡微淋，装盘盛放。只不过……”

薛亮叹了口气，不再说话。

“只不过令人垂涎的菜品，馅料里，不知道放了什么毒？”一个少女的声音道。

孙老三马上接过话：“欧静儿，你是真傻，还是假聪明？你问他这个问题，他会告诉你吗？薛亮，还有你，刘亦然，坐在这里的都是见过生死的人，你到现在也没说句话，是几个意思？算了，不说也罢。我说马卫，你一直在卖关子，死就死，活就活，干吗还弄盘毒菜出来？”

欧静儿轻皱眉头，正要发作，马卫道：“孙老三，你想第一个吃这份毒菜，我怕你还没资格。刘亦然，您来自京城清古斋，若说坐在这里的人谁有资格吃第一口，我想，也就是您了吧？”

孙老三脸皮不青不白，冷笑一声，道：“我是没资格吃啊，谁吃谁先死。也对，既然是清古斋的人，也不能白受名号，你就先吃，让咱们看看，这毒菜吃下去怎么个死法。要是死得难看，咱们兴许直接拿枪把自己崩了，也省得遭罪。”

马卫笑了，道：“我可以向诸位保证，如果单品此毒，味道是有点儿苦，但经用嫩玉白菜的清甜、苏尼特羊肉的鲜香中和之后，甘美的滋味，是可以让人忘记恐惧的。”

薛亮呵呵冷笑，手指敲击着桌面，一字一句慢慢地道：“马先生，如果我猜得没错，上面应该有辆灵车等着，有人死了，直接送到殡仪馆，那里将有一个火化工静候。可悲的是，孙老三，你家人估计赶不及见你最后一面，或许一个小时后，火化工就有活儿干了。”

说着他看向孙老三，接着道：“怕是装着你骨灰的盒子，将被送到香港那条在公海漂荡的船上。”

孙老三昂起头来，并没有发怒，反而哈哈大笑：“薛亮崽子，老子在香港天天见美国华人，你这是吓唬三岁小孩子玩吧？我倒要看看，谁先死谁先活。”

说罢，他看向刘亦然，道：“你要不敢吃，干脆自己把左胳膊卸下来，滚到上面去，赶紧回家找你妈吃奶。”

刘亦然猛地抬头望向孙老三，正要开口，却听欧静儿道：“孙老三，你再这样狂妄，我敢保证，你是今晚第一个死的，你信不信？”

孙老三啪地一拍桌子，大喝道：“怎么，谁要杀我？是你欧静儿，还是你刘亦然？既然大家都要死，还分什么谁先谁后？”

既知死不可避免，那么何必分先后？刘亦然心中一团怒气，随着孙老三的大喝，不知怎么就消失了。

怎么就成了这般情景？

他缓缓拿起镶嵌着白银的竹筷，银制的筷尾方正，尖利的筷头却与尖刀相仿。在众人的注视下，他将银筷缓缓伸向嫩玉白菜，夹起一个菜卷，送进口中。

鲜香充盈口齿，而这美味之中，隐藏着骇人的杀机。如果没有解药，刘亦然深知必死无疑。他从来没想过，竟然会有一个时刻，没有任何人威逼，自己会主动触碰死亡。

放下银筷，他屏息静气，安然端坐，不知死亡何时来临。

五个小时前，刘亦然还在北京前门大栅栏清古斋重张开业的店铺，接到一个饭局邀请的电话之后，他被一辆日产尼桑车接到首都机场，登上了飞往南京的航班。

饭局在南京，接机的奔驰车将刘亦然送到一处水系环绕的私人会所，两名身着红色旗袍的服务员，将他引至会所内。只见偌大院落，游廊曲折，假山掩映绿植，耳畔丝竹声起，窗棂透出明黄的灯光，不知是什么豪门夜宴，里面又是何方贵客。

穿过院落，前方是青石小桥，继续前行，夜色下烛影摇红，青灯如豆，照出一条鹅卵石铺就的两尺余宽的翠路来。沿着石路转左向右，翠色愈密，两名服务员将他引至一处所在，停了下来，手指向前方一块巨石，随即后退不见。

刘亦然愕然，左右相顾，不见人影。

请客请客，主人家却不来见面，该往何处？他正在犹豫，突然听到轻轻的咔嗒声，两行地灯亮起，前方出现了一条灯路，通向不知名的所在。

刘亦然顺着灯路小心翼翼前行。他发现是在往下方走，地势渐渐下沉，四处只闻越来越响的水声。最后灯路中断在一块高大的巨石前。他走至近处，只见巨石中间有三米左右宽的缝隙，一阵凉风吹来，隐隐听到黑洞洞的缝隙处似有人声。

他停下脚步，正考虑要不要继续前行，突然一个声音传来：“刘先生，请向前走，放心，这次南京饭局正是设在此处。”

话音未落，灯光大亮，刘亦然这才看清，巨石缝隙原来是一扇青铜门。那个声音再次响起：“刘先生，欧静儿会来接你。她可是调皮，早就听说过你的大名。”

随着声音消失，厚重的青铜门缓缓向两边开启，一个妍丽的少女出现在刘亦然面前。

“刘亦然，我和马叔叔打赌，你不过是个普通人。”欧静儿看着刘亦然的眼睛道，“清古斋的女婿，也不见得有多帅嘛。”

刘亦然道：“我还不是……”

欧静儿拦住他的话，道：“你是不是谁的女婿，和我有什么关系？我只是好奇，壬申年戊申月庚辰日巳时[1]，清古斋重张开业，会派什么样的人来赴宴。你不高兴了？不高兴，人会更丑的。哟，你不会欺负一个十九岁的女孩儿吧？”

1　1992年9月1日上午9点。

小姑娘连珠炮似的发问，让刘亦然措手不及，他一时不知如何回答，只得道：“你看到我了，然后呢？”

欧静儿笑道：“你可真逗，你以为我想看你啊？只是下面的空气太紧张了，我上来透透气。谁知道这是不是死之前，呼吸到的最后一口新鲜空气？”

她抬起头来望向夜空，叹了口气：“活着真好。刘亦然，你说，如果你今天死了，会不会庆幸最后一眼看到的是我？”

刘亦然不语，只是看着她。欧静儿又道：“我倒是很庆幸，今天死的人里竟然有清古斋的朋友。”

话一出口，她又咯咯笑了，道：“刘亦然啊刘亦然，你到底要不要活着出去？”

刘亦然道：“不知道，但我不想死在这里。”

欧静儿没想到他会如此回答，沉默半晌，方道：“我不懂你在说什么，但你要是想死，就得下去吃这顿饭。”

说罢，她引着刘亦然踏过青铜门，只见一道旋转的青石楼梯径直向下。一步步走去，远处是绵延的黑暗，仿佛伸向深不见底的地心，每向下一个台阶，前方地灯方才显现，一盏盏将光明引入地下。刘亦然心中细算，这里至少有二十五米深。

下行越深，湿润之气越浓，一丝清香飘过，沁人心脾。不一会儿，一孔三丈余高的洞穴出现在眼前。刘亦然随着欧静儿转进来，前方豁然开朗，数百株金茶花绽放，花色金黄，雍容秀丽。

绕过金茶花，向下竟又是一层，水声隐隐传来，梧桐树枝繁叶绿，沿高十余米的阔大空间遍栽，正中央是一处三进的穿堂四合院建筑，青砖斗子墙，屋顶小青瓦。水磨对缝如丝，清水一色素雅。方砖砌成层层推出的额枋，两侧为砖雕垂柱，简洁精美，圆润大气。

院门前有两排共四人守候，见到欧静儿，齐齐躬身，打开朱漆扇门，两人方才进入。院内青砖铺地，砖雕细腻，窗棂阖开，梧桐树四角安植，蜡梅、水仙、兜兰争芳夺彩，迎春、天竺、瑞香各呈其姿，却也雅致幽静。

穿院过房，直至坐在那张红楠木的圆桌前，等待其他三人到来时听马卫说起，刘亦然方恍然大悟，这里是一处地下溶洞：分为三层，一层石，二层花，三层树，其间有天然水系环绕，俗称石包水。溶洞核心位置建有一处院落，专为招待贵客之用，其所在隐秘，外界均不可知。

又有人陆续到来，对此皆惊讶不已。孙老三道："马先生，你选的好地方，就算是死，也能在地府里吹嘘一回了。连阎王爷，也未必能住到这种神奇的房子。"

两名穿旗袍的服务员茶沏普洱，六道奉上。马卫端起一杯，道："孙老三，你能来参加饭局，应该庆幸。若不是你大哥去世，还真是轮不到你来见世面。"

孙老三呵呵笑道："我大哥寿高，经见得多，也算活过一回。我不来，怎么能遇到薛亮？他家的公司在全世界各地捞宝藏。还有欧静儿，听说你父母身体不好，你不在日本好好上学，特意回国代替你爸妈来。明知来了就要死，可你父母还是让你来了。你们欧家人还真是要钱不要命啊！”

欧静儿笑道：“孙老三，爸爸听说你要来，特意叮嘱我，一定要和你多说话。”

孙老三一愣，道：“怎么，你爸爸是听说过我孙老三的名号，让你求我保你的命吧？”

薛亮笑道：“长耳朵是听人说话的，人家常说人要有脑子，是为了明白这话是好是歹。”

孙老三眼珠转转，猛地站起身来，想了想又坐下了，道：“我敬重你欧家，你倒是盼着我活不了。和死人多说话，日后说起来，孙老三死前说些什么，你能去香港换笔买卖了。你就这么自信，清古斋的人都未必能活，你能活得了？”

欧静儿面色一变，正欲发作，突然一个新的声音插了进来：“谁死谁活，都别讲得太早。马卫请我们来，我们要是都死了，他这笔买卖人情还怎么做？”

马卫起身，面露喜色，道：“周华，你来晚了，但你到底还是来了。”

一个中年男子施施然坐下，才道：“这种事情，我不来还有什么意思？我说孙老三，来到大先生的地盘，有你大哥说话的份儿，还真没有你出声的资格。”

孙老三看了看马卫，又看了看薛亮、刘亦然、欧静儿，没有一个人说话，终于闷哼一声，端起茶杯自顾自饮起来。

马卫道："既然客人们都到了，大先生吩咐过，今天他临时有急事，非他不能解决，所以叮嘱我好好招待大家。不多说了，开始上菜。"

两男两女鱼贯而入，搭配成对，分别抬一朱漆食盒。第一对打开食盒取出菜品：嫩玉白菜。第二对更显谨慎，将盒中的金色木匣轻放至桌上，才躬身退去。

六名女服务员分列伺候，每人面前皆玉碗金樽，五粮液斟了满杯，马卫站起身，手举金樽道："诸位，大先生交代鄙人准备饭局。此前分别联系，符合条件、有实力参与者共二十一位。"

孙老三截住话头，道："可敢吃你家毒菜的，只有我们五个人。"

周华笑道："孙老三，孙老板，若不是你大哥意外去世，哪儿轮得到你坐在这张桌上？大先生念及旧情，你可不要乱说话，无事搅局。"

孙老三哼了一声。马卫接着道："大先生提起饭局，特意交代过，此次召集诸位，是为了一宗宝藏，史传'金银如海'。大先生真心实意，愿意向诸位提供信息，共同挖掘宝藏。"

说到此处马卫神情一凛，指着桌上的金色木匣，道："盒内所装之物，想必诸位都能猜到，和那笔宝藏息息相关。诸位名声在外，都是能够从针尖掘金的高手，窥一知全。大先生说了，要是有人起了贪念，看到信息知道了宝藏的秘密，分财自然可惜，独吞更合其意。"

欧静儿道："那么多钱，要来有什么意思？要不是爸爸逼着我来，我可不蹚这一池浑水。"

马卫笑道："欧家人自然不缺钱，可别人未必。大先生说了，诸位都是刀口生存的人，见多识广，干买卖先想退路。赚钱事小，命大是真。依我说，诸位先小人，后君子。无法想象的宝藏就在眼前，要开盒观看，敬请品尝毒菜，这是来赴宴的前提条件。"

薛亮道："既然这样，我倒要请教，欧家请的是谁？"

欧静儿冷笑道："你是想说，来的应该是我父母，而不是我这个小孩子，对吗？"

薛亮没有说话，看向马卫。马卫道："这一点不必担心，请稍等。"

他一挥手，一名服务员取来一台贝特丽电话，红色的座机放在红楠木桌上，一条长长的电话线，沿着话机向外延伸。马卫拨通电话，摁开免提，阵阵咳嗽从话筒中传来："我是欧家明，我的女儿欧静儿，可以代替我做出一切决定，包括品尝美酒佳肴。若有差错，生死与诸位无关。"

马卫道："欧先生，欧静儿在这里，您有什么话要现在和她说？"

欧家明道："静儿，你怕不怕死？若是你死了，别怕，我和你妈妈随后跟着你去。"

欧静儿肩膀微动，声带泣音，却没有说一句话。

电话挂断了，马卫道："欧先生在日本需要做一个重要手术，欧静儿代替父母前来，大先生知道后劝了几次，但欧家人一定要参与，不计生死。当然，四道菜吃完之后，如果最后诸位能够参与此事，事成之后自然会有解药奉上。若知道相关信息，却走漏风声，也就莫怪毒发身亡、尸骨无存了。不过，为这一笔金银如海的财富丢了性命，也算是值得。”

“这是一份毒菜，不知各位是否有意尝一尝？”马卫的声音不大，却钻入每个人的耳朵。

刘亦然夹菜入口，只觉得众人的目光都盯在他身上。

孙老三抢先道：“清古斋的女婿，这一口菜什么滋味啊？哎呀，你从报社辞了职，跟着你老丈人在前门重开店铺，死在这里可惜了。你要是现在退出，我孙老三保你一条命。”

刘亦然并不看他，而是看向桌上那只金色木匣，道：“你既然摸了我的底，那你有没有兴趣摸摸匣内有什么东西，值得你吃一口毒菜？”

他双眼紧盯孙老三，孙老三脸色紫涨，拿起银筷，夹了一只菜卷，放入口中大嚼，道：“来来来，你们还等着有人喂？找死的事，还是自己来最好。”

薛亮、欧静儿、周华分别夹菜入口，慢慢品尝，谁也没有说话。

室内一时寂静，孙老三急躁起来，拍着桌子叫道：“马老板，马先生，马卫，你这是要等我们都死干净了，才把那匣里的东西拿出来，是不是？”

孙老三话一出口，众人倒没什么，欧静儿突然脆生生地笑起来。孙老三一时有些莫名其妙，欧静儿手指抬起，向他指了三下。

孙老三道：“欧家姑娘，张嘴是要说话的，你说我能听明白，你这手指了我三下，是要做什么？”

欧静儿摇了摇头，叹息一声：“爸爸说得对，如果有人想找死，那可真是任凭谁都拦不住。”

薛亮道：“孙老三，你还想不想看看木匣里是什么？要我说，你就不该来，白扔一条命。”

孙老三张了张嘴正要说话，刘亦然突然起身，伸手径直打开了木匣。瞬间，所有人的目光都看向刘亦然手中之物：一枚铜钱。

铜钱直径十点一厘米，厚一点四厘米，约重八百克，上刻“太平天国”四字。正面内外轮相距两厘米[1]，两条五爪金龙，昂首欲腾云而起，正中龙珠，纹样波动若水，正是双龙戏珠图案。

铜钱背面，刻有繁体“圣宝”二字，周雕云雷、如意、鱼跃等吉祥纹样，莲花座下雕有莲花一朵，精美如许。

“太平天国！”薛亮失声叫道，随后一拍前额，看向马卫，“我这才明白过来，为什么要将饭局设在南京城了。”

周华冷笑道：“薛老板，你可真会演戏。按理说，不应该啊，你虽然人在美国旧金山，可马卫也不会没摸清你的底，就请你来吃

---

1 指钱币中间的方孔。

一顿泼天的财富盛宴吧？”

薛亮脸色一变，道：“我有什么底牌，你未必知道吧？可你的底是什么，我一清二楚。”

周华哈哈一笑，道：“那是当然了，你薛老板是做什么的？CC系的后人，中统权势熏天，蒋家天下陈家党，你家祖上，本就是陈氏兄弟的嫡系。陈家人去美国避难，中统也没有了，但你薛老板搞中统的那一套手法可一点不见少。要不然，你们开设的公司能在全世界捞宝藏？别人不明白，你以为大先生不知道薛老板是如何起的家？”

薛亮冷笑连连，欧静儿赶忙站起来道：“叔叔们，你们是来吵架的，还是来吃饭的？没点儿本事，谁能坐到这饭桌上？别耍脾气行不行？就算我年纪小，也能分清主次。你们再长几岁，都能当我父亲了，叫声叔叔也不为过。叔叔们就别吵了，一起来看看这枚铜钱有什么秘密才是正事。”

薛亮看她一眼，嘟囔道：“我有周华那么老吗？你可真会说话。”

欧静儿一笑，一双大眼睛忽闪着看向在座五人。

孙老三笑道：“世侄女，好，我就认你当个世侄女，依我看啊，这枚铜钱，它不是钱啊。”

说完，他得意地看向众人，见无人答腔，又转向欧静儿，道：

“我来教教你，太平天国十四年间[1]铸造过的铜钱，正面或是‘太平天国’‘天国圣宝’‘天国太平’等，背面是‘圣宝’或‘天国’‘太平’不一，不过这是1860年前的制式。进驻苏南、浙江，尤其是打下天京后，铸造铜钱时改成了‘太平天国圣宝’六字制。照这个变化，这枚铜钱显然不是通用钱。”

马卫道：“不愧是香港古玩行里的顶尖家族。没错，这还真不是一枚通用钱。”

孙老三经马卫一夸，更来了精神，抢着道：“这枚钱我在香港见过一次图样，叫镇库钱[2]。我大哥当时还说，背后有大秘密，一直追查原主是谁，铜钱在什么地方。没想到在南京给遇到了。能看到太平天国的镇库钱，吃上一口毒菜，也是该着了。”

说着，孙老三又夹菜入口，放下筷子才道：“这有毒的菜，看来吃得值，各位不再品尝一下吗？”

马卫道：“还有三道菜，众位不急，慢慢品。”

薛亮道：“那就是还有三件东西与宝藏有关系？”

刘亦然突然道：“应该说，想看东西就得吃毒菜。吃完四道毒菜，见到四件东西，了解的秘密越多，死得也就越快。”

薛亮不由看向刘亦然，呵呵一笑，夹起菜吃了一口，道：“清

1　1851—1864年。

2　为了镇灾驱邪，祈求吉祥富贵、永镇财富，朝廷在铸币时，多在库房中设神堂，以供奉财神、仓主、土地、火神等神位。神堂香案上方，大都悬挂一枚特制大型钱币，其上披红绸，下挂流苏，谓之“镇库钱”。

古斋的人怕死，还真是从来没听说过。”

欧静儿也看向刘亦然，道：“亦然哥哥，你说得这么可怕，那你吃不吃呢？”

刘亦然听欧静儿突然叫自己哥哥，不由一怔，看她忽闪忽闪的大眼睛直盯着自己，只得道：“你话都说到这份上了，我不吃也得吃啊。”说着，便用银筷夹菜吃了。

孙老三笑道：“镇库钱既然有，那就说明，金银如海的宝藏有可能是真的。还有两个菜卷，好吃得很，世侄女，周老板，你们两个一人一个，咱们紧着看下一件东西呢。”

欧静儿、周华互看一眼，一人一个菜卷吃完，黄盘撤下，马卫轻轻点头，两男两女依前式样，同样一菜一匣，摆放在桌上。

红泥汤锅分上下两层，下点炭火，通红明彻，燃着似有似无的火焰，黄白焰火将汤锅催出热浪，顺着锅沿溜出阵阵清香。服务员轻揭锅盖，犹如仙山云腾，香气随着乳白色的汤水滚沸弥漫房间。

马卫道：“松茸血鸡云外鲜，采自蒙顶山天将树下松茸，九十分钟后送上飞机，空运至南京。鸡是亮甲屯小赤鸡，血水放净，三次洗滤，与松茸之香天衣无缝地融合在一起。”

服务员把碗一一置放于众人面前。欧静儿缓缓吸了一口气，似是要将弥漫室内的香味一点点吸入，再拿起羹勺，舀汤入喉，这才道：“松茸血鸡云外鲜，爸爸说过，云外鲜品的不是汤，嗅的是真味。今日一见，味与汤，两下里结合，先嗅其味，再品其汤，那真是嗅觉与味觉的完美结合。我以为爸爸夸张了，今天一品，为着那一刻的美妙若仙，真是死了也值。”说着，她有意无意看向孙老三。

“你要吓到我了。”孙老三呵呵冷笑，也拿起羹勺喝了一口，“欧静儿先喝了汤，我再替诸位试了毒菜，滋味怎么样，你们都知道了。现在由我打开木匣，诸位没意见吧？”

众人还没有表示，他已抢先伸手将木匣打开，里面有一物，用金丝红布覆盖，看不真切。

周华不由取笑道：“孙老三，我看你就是手臭，让你打开，还是看不到。”

孙老三正要揭开金丝红布，周华又道：“且慢，你的彩头不好。依我看，让欧静儿来揭开秘密，诸位看如何？”

孙老三不满地道：“开个匣要死要活，揭块布，也要这么麻烦。”

周华道：“我听说香港人最讲究彩头了，你要是不怕，你就揭开试试？”

孙老三面色一变，似乎有些犹豫，欧静儿已伸手揭开了金丝红布，原来摆放的是一个砝码，其上赫然写着“天朝圣库”四字。

众人哄然一声，不由都站起身来。孙老三一把抢过砝码，拿在手中细看。只见砝码铜色赤黄，呈扁圆形，与小鼓相仿，平整如切。高四厘米多，顶、底两面同大，约七厘米，砝码腰处约八厘米。顶面中间以楷书阴刻“天朝圣库”四字，左侧刻“库砝”，右侧刻“校准”。

孙老三将砝码翻过来，只见底面正中直行双钩楷书，上写“伍十两”，左侧直行刻“寿春右营”。他突然哈哈大笑，将砝码掂起，大声喝道：“马卫，我们以命相陪吃毒菜，你却以假东西来蒙骗我们。我孙老三虽然粗鲁，但好歹在行业里混了这么多年，你以为害了我们，就能独吞藏银？”

众人脸色大变，周华猛地站起来，从孙老三手中接过砝码细细查看。

孙老三接着道：“我虽不知这里位于南京何处，但临走时交代了，我两日不回，孙家拼了老本也要查出你在什么地方，以全部身家追杀你，到时你求死不能。识相的，把解药交出来！”

马卫不急不恼，反而笑颜渐开，端起金樽饮了一口。

孙老三怒气冲冲，问道：“你笑什么？我死了，你也活不成。”

欧静儿笑道：“孙叔叔，他在笑你没见识。来之前倒是做足了功课，可惜只是石头知识，只知强记硬背，一对一，硬碰硬，丝毫没有变通之力，真假都看不出来，一下就被人摸了个底掉。”

此时周华已将砝码放进匣中，仍坐回椅上，对孙老三道：“你别急，你脑子糊涂，欧静儿可聪明得很。”

孙老三气极攻心，大喝道：“周华，你说什么？谁脑子糊涂？你敢再说一遍？信不信今天你走出这地穴，只要出现在南京城，任你躲在哪里，我带的那十二个兄弟都能找到你，让你死上十八遍。”

欧静儿道：“孙叔叔，你吃了毒菜，已经变傻了吗？被人一激，把自己的全部实力就一一摆明了，又说了老底，不管这事成不成，你算是没资格坐在这里了，这笔大财富从此刻起也和你无关了。这件事拼的是脑力智识，你有脑袋，只不过里面没东西，纯是一团糨糊。”

孙老三大怒道：“你个小丫头片子说清楚了，我怎么就没资格坐在这里了？说不清楚，连你一块杀了。别人怕你欧家，我孙老三可不怕。”

欧静儿笑道：“我要说得清楚呢？”

孙老三道：“你说得清楚，我孙老三给你当牛作马，任你骑来任你打。”

说完，他嘿嘿连笑，两只眼睛不怀好意地盯着欧静儿。

见此情景，薛亮不由冷笑道：“孙老三，说你傻你还不信，欧静儿嘲笑你，是为救你一命，你竟然还想着邪门歪道，这就叫自作孽不可活。”

孙老三一怔，一时没明白是什么意思。他看了一眼薛亮，见他没有开玩笑的意思，再看看欧静儿，只见小姑娘神情严肃。

欧静儿道：“嗯，暗语不如明言，我是想救他一命。这个人傻是傻，倒是有把子力气，抬银子的时候可以开条路。”

周华不由哈哈大笑，道：“宝藏这事，八字都没一撇呢，你就这么自信？”

孙老三摸摸头，怒急反笑，道：“你们几个是在把我当猴耍吗？”

周华止住笑声，认真地看着孙老三道：“明着告诉你，你今天坐在这里，是对在座所有人的讽刺。你根本没资格，你是怎么拿到宴席请柬的，以为只有天知道吗？”

孙老三似乎被周华揭了老底，说中心事，左脸肌肉猛跳，右脸却僵硬如铁，看来怪模怪样。

砝码端端正正摆在匣中，灯下看来极为分明。欧静儿清清嗓子道：“孙叔叔，你说砝码是假的，无非是对‘寿春右营’有怀疑。寿春本楚邑，至秦置县，晋朝时改为寿阳，后魏仍称寿春，隋朝时称寿州，唐代改为寿春郡，至宋时称为寿州、寿春郡，升寿春府。明初仍称寿州，清朝延续，到了如今的时代称为安徽寿县。砝码上刻的寿春，指的正是此地。”

听她一五一十细细讲来，孙老三面色逐渐缓和下来。

欧静儿又道：“孙叔叔，不知你花了多少钱，又是谁教了你，你说这是假的，是你那老师告诉过你，太平天国乡官军、师、旅帅，都以前、后、左、右、中分营，每军以数字编排，根本没有以地名冠在营之上的。军队以队编制，称为某某王或某某将帅部队，地名贯在营地之前的，也从来没有，对不对？”

孙老三眼里的狂热与怒气，随着欧静儿的话一点点消失，面露惊讶之色。显然，欧静儿说得分毫不差。

欧静儿见孙老三怒气渐消，不慌不忙接着道：“寿春右营既然不是太平天国的建制，那究竟代表着什么？其实这一点儿也不复杂。”

薛亮笑道：“你就不要再卖关子了，你没看到孙老三一脸闷葫芦的样子？”

欧静儿扑哧一乐，道：“也好，不逗他了。1857年春，捻军张洛行率队伍过了淮南，当时的寿州随之响应，捻军并不按太平军编制。1864年，天京城破，捻军任化邦、张宗禹请天国遵王赖文光领导，这时才按太平军制对捻军进行整编。以寿春地名为号，是捻军在进行整编之前所用建制名号。他们编入太平军后，沿袭太平军前后左右中分营，称为寿春右营。这枚砝码应为当时所用，有真无假。”

薛亮不由叹口气，道：“欧家小姐果然不负家族名声。你父亲放心派你前来，看来也是做足了准备的。”

欧静儿对薛亮一笑示之，接着道：“此次设下宝藏盛宴，主人诚意十足，奉上砝码，除了要证明圣库为真，可能还有其他用意，我才疏学浅，不自知了。”

孙老三这才服气，道：“你个小丫头，年龄不大，本事不小。你叫我一声孙叔叔，我也就认你这个侄女。”

欧静儿却没有动静，也不笑，更没有应腔。

周华冷笑道：“好手段，你几句话说完，就把孙老三收了去。”

欧静儿看他一眼，不由正色道：“对，我是要收他，那又如何？”

说着，她站起身，端起金樽对孙老三道：“孙叔叔，你认了我做侄女，只有好处，没有坏处。我先敬你一杯，叫声叔叔，从此不是外人了。”

孙老三端起杯正要喝下，却听薛亮道：“孙老三，酒杯好端，不好喝。欧静儿刚刚承认了要收你，这会儿你又傻呵呵地去喝这杯酒。你们只要碰了杯，立即形成一种关系，最起码不是敌对。你们两个是朋友，在座的都是想找圣库宝藏的，那和我们就成敌人了。五个人，本来是一对一，欧静儿不敬你酒，仍是一人归一人。你喝了她的酒，就是和我们对抗。依我说，你还是老老实实坐下来，听听东家怎么说吧。”

孙老三端着杯，见欧静儿早已饮干杯中酒，坐下来笑眯眯地看着他，他又看向薛亮、周华、马卫等人，一个个只是瞧着他笑，却并不说话。孙老三一时犹豫，这杯酒喝也不是，不喝也不是，只得手拿酒杯，尴尬地坐了下来。

周华见孙老三坐下，这才道：“孙老三，我倒想知道，欧静儿方才说过，你有一个老师告诉了你一些信息，这个老师有点儿军师的意思，他怎么知道会有砝码？”

孙老三脸色一变，正要作答，周华抢先道：“你不用讲，我倒是想知道，这么严密的饭局，我们谁都不知道有砝码，你却早早就知道了，说吧，你那军师是谁？找到了他，就能知道是谁走漏了风声。”

这次孙老三只是冷笑，周华又道："你早就知道要吃毒菜，你那个军师只怕为防万一，让你吃遍了防毒之药，就是为了翻脸时能保命，我说得对不对？"

孙老三反而没有发怒，直视周华道："你难道是我拉出的屁屁，怎么什么都知道？"

马卫脸色阴沉，道："我现在明白了，这场饭局，有人做了局中局。我本以为是我们大先生邀请诸位一起发笔大财，现在看来，大先生要失望了。我们相信诸位，可这场饭局，却原来是你一直在操控着。"

众人大吃一惊，不知马卫在和谁说话。马卫深吸一口气，似乎做了一个重大决定，大喝一声："站出来吧，似你这等小人作风，倒是玷污了你家的名声。"

突然，室内灯光全灭，一片漆黑之中，只听得几声大喝，打斗之声四起。灯光再亮时，孙老三右眼上插着一支银筷，口吐鲜血，刘亦然的手上，则有一支染了血迹的筷子。桌上的两件文物却已不见。

马卫大叫道："刘亦然，你杀了孙老三，今天就算是有十条命，也得留在这儿。"

刘亦然茫然失措，巨大的变故让他的身体如同石头一样僵硬。他看着手上的血筷，努力地抬起头来，眼看着四名彪形大汉，面露凶恶之色，朝着他一步步走来。

第二章
妙手丹青

北京清古斋，选定吉时 9月1日上午九点，在前门大栅栏重张开业。

两进院，前店后厂，门面不大，朱门两扇，撩开帘，双人可齐进有余。明窗六档，一眼望去，店内瞧门外，门外看店内，四下里一览无余。

掌柜陈刚，店小二陈蕾、刘亦然，开业三天大酬宾，三项业务张贴店内：鉴宝五折、修复古董六折，寄售店内，行规收取佣金两成。

开业当天，“老鬼崔”崔魁送来刘亦然的离职批准书，鲜红的报社印章盖在纸面上，从此之后，刘亦然不再是媒体记者了。

陈蕾看着上面刘亦然的签名，道：“什么时候看我厌烦了，出门口向左九十米，201路公交车等车，五分钟一趟，七站地下车，照样找你的崔师傅。”

陈刚给崔魁沏了一杯茉莉花茶，崔魁闻了闻，道：“我瞅着好，闻着香，不过你别骗我，你的镇店之宝呢？取出来看看，想用一杯茉莉打发我，也亏着你的心了。”

刘亦然笑道：“崔师傅，您可别心太急了。要说镇店之宝，其实在那里。”说着，他指了指店外，两条大红杭州丝绸垂下，清古斋的匾额，高高悬挂其上。

崔魁哈哈大笑，道：“我常听人讲，清古斋的镇店之宝是陈家人的眼睛。不过，这句话你要八十年前说，北京城街面有的是人信。你陈刚现在重开清古斋，把你家姑娘也从故宫拉出来，竟然辞了职，陪你闹着玩……”

他话还没说完，陈蕾看准了时机忙道：“崔叔叔，您误会了。不是爸爸让我辞职的，而是爸爸重开清古斋，我妈不愿意，但又拦不住，没有人帮忙不行，是我主动提出辞职的。”她顿了一下，“亦然担心我们父女俩操劳过重，也没和我商量，自己辞了工作突然跑到家里，直接当起店小二来了。”

崔魁意味深长地看了一眼刘亦然，道：“也好，跟着你岳父学本事，比跟着我这个师傅学写文章强。”

听了这话，陈蕾脸色发红，忙低下头，找出一块抹布，顺手在洁净的柜台玻璃上擦拭起来。

刘亦然尴尬地拿起茶壶，给崔魁杯中续茶，不自然地笑了笑。

陈刚向崔魁努努嘴，手朝天上一指，做了个成道的手势。崔魁咂摸了一下恍然大悟，口中有字形无声音，问陈刚：“李小军？没活着出来？”

陈刚点点头，道：“你来不只是为了喝我这杯茉莉的吧？有什么事赶紧说，说完了赶紧走，省得占着我的地方，耽误招待客人。”

崔魁不由笑了，道：“陈刚啊陈刚，我这贺礼少吗？还是我人情浅？你倒是想赶我走，没那么容易。你眼睛毒，早看见外面有个人一直远远地盯着屋里吧？你不用猜，那人是我朋友，他脸皮薄，家里有个东西，想让你过过眼。”

说着，他也不待陈刚答腔，向着外面招手。须臾，门帘一挑，一个四十多岁的中年人，身材微胖，个头不高，手拿一只淡蓝色粗布兜走进店内。

刘亦然摆椅让座，陈蕾小心奉茶，崔魁道：“诸葛聪，这是清古斋掌柜陈刚。你说要我帮忙，我人情到了，卖了一个面皮。”又对陈刚道，“老陈，诸葛这个姓，你们陈家应该不陌生。”

陈刚沉思片刻，突然道：“诸葛云明是你家什么人？”

诸葛聪站起来，微微欠身，道：“惭愧，老东家，您还记得诸葛云明，那是我家祖上。”

陈刚恍然大悟，猛地站起身，一步跨过来，拉住诸葛聪的手，声音微颤道：“你家祖上，曾是我清古斋大查柜[1]。”

诸葛聪道：“老东家，这么多年过去了，陈家人还记着诸葛的名字，我也是有福了。听说清古斋重张开业，我不敢来，就担心

1　大查柜，总经理的意思。

自己的名字轻，不易记。知道老东家与崔老师是好朋友，交到心的人，这才找到崔老师，一为着遮丑，二为着引荐。万一不记得了，还有个退路，不至于羞祖上脸面。”

崔魁张罗道：“两位，还是坐下来说话。依我看，故人相遇总是喜事。我这份人情，也算做到位了。他诸葛聪的话，我来替他说吧，诸葛家的人，还想着为清古斋出份力，也算是没白耽搁了自己的本事。”

诸葛聪小心解开蓝布兜，露出一个紫红色的漆盒，轻轻打开，里面是一方紫铜印章。他将印章侧放，五个篆字，古雅质朴，一一显露。

陈刚哎呀一声，道：“这莫不是……”

诸葛聪轻声道：“前门大栅栏。”

陈刚双手捧着印章，看着那五字篆文，口中喃喃道：“清古万向斋。”

诸葛聪道：“那一年清古斋关张，遣散了众伙计，此印也不知所踪。十五年前，我父亲有一次出差去济南，办完事后在药王楼闲逛，不意发现了此印，不知为何流落到山东，几经还价买了来，一直放在家里。后来父亲因病去世，走的时候还说，若是上天有眼，来日清古斋重开，物归原主，老东家必会感念。”

陈刚双眼含泪，称谢不已，说定时机恰当，诸葛聪辞去原单位工作，留在店内，物来物去，掌眼观瞧。平日由陈蕾、刘亦然看店打理，陈刚在后院修补文玩，若有贵重之物，自是引入后厢房。

清古斋重张，行业内传开，天南地北多有人来。来者众多，皆有贺礼。那日陈蕾一算账，迎来送往，一天竟收了两年房租，就算是无买卖，仅支付日常杂费开销，也能支撑七百来天了。

这天，陈刚正在屋内修复一件青花瓷器，门一响，陈蕾引进一位客人。来人拎一只皮箱，打开来，赫然是五十厘米高的青铜器。

那人道："我居然活着看到清古斋重张开业，也是有福气了。"

见他语气不善，陈刚站起身来，还没让座，来人已经大剌剌自己坐在雕花靠背椅上，问道："有没有老茶？我喜欢老，不耐烦新茶。话讲明白了，我就是来找事的，你清古斋号称万向不惧，这招牌能不能挂得住，店开不开得起来，你有什么能耐，先要露两手瞧瞧。"

陈蕾道："这话您说第二遍了，也谢谢您肯跟着我进来。我猜，您是怕在外面丢了面子，回去不好交代吧？"

来人冷笑道："姑娘，有你父亲在，你还是去端茶过来，这事是你现在该做的。也别生气，父在子不显，老话，你不认？"

陈刚明白遇到正主了，手中不闲，从茶盘取出一只新杯，将自喝茶满斟，递到来人手边，见那人接过，方道："清古斋重开，我一直等着这一天，早知道必有人来。一直等到今天，您才露面，是找不到好物，还是舍不得让自家宝贝见人？"

来人呵呵笑道："陈掌柜，话说得真硬气，可不知道您这双眼含糊不含糊。"

说着，他喝一口茶，嗯了一声，将茶杯向前一伸，说声“请吧”，二郎腿一翘，再不言语。

陈刚道：“蕾儿，今天你也瞧瞧，这是难得的好物啊。可惜了，这位先生是为砸场子来的，要不然，有这把手艺，也真是好朋友，可以喝上两杯衡水老白干了。”

陈蕾忙道：“我看，人家未必是来砸场子的，倒像是来交朋友的。如果说是砸场子，干吗来屋里？直接在店里面，当着众人的面，把我和亦然的眼睛扣出来，摔在清古斋三个字上不就得了？屈尊来后院见您，这意思不明摆着吗？”

来人一愣，随后哈哈大笑，看着陈蕾道：“行，陈掌柜，你这姑娘比你心眼多。她刚才在店面不愿说，是因为她瞧出来了。她说是假的，我失了面子，她结下梁子，那就是仇人；她说是真的，她是晚辈，我是长辈，新友无法交，两下里不妥当。不如引到后院，见到陈家掌柜。”

他又看向陈刚道：“陈掌柜，我明明白白告诉你吧，我这件青铜器是假的，你能看出来哪里假，晚上德胜门八仙居二楼雅间我摆酒；看不出来，你还是把清古斋的匾额摘下来，放家里床底下吧。”

陈刚闻言看向陈蕾，姑娘脸上非怒非喜，只是回眼望向父亲。陈刚心里一动，道：“我们家里没人抽烟，这可怎么办？”

这话一出口，来人脸色一变。再看陈蕾，笑意闪现，道：“先生，您是有话要说？”

来人面色微红，没有答言，伸出右手，缓缓从兜里取出一盒洎头火柴。陈刚接过来打开，挑出一根红头木梗大洋火，道：“您这真是留足了手段啊，我们要是瞧不出来，您这是打算把脸从我们脑袋上揭下来，狠狠地踩在地上的吧？”

来人哈哈一笑，道：“清古斋镇店之宝，都说是陈家人的那双眼，今天一看，这双眼真不含糊。”

他站起身来一抱拳，道：“今晚七时整，席摆八仙居。六人作陪，我做东道，您为贵客，不见不散。”说完，转身而去。

陈蕾忙送出去，回来时，陈刚已经把那尊青铜器收拾起来，直接扔到小院里槐树下了。

刘亦然忙问陈蕾，怎么来势汹汹的一个人，五分钟不到，就扔下东西走了。陈蕾道：“识破了，就连废品也不如，留在手里丢人现眼。他不扔，难道还要拿回去惹人取笑？”

见刘亦然一副不明所以的样子，陈蕾道：“那个人来这一趟，意思很清楚，看出假来，是朋友，看不出来，砸招牌，清古斋从此再也不用在京城古董圈里混了。那个商代的青铜器，哪里都看不出假来，只有一处露了怯。”

她从槐树底下拿起青铜器，再取来火柴擦着火，离青铜器约二分距离，轻轻熏烤。刘亦然并没有发现什么明显变化，看向陈蕾，陈蕾只是冲着他笑，道：“总算是有你不懂的地方了，也亏得我家清古斋这行当你不太熟，要不然，你还不事事鼻子朝天？”

刘亦然摸摸鼻子，道：“到底哪里不对，你讲出来，我也长长见识。”

陈蕾道：“我刚刚说到你鼻子朝天，你就忘记了？”

刘亦然恍然大悟，赶忙鼻子抽动，道：“难道是与味道有关？”

“妈妈真没白心疼你……”陈蕾不由点点头，说着脸上突然一红，马上接着道，“你仔细闻闻，是什么味道？”

刘亦然轻嗅，道：“一股淡淡的松香味儿。你的意思是说，火烤青铜器上的铭文，要是发出松香味道，就是作伪的？一烧就毁了，真铭文不怕烧？”

陈蕾点点头，道：“这就是为什么爸爸一提到火柴，那人立即明白的原因。他才不会那么傻，非得等爸爸火烧青铜器，那样的话，传出去他的名声彻底栽了。还不如爸爸破了局，他就立即下台阶，两边都留有余地，这才能上八仙居，交朋友认同行。这朋友不白交，等于承认了清古斋重开，名气不倒。你看着吧，这才是头一宗，日后，还会有人来交朋友呢。”

陈蕾说得没错。陈刚去八仙居赴宴的第二天，天色将晚时分，陈蕾与刘亦然正在整理账目，只听外面一声喇叭响，紧接着数声汽车鸣笛，街面上一片哗然。

陈刚抬起头，透过窗户玻璃，只见一辆丰田面包车车门打开，下来四个彪形大汉。一辆悬挂黑色牌照的奔驰汽车缓缓停驶，一名大汉快走向前，待车停稳之后，打开右后座车门。

一双鳄鱼皮鞋落在地面，一个四十五六岁年纪的中年男子，身穿双排纽扣黑色西装，脖子处却系着一条白色羊绒围巾，下得车来四处张望，抬头看到清古斋匾额，不由轻轻咳了一声。早有人推门撩帘，那人走进清古斋，身后四名大汉紧跟而至。

刘亦然将客人引入后院，四名大汉留在门外。那人端坐室内雅座上不言不语，陈蕾奉上茶，见陈刚正仔细看着一幅古画。

片刻，陈刚抬起头来，那人道：“我这幅画，估价一百七十万元，不知我当卖还是不当卖？”

陈刚坐下，端起茶来品饮一口，润喉生津，随后道：“葛先生昨日八仙居赴宴，替清古斋传名，您大老远从天津赶来，不能不说是这一顿饭的功劳。”

那葛先生抱拳道：“陈掌柜讲得没错，这世上没见过面的朋友，不一定是假朋友。闻名而来，也算是古风犹存的雅事了。今天借清古斋的名声，看看我这件心头好，真假不论，总是佳话传名。至于说鸟打眼，弓射偏，好名歹名，只要亲眼得见，说得真，辨得明，无二话，我都认了。”

陈刚道：“既然如此，我愿意出价七万块，买下此画。遇到来买些画、简单装饰厅房的客人，还能卖到十万，我收佣金两成。按理说，这个价钱还真不少了。”

葛先生不笑不语，脸皮不青不白，看不出什么变化。陈刚本想等对方询问，再来解答，却见此人不为所动，便也只是品茶，再无言语。

满屋寂然，天色渐沉，夕阳一团火红，唰地铺满小院，团团耀眼金黄，透过门窗玻璃，如水般铺洒在古画之上。

葛先生这才道："陈掌柜，您再看一眼。"

陈刚借着光线，再次看向那幅画，不由吃了一惊。葛先生笑意微露，道："陈掌柜，您再估个价？"

陈刚沉思片刻，道："三万五千元，不能再高了。"

葛先生面色一变，哼了一声，右手重重拍在桌子上，震得茶碗动荡，些许茶水洒在桌上。

听得屋内动静，四名大汉冲进来，站在葛先生身后。

陈刚不慌不忙，吩咐陈蕾取来粗布擦拭桌面，重新沏茶，慢慢道："葛先生，我看您远道而来，本来想交个朋友，提高了一倍的价格。但方才一看，实在不值那么多钱。"

葛先生挥挥手，四名大汉退后，转身出屋，这才道："陈小姐也避一避？顺便给我那四个人带出去，准备点吃食，他们天天熬练筋骨，到点了不吃，怕饿坏了肚子。"

屋内只剩陈刚与葛先生两人，葛先生站起身关闭了房门，回转身向陈刚抱拳道："早闻其名，不见其人。我葛英生得晚，交朋友行，认兄弟，现在不是我这个年纪该干的事了。但处人处事，兄弟无早晚，我叫声陈大哥，小弟这里算是有礼了。"

陈刚忙起身，双手抱拳道："葛先生客气，要是我猜得不错，这幅画是葛先生替人买的手笔了。"

葛英一愣，随即大笑道："倒要请教，不然我心里还是不服啊！"

陈刚道："你方才让我夕阳中看画，一定是有人和你如此叮嘱过，这是辨真的手段。你当然看过，只是不放心，想让我看出些破绽。若看不出来，你这画当真一百七十万元卖了，若那人看出问题，葛先生恐怕难堪。瞧得出来，这幅画将要挂起的人家，是葛先生得罪不起的人物，因此才万分谨慎。当然，你也想知道，你是怀疑它是假的，但不知问题出在哪里。"

葛英道："痛快，明人不说暗话。那我就直说了，这幅画值不值一百七十万，陈兄啊，这只是一个由头。你家清古斋重开，只要有点儿心思的人，都会来一探虚实。我想不仅是我来你家交朋友吧？"

陈刚点点头。葛英接着道："话讲到底，凭什么清古斋万向不惧！？我准备一百七十万卖，你说只值三万五千块，我倒要学一学，这幅画怎么了。"

仇英《桃园图》，画芯一百五十五厘米长，六十七厘米宽，绢本设色，借着夕阳灿黄，更显古意盎然。

陈刚道："这幅《桃园图》几乎骗过了陈某的眼睛，只不过，那人告诉你'夕阳尽赏，方觉其真'的方法，估计他也没想到，恰恰说明是伪了。"

见葛英不置可否，陈刚接着道："作伪之术，假处真，真处假，真伪相糅，莫之能辨。这幅画，本意借余阳光彩，让你看的是绢本旧色。没错，确实是明朝纸绢，花纹特点也对。但他可能没有想到，我这座房子租赁下来之后，便经过了改造。"

葛英这才注意到，两人所在之室，窗户比寻常的大了许多，不易察觉处，呈现约一定角度的倾斜，不由低声叹道：“无棱窗。”

陈刚微微一笑，赞道：“葛先生果然见多识广，这间房确实采用了无棱窗的设计，可以让光线一年四季，无论何时，以最佳角度照进室内。修复鉴定古物者，第一要诀便是看得真。这么说你自然明白了。”

葛英道：“听说无棱窗下一丝一毫的破绽都可以发现，原以为此技早已失传，却没想到在这里见识了。不瞒陈兄，我也是第一次见到实物，这清古斋果然当得起‘万向不惧’四字。”

陈刚道：“无棱窗下的夕阳光线折射，透背分层。在这种光线下可以清晰地看到，这幅画至少是四张明时古画拼接做旧而成。”

葛英笑道：“陈兄，无棱窗虽奇，可你一句话就把一百七十万元的画说成是做旧拼接的，这也未免太过轻巧了吧？”

陈刚也不生气，道：“你找到我，看的不是我陈刚，而是‘清古斋’三个字。你的文物价值几何，其实与我无关。再者说了，你若以价钱论，也不必找我。你只是想知道手上之物真不真，这和此画值多少钱有关系吗？”

葛英脸上红一阵，白一阵，迟疑半晌，见陈刚不急不躁静待答言，只得抬手抱拳，躬身恭敬地道：“还请陈兄指点迷津，刮亮我这双眼。”

陈刚道：“此画用的同样是明代的纸张，但与仇英并非同时代产物，因此需要做旧以伪。作伪者在做旧时，边染色，边用凉水、温水反复冲染，所以纸张厚薄不匀，这才可以在接缝处看出画芯的不同，虽是细微差别，却足以判断是做旧之物。”

说罢，他手指画芯处的裂纹道：“此画纵向裂纹，是年久的痕迹，若是原物自然珍贵，可惜在做旧染色之时，画后面的托纸露了马脚。染色后的托纸，旧色完成，再揭下托纸，反复四五遍之多，之后将画反铺于案几上，用细竹签把画背上的糨糊刮下，再托纸之时，裂纹便清晰地呈现在眼前。这道作伪手法，本是为古画年深日久自然产生的裂纹所用。但是作伪者忘了，此画作伪是为了求真，没有完整的纸张可用，只得借用明朝纸张，割了四张才拼接而成。而裂纹在四张相差近百年的纸上竟然相同，这便是破绽了。”

陈刚手指画作拼接处，接着道：“你再来看，以古画拼接者，画虽同时代而出，足以瞒过大多数人的眼睛，但古旧再接，镶边难以尽显。”

葛英顺着陈刚的手指处，借着无棱窗下的光线果然隐约看到，这图四处厚薄不匀，仔细再看，分明是接缝处粘连，非同幅画卷。锦眉、包首无破绽，唯有陈刚所指镶边处，形制结构虽复杂，米黄却有金属光泽。

陈刚道：“画芯自明朝其他尺幅古画空白处裁切，已经难得。这镶边接缝处，却在做残、污旧之时，没有画芯尽心尽力。毕竟尺许明画还算好找，这两米多的挂轴，镶边足有三层，仍要同时代的旧物，确实不好找。有那工夫精力，可以造出十余张假画了。”

葛英叹口气，听陈刚接着道：“最重要的一点，其实葛先生也看出来了，这款不对。但是你不知道哪里不对劲，是不是？”

葛英不由点点头，问道：“陈兄，作伪的人为了增加书画价值，有画必有款。此画收于图录，画对，款也对，但就是不知怎么回事，感觉不对。”

陈刚笑道：“你是说，看着像，又有点儿不像？”

葛英一怔，忙点头称是。

陈刚道：“作伪名家品，险中求富贵。你觉得像又不像，是因为作伪者将仇英的真作款识，局部移挪到了题跋的位置。此人手中必有一幅仇英作品残页，恰好又是款识位置。此画让你犹豫不决，问题就在于此，画芯位置明朝纸张接缝，仇英笔意风格尽显，款识题跋又对，葛先生不得不认为是真品了。”

讲到此处，葛英不由拍案而起，朗声道：“清古斋果不其然，当真称得上是‘万向不惧’。陈兄，我有一言，万望一听。请陈兄到天津一叙，我那里还有两件东西要请陈兄指教。润利一件一万元，请陈兄无论如何辛苦一趟。”

见陈刚似有犹豫，葛英又道：“来回一次，三万元鉴定费，也算不少。另可让清古斋名声在津门重振，结识些新老朋友。”

好说歹说，软磨硬泡，葛英说服了陈刚，去家里接上妻子，一起乘坐汽车去往天津，留下陈蕾、刘亦然看店。

谁知陈刚走后的第二天，早上陈蕾刚刚开门，刘亦然便打来电话，直说要去趟南京。三句话讲完，陈蕾还没问何时返京，刘亦然便急匆匆挂了电话。

陈蕾正在心里猜测，有什么事让刘亦然如此急迫，又接到陈刚电话，言道葛英在天津设宴，名传清古斋重张开业，闻听此事，又有五家人请陈刚鉴定古董若干，本应一天的事，怕是要再耽搁两天了，店里有什么事，若无紧要，陈蕾自可抉择云云。

当日迎来送往，鉴宝者多，修复者三三两两，倒是有几宗寄售之物，瓷器三件，书画两件，不时有人寻宝而至，陈蕾一人看店，倒也并不忙乱。

陈刚去往天津第三日，算着时间，该是明日返京。时值当午，陈蕾正准备在后院小厨房做些饭菜，突然听到店外有人嚷嚷，清古斋在哪里，哪里是清古斋。话说两遍，门开帘挑，一人闪进店内。

来人鉴宝，请定陈刚，陈蕾再三解释，让其明日再来，那人道："我从东北大老远跑过来，这不是清古斋吗？怎么，来了客人，只会端茶递水？我请教一下，你们这匾额上那三个字写的是什么？我不认得，你认得吗？"

陈蕾一听，不由有些气闷，道："您到底是冲着我父亲来的，还是冲着清古斋来的？若是我父亲，请明日再来；若是清古斋，有什么家传珍宝，请出来掌眼。"

那人笑道："我说闺女，你是陈家大小姐，我自然是相信你啊。可你父亲的本事，你传了几成？”

陈蕾并不答言，只是看定那人，直至那人将随身的行李打开，取出一个硬牛皮制作的狭长画匣，轻轻放在桌上，道：“你这闺女，也真是不客气，你是不是该请我进后院，端杯茶喝喝？”

陈蕾忍不住笑了，道：“店里只有我一个人，我请您喝茶行，后院就别去了，走了买卖，您也看不得我父亲责怪我，对吧？”

那人眉头一挑，道：“也行，只是我这件家藏之物，受人之托，平白见人也不太好。这样吧，咱们商量商量，你把店门暂时关上一会儿，少做多少买卖，我赔给你。”

那人既如此说，又正是午饭时候，客人倒也不多，陈蕾只得把店门从内里关闭，引着他来到后院，进入陈刚平时待客的房间，沏茶招待客人。

那人自端坐着环顾周遭，看到窗户时不由一惊，道：“无棱窗？呀，这倒是不多见了。看来这清古斋，还是有些玩意儿的。闺女，你就帮着看看，这幅赵子昂[1]《双松平远图》好使不好使，真伪莫论，说出来，我不怪你。”

《双松平远图》徐徐展开于桌上，乔松、枯木、坡石，山丘隔水起伏，淡雅空灵，画境清旷。

陈蕾被那人左一句闺女，右一句闺女，叫得心烦意乱，虽明知是东北方言，但总是觉得不得劲。她借着无棱窗正午阳光略作一

---

1 即赵孟頫，字子昂，号松雪道人，浙江吴兴人，元代著名书法家、画家、诗人。

观，直接道：“甭管您是家藏，还是收购，或者有人托您而来，我可以负责任地告诉您，这幅画是伪作。”

见那人脸色一变，似要发作，陈蕾马上接着道：“您先别生气，清古斋鉴宝，收费明码标价，一千元一件，想知道为什么是伪作，先付钱来。”

那人听了这话，不怒反笑，道：“你这闺女，我都快六十的人了，比你爹岁数都大。你家重张开业，也罢，这里有六千元，五千贺礼，一千鉴宝钱，你看可还行？”说着他从怀里掏出一个牛皮纸信封，数出钱来放在桌上。

陈蕾本意只是想尽快结束，肚子饿了，先炒个菜喂饱自己，没想到对方不急不慌，又把钱拿将出来，不由觉得有些失礼，平缓了语气道：“您别生气，这么着吧，您要是不嫌弃，在这里略坐一坐，我去炒两个菜，请您老吃顿便饭。填饱了肚子，咱们再详细说，您看可好？”

那人笑出声来，道：“你这闺女，灵便得很。也好，我也刚下火车，赶上饭点来到清古斋，是得留客人吃顿饭。”

陈蕾下厨，厨房里有芹菜、豆角，冰箱里有半条牛肉，洗洗涮涮，切菜剁肉，蒸米下锅。半小时后，那人便端坐餐桌，大快朵颐了。陈蕾还为他准备了二两衡水老白干，那人一口酒下肚，赞道：“比东北烧刀子味道还要好些。”

酒足饭饱，陈蕾沏了普洱熟茶，让那人品饮，自己则转身走到里间，反身关门。一座一人半高的黄楠木柜紧贴后墙摆放着，她低身弯腰打开柜门锁，取出纸笔，又寻出一个绿色斗盒，用一把精巧的铜钥匙小心打开，内装数方墨砚，无一完整，或半截，或小块墨，零零碎碎。她挑选其中一块，约一寸许，放在黄铜小盘内。

走出里间，陈蕾折转回来，将桌面果碟推开，哗啦啦展开宣纸，以镇尺压在边角，取院内瓮中清水研磨，手执小狼毫，墨中笔尖轻颤，唰唰几笔，半个时辰的工夫，一幅画作完成，这才松口气，小心翼翼将画展开，请那人近前。

那人初看陈蕾作画，并不当回事，只是端坐品茶，酒意上来，其间甚至有些迷糊，竟也闭上眼小睡片刻。突听陈蕾一声请字出口，他方才起身，近前来观看，一看之下，又仔细端详，越看额头汗出如豆，越看神情越尴尬。

半晌他抬起头来，向陈蕾伸出大拇指连声说好，一边叹道："若是没有题款，这张画竟然和赵子昂的《双松平远图》一模一样。你这闺女，也真是有心了。我说你要请我吃饭呢，你这画了有半个时辰，要是不吃点儿东西，是支撑不下来的。"

说至此处，他再次低首，细细观赏，然后对陈蕾道："世人常传，清古斋陈家三绝，一功手，书画胜真；二鉴定，火眼识伪；三复原，修损如昨。书画胜真的另一个意思，也就是造假作伪，那是第一等的手段。我带来的这幅画如果是假，能看出来的人必然知晓如何作伪。闺女这手功夫，别说修复破损书画，就算是造假也少有人识破了。"

稍作停顿，他又颇有深意地道："不可思议，难以想象。若非亲眼得见，怎么能相信陈家小姐有这一手丹青妙笔？闺女如此，那你爹自然也是远超于你，神鬼莫测了。”

陈蕾闻言，心中不由一动，正要说话，那人问道：“闺女，你既然看出来了，能否告诉我这老头，这幅画是谁作的伪？”

陈蕾明知这人又在考她，想来必有他事，一时气盛，便道：“您手里的这幅画，是谭敬家造的。用的手法，叫‘响拓钩摹’。先用硬黄纸[1]覆在真迹上，调制相同墨色临摹轮廓，细笔填充其内。摹好画作，平置于板上，用水冲洗，为的是刷去新迹，再揭裱做旧，接笔处补残，复制丝毫不差。”

那人不由一拍大腿，大笑道：“果然厉害，清古斋果真不当绝。有你这闺女在，陈家祖先也该瞑目了。”

一抬手，那人又道：“今日算是见识了，我来之前还不明白为什么清古斋能够火眼识伪，原来古往今来，市面上所有造假的法门，陈家人是掌柜门里算账本，眼快手快心里快，那才是一清二楚。书画胜真，也是开眼了。陈家小姐当面作画，技法真假莫辨，只是我喝酒了，小睡了一会儿，要不然真长见识，也是可惜！哎呀，说起来，若是闺女你遮面做旧，这东西就真假难言了。不，陈家小姐画的比真的还要真，这才叫书画胜真之名果不虚传。”

说完，他从怀中再取出一个大号信封，鼓鼓囊囊，放在桌面之上，道：“陈家小姐所作，价值不可估量。你也不必推辞，我虽眼

1　指涂熨黄蜡较透明的纸。

拙，也看得出来，你那盘中寸许墨足值十两黄金，若非清古斋家世厚重，别家还真说不好有没有。半幅纸，江南徐家手工打造，自1967年陈家一场大火之后，市面上再也不见，自然价值不菲。也是陈家小姐年轻，任侠气重，若是你父亲在，几句话打发我，还未必能够当场作画。不过，清古斋重张开业迎客，虽有祖辈之名声，但确实也需要有些一镇场面的事情。陈家小姐聪明，想必也是如此考虑的吧？”

陈蕾心思被那人猜中，毕竟年轻，倒也有些不好意思，正欲开口，那人接着道：“闺女也不必客气，我走南闯北，也算是见过些世面的人，陈家小姐这一手亮出来，我真是被震住了。我走出清古斋的门，必将口耳传名。话不多说，这五万元，小小意思，不成敬意，只作磨墨铺纸之用。此事见真章，足替清古斋扬名。来日必有缘，再请陈家小姐见面。”

说完，那人卷起画来，收拾行李，起身告辞便出门了。

之后陈刚从天津回到家，听闻此事，却将陈蕾责骂一顿，说她为争一时之盛，谁知道是不是招祸的根苗。她妈妈赵建雅忙劝道：“这也是打开名声的事，要不然，没有客人，你的房租能付几年？”

陈刚想想，也就没有话了。此后打开店门，人来人往，生意确实又好过昨天。陈刚高兴，忙着待客，也就揭过了此事。

又过了一日，有位东北长春的客人前来，进店直言有信托付。陈刚一听，先是不明所以，仔细想来，长春并无新朋旧友，再打开看了信件，不知为何，脸色顿时赤红。陈蕾问其缘由，陈刚也不答话，只是叮嘱陈蕾在家看店，简单收拾些出差物件，竟直接跟了来人去长春了。

奇怪之事一宗接着一宗。陈刚走后第二日，陈蕾正在店内，赵劲夫突然打来电话，却是要找刘亦然。陈蕾放下电话，不多时，赵劲夫领着一个人推门而入，说了这样一句话："他来找你们，却找到我那里了。"

说完，赵劲夫意味深长地看了一眼陈蕾，问道："你说刘亦然不在，那他去了哪里？"

陈蕾还没有说话，便听与赵劲夫同来的人道："陈小姐，赵老师，你们不配合的话，据我所知，刘亦然恐怕快要死了。"

第三章
许家武馆

一辆银灰色的丰田佳美疾行在公路上。薛亮手握方向盘，眼望前方道路，不时看一眼后视镜；刘亦然坐在轿车后座，那件染着孙老三血迹的衣服，仍然穿在他身上。

刘亦然看着车窗外，两旁白杨树笔直，道路犹如一把剪刀，从一片林海中裁出一条路来。再美的景色，久望也无趣，他将目光从窗外移回，正看到薛亮的眼神从后视镜中盯着他。

他不由心中一动，问道："你开车拉着我，一直从昨天晚上跑到今天天亮了，好像早有准备，难道你早就知道要出事？"

薛亮不置可否，刘亦然又道："现在不说，以后也不用说了。因为你说了，我也不再相信。那时你想从我这里得到些什么，肯定比登天还难。还不如一开始就坦诚些，省得彼此猜测。"

薛亮沉默半晌，似乎在仔细盘算。轮胎摩擦地面的声音传入车厢，使人平添了些许焦虑。薛亮微微侧首，看了看左后视镜，猛踩一脚油门，仪表指针指向了时速一百一十公里。

车速加快，刘亦然脸上露出微笑，道：“一会儿快，一会儿慢，薛老板，你很清楚，咱们是跑不了的。”

薛亮叹了一口气，道：“刘亦然啊刘亦然，你不说感谢我的救命之恩，反倒说起风凉话来了。你倒是说说，天下哪有这样的道理？”

刘亦然道：“你救了我？这话说得太早了吧，你心里亮着一盏明灯，咱们两个谁救谁，还不一定的事呢。还是那句话，现在不说，以后也不用说了。”

薛亮若有所思，片刻后才道：“金银如海的财富，找不找得到不重要，有命出来，才是最重要的。”

刘亦然笑了，道：“你为什么要帮我？”

薛亮嘿嘿连声，道：“刘亦然，你倒是把架子端得更足些，一路上不说话，我才是高看你。你现在忍不住问出来，你说，我该怎么回答你？”

刘亦然哈哈大笑道：“真是没想到，薛老板，自打你把我从南京城地下溶洞里拉出来，你心里一直很清楚，你不帮我，也会有其他人帮我。”

薛亮道：“那你也比我更明白，既然有人做了这么凶险一个局，那就不能怪别人心狠手辣。孙老三死在谁手上不重要，重要的是你刘亦然手上得有孙老三的血。你是个聪明人，从你手里染上孙老三的血开始，你就知道自己进局了。你肯定不会死。要不然，你这杀人的罪名不是白背了？”

刘亦然叹了口气，道：“我是知道不会死，只是没想明白，我就是一个普通的刚离职的记者，身上没任何值得你们惦记的东西。要钱吗？你们哪一个人不是身家百万？要势？以前当记者的时候，还可能认识几个人，但人走茶凉，也没什么势了。唯一的可能就是清古斋。我活着，不管是谁设的这个局，都是最有利的情况；我死了，反而白费了心思。”

薛亮道：“你是什么时候发觉的？”

刘亦然闭上眼睛，慢慢回忆当时的情景：“那时候没有灯火，有个人迅速将一支银筷塞进了我手中。那四个大汉向我逼来时，屋外却是两声枪响，马卫的另两件文物被抢走了，其中就有最重要的残页。我们来参加饭局，为的就是看它上面记载的关于宝藏的内容。随后有人拉断电闸，整个地下一片黑暗，那时至少有两拨人，一先一后挡在我身前，但只有你抓住我的手，将我从里面带了出来。”

他睁开眼睛，道：“薛老板，你为此不惜得罪马卫等人，只能说明，你想从我身上得到的东西，比得罪他们的收益要大。”

薛亮笑了：“你讲得有些对了，只不过，我现在没空和你解释，你看看后面。”

刘亦然扭头，看到丰田佳美车后约五百米距离，紧随着一辆黑色的福特轿车。

薛亮道：“后面那辆车，不远不近跟了一路，我让他跟着，就是想知道是谁做的局，他也想知道我们要去哪里。两边都是线索，他不想断，我们也不想断。”

刘亦然嗯了一声，接着薛亮的话道：“那就只有一种可能了，看谁能赢了谁。所以，你不是带着我逃，而是用我做饵，钓一条不知道从哪儿游来的鱼。”

薛亮猛地一打方向盘，车辆从柏油公路拐向一条乡村土路，一边笑道：“你既然猜到了，那就说说，我会把你带到哪里去？”

刘亦然左手紧抓车顶扶手，身体随着车辆颠簸上下摇晃，道：“你把我带到哪里不重要，重要的是，哪里有人会帮你。”

一道黄色的烟尘在丰田佳美车后荡起，薛亮车速未减，从后视镜中已经看不到那辆黑色福特轿车了。前方路口分岔，薛亮微踩刹车，往左打方向盘，沿着左前方道路往前开去。

汽车在一条小路上颠簸，道路一边栽种了槐树、杨树，另一边则是宽广的田地，不时有牛羊在路中央行走，左右也无牧人、农人，不知道是谁家放养的。再向前行，不知从哪里流来一条河，与乡村土路蜿蜒相伴，向着村庄哗哗流淌，水面倒映着稻粱，将天空整齐地分隔成一块块农田。

河道在村前拐了个弯，穿过一道石桥，隐入青石板铺就的巷道。薛亮将丰田佳美停在村口，与刘亦然先后下车，沿着道路前行，左突右拐，听着脚下水声琅琅，眼前是古朴的瓦房建筑。

行不多时，六尺宽的道路豁然开朗，一个小小的广场出现在眼前，那些水流在广场聚集，形成一个月牙形状的水塘。水塘正前方，一栋建筑高大显眼，上悬匾额，刻着六个镏金大字：“许家拳武术馆。”

薛亮道：“你不是问带你来找谁吗？这里的许豪师傅，就是能帮我们的人。”

武馆院落古香古色，右侧还有一间小小花房。见左右无人注意，薛亮引着刘亦然进入花房，找到水管清洗了手上血迹，眼前几十个品种的菊花绽放，各色相间，煞是好看。走出花房，前面菜地三四垄，依稀可见未拉蔓的黄瓜、西红柿，若是春夏时节，时令蔬菜繁多，说不定菜吃不完，学员们练完武还能捎走几斤。

院内许豪正在练武，旁边九名弟子半围着。刘亦然、薛亮驻足观看，只见许豪一趟拳打下来，长刀、棍术不等，收势后气不喘脸不红，连滴汗珠都没有。

薛亮赞声好，道：“许掌门的功夫，越来越精深了。这么一趟拳、棍、刀练下来，脸膛无汗，这是把汗水逼到脚下了吧？”

许豪回头见是薛亮，不由笑道：“你倒谦虚，不过当着客人说得有些满了。过去老人练武，长袍大卦，头上戴个小帽。帽子戴得久了里面都有头油，不渗水，练武时就放在地上，各人练各人的，出汗了拿毛巾擦，往帽子里拧汗水。最后看谁帽子里面存的汗多，谁的功夫就深。”

他又对众弟子道：“什么叫武术吃功？从数百年前起，武林中人就是这么练的。你不这么练，那就真成花拳绣腿了。”

说着，许豪引薛、刘二人进堂屋，刘亦然注意许豪脚下，果然一步一个湿脚印。早有弟子摆椅奉茶，三人落座。

许豪陪着薛亮喝茶三道，薛亮介绍刘亦然，无非主随客便，识名知姓，这才绕过闲话，问道：“薛兄，你十五日前来信，我便知道你是遇到难处了。亦然小弟，我与你并不相识，你清古斋的名号我却素有耳闻，说起来，也是有些渊源的。薛兄，亦然小弟，既然你们来到我这乡村小武馆，就安心住下，虽然这里粗陋，但还是有些乡野乐趣的。”

薛亮面露喜色，道：“许掌门，我这次来……”

话未说完，就听得外面一片哗然。

许豪笑道：“看来你不用讲了，你提到的麻烦来了。徒弟们，既然有朋友，那就开门迎客。”

三个人踏步而进，为首一人，三十多岁，短发寸许，立眉高鼻，脸色煞白，恍若大病初愈。身后两人紧随，不过二十出头，精干打扮。三人进得内院，一见薛亮、刘亦然、许豪等人似是迎客之礼，不由一怔，为首那人随即喜色落眉，笑道：“原来沙门拳许家武馆隐藏在这里，想必，你是许掌门了？”

许豪抱拳，道：“还未请教？”

那人道：“鄙姓陈，小名生字，不值一提。早就知道许家拳法，沙门武术，听说你的师兄在美国也开了分馆，这可是了不得的名声。多少门派传艺，传到后面拳亡了。”

许豪道：“陈家师兄，您来我这里，有事说事，无事请茶。”

陈生道：“我来找两位不是朋友的朋友，不过，既然这两位来到许掌门这里，看来你要插一杠子了？”

许豪道：“都是朋友，江湖上的事，江湖上了。”

陈生脸膛肌肉奇怪地跳了跳，道：“许掌门说得没错，江湖上的事，按江湖上的规矩来办。既然替两位朋友出头，那么许掌门，你练沙门拳，我跟你学学，行吗？”

陈生话说得直，硬得像石头，说完一双眼紧盯在刘亦然与薛亮身上。

许豪也不客气，笑道：“学，不敢当，请陈兄指教一二。”

陈生又道：“我在少林练了几年，后来又接着去河南温县练杨家太极拳，还在武当山跟着道长学了八卦掌。许掌门，你说我跟你学嘛？”

许豪道：“天下武术拳种，你学了少林外家拳，再学武当内家拳，温县陈家沟刚柔相济，那你再跟我学些沙门武术？”

陈生呵呵一笑，道：“那好，你能不能当我师父，我得请教请教。”

他话说得软，和你学，但打赢了你许豪，不定谁跟谁学呢？

见两下里摆开架势，刘亦然悄声道：“薛老板，还真是拜你所赐，过去说武林，讲究江湖门派当家尊声掌门人，现在不兴掌门人了，只叫声师父。你的这封信，早在十五天前就写好了，要这么讲，你这盘棋可下得够大的！”

薛亮低声道：“你无非是想问，这位许掌门要是输了，咱们两个人还有没有命？相信我，沙门武术的功夫，你瞧一瞧，就会把心放在肚子里了。他们两个是武林中人，既然遇到同道，必将以武林规矩相处，否则传出去，便是惹人耻笑了。”

什么是武林？武林就是习武之人的江湖，押镖护院走江湖，圈子里的人都与武术相关。武林从古至今没变过，也变不了。若是一个门派，同练一种武术，见面抱拳。行话讲，人不亲，艺亲；艺不亲，刀把子亲；刀把子不亲，还有祖师爷亲。

如今虽然时代不同了，但一见面，还是过去的范儿。双手一抱拳，说声请，天下武术是一家，懂规矩的人，凭一个动作就能辨识，右手握拳，左手立掌，武林当中都是朋友，错了惹人笑话。

许豪抱拳，右手五指卷起，代表五湖，左手四指立直，寓意四海。五湖四海都是朋友，有德之人，会把右手大拇指压下来，意思是说，您为尊客，表示低调的意思。左、右手位置不能搞错，武林之中为此闹误会，过去能出人命，如今也是不客气，视为冒犯之意。

两家如果要比武，行内也有说法。现代武林仍是习武之人的圈子，外行人插不进去，也不知道其中隐秘。许豪话直，蹦字砸在地面，言来语去不含糊，一抱拳，拳至鼻子以下，这是相敬之礼。

陈生还抱拳，却是在下巴以下，这分明是以丑为礼的意思了。许豪面露不悦之色，压住些许火气，道：“好大一片水，有水就有鱼。”[1]

---

1 水指财，水里有鱼，指水里的鱼在我的地盘，就是我的，你不能抢，暗指刘亦然、薛亮是我的朋友，你不能动。

陈生一怔，没想到许豪突然说出这一番话，道："许掌门，都是同道中人。咱俩不认识，只一个武字相认。"

许豪道："没有缓和的余地？"

陈生左手握拳，右手伸开，大拇指立起来了。许豪一见，知道这意思是说，我要动手了。

他不由轻叹口气，道："可惜了，你既如此，倒要请教，南拳北腿，东枪西棍，陈兄传自何门何派？"[1]

武林门派之中，自古有南拳北腿、东枪西棍的说法。南方拳法流派，拳多腿少，讲究近身短打，地域特征明显。北派武术大开大合，舒展大方，蹿纵跳跃极为明显。东枪西棍之说，与西北武术紧密相关。西北各省，棍法各异，枪法之妙，则流行于东部省份。冷兵器时代，枪棍在两军对阵时常用，因此各地广泛使用，后来东枪西棍的地域特征逐渐消失，成为各地均有的武术流派。

1　许豪所言武林门派，在现实中国确实存在。门派诞生于中国武术，《大百科全书•体育》对武术有详细定义，武术界公认的一个判断标准是，在中国传统武术中，由具有某种共同武学理念，因师承、地域、风格、特点，由某个或一群宗师级人物开创，经过历史传承和发展，逐步形成或组成的具有一定社会影响和传统文化内涵的技术体系，称为门派。20 世纪 80 年代中国曾进行过一次系统的挖掘整理工作，初步查明流传各地"源流有序、拳理明晰、风格独特、自成体系"的拳种 129 种。自此，129个拳种成为武术界大部分人公认的标准。简而言之，如今的武林，有129个武术门派。武林门派全国各地均有分布，如河南有名者，温县太极拳、登封少林寺；广东南拳，佛山咏春、蔡李佛等；武当山内家拳，太极、形意、八卦掌；山东济南、德州一带，螳螂拳、六合犬、八极拳等；东北三省，习练劈挂拳、戳脚等。

许豪问陈生门派，其实暗含机锋：沙门武术在明，一招一式武林中人熟知，陈生门派在暗，不知招式、应对如何，摸得陈生门派所属，自然可增加胜算。

陈生冷笑道：“我小小拳种，不在你一百二十九个拳种之列。不过，打赢了你，别人自然也就知道了。”

许豪道：“既然如此，我今天就把话明说了。武林中人，常讲过招无父子，你死我活的事，我们今天不必。江湖常讲，让步损脸面，留情亏门派。不管你会什么，属哪一个门派，过了招，我站在这里，我就赢；你趴下去，你就输。”

陈生点头，道：“我赢了，要带走你的两位朋友。我若是输了，一个头磕在地上，跟着许掌门习武。”随即身形一动，几乎是飘在许豪面前，左掌右拳，上打咽喉，下打前胸，招招致命。

许豪双脚侧移，闪开攻击，登时失了先招。陈生眼见得占先机，拳打命门，脚踢空裆，追着许豪强攻猛打。许豪不熟悉对方套路，一路打一路退，一直退到墙角。见陈生逼紧了，无法再退，许豪偷着空，左拳照着对手右肋下猛击下去，陈生闷哼一声，身子向右一歪，许豪紧接着右拳冲陈生头部再打。

两拳下来，趁着对方招架的空当，许豪抽身移步，转出墙角，回身面对陈生时，情势变了，这下子对方被逼到墙角。许豪在拳力测试机上一拳的力量约三百斤，拳沉力大，猛击对方数下，陈生捂着头，一时被打得半歪在地上，再两拳下去，便躺在地上了。

许豪这才停止攻击，道：“你招招伤人，这是要人性命的招法，在武林中是最没德的做法。武术无高低，功夫没好坏，你和别人比，脾气暴的人会打坏你。”

陈生带来的两人向前齐跳，被许豪的徒弟们逼住，只得站立一旁。陈生左手撑地，闷哼一声，许豪见状，伸出右手相拉，没料到陈生突然右拳击去，正中许豪前胸。

许豪顿时后退三步，再看陈生，犹如疯了一般，左手挥动，右手如蛇形，闭上双眼，面向南方，鞠躬三次。然后他挺直身形，脑袋左右晃动，口中喝声连连，手舞足蹈，突然身体旋转不停，鼻中发出耕牛般的声音，口中长吁短叹。

众人惊讶不已，看着陈生如同风中落叶，疯狂转动身躯，突然口中发出犹如闷雷之声，身体陡然停止转动，猛烈颤抖起来，扑地仰面倒地。刘亦然、薛亮等人不由惊诧，唯有许豪面色大变，喝道：“快快闪开。”

话刚出口，只见陈生身体“砰”的一声，从地面上弹跳起来，人犹如活的龙虾一般抖动，越抖越急，口中发出喃喃之声：“东南请师父，下山教徒弟，上八仙、下八仙、中八仙、虎豹神，南海观世音。”念毕立定，眼睛瞪得如同铜铃一般，右脚跺地，荡起一片尘土。

陈生所带二人见此情景，对视一眼，跳出来，冲着陈生双手拱拳，倒身跪地，问道：“什么人下山？”

此话一出，许豪惊道：“巫武。”连忙双手分别拉住薛亮、刘亦然便往后退。

陈生大喝："神将下山，使龙虎天拳。你那厮，见吾不拜，吃我三拳。"

只见他左脚蹬地，身形早已跳出，许豪刚来得及将薛、刘二人放开，躲避不及，胸前连中三拳。紧接着陈生头晃如转轮，右脚飞踢，许豪身形左偏，双手挡住面部，对方力道之大，震得他手臂不由酸麻。

陈生飞脚未中，紧接着双拳变双掌，照着许豪双眼插去。众人齐声呼喊，"小心"二字尚未出口，只见许豪不退反进，整个人直接向前，头高高昂起，迎着陈生撞过去。二人本有三尺余距离，近身格斗，速度快，若是此时陈生双掌舒展，击中许豪面门，后者闪躲，必一直处于被动状态。

此时许豪偏不退闪，陈生双掌本应插向他双眼，此时许豪昂头，将将是下颚位置。陈生双掌刚刚触及他下颚，尚未发全力，许豪双拳早到了，一击即中，陈生整个人被巨大的力道震得身体向左侧歪，脚步踉跄，向后方跌了出去。

许豪一个箭步上前，未等陈生身形控稳，左拳击其腋下，右拳打向其上颚，陈生头一歪，被打晕过去。

许豪的四名弟子架住陈生两名随从，另两人取来绳索，将陈生捆绑起来。许豪在圆椅上坐定歇息，之后说起来，薛亮、刘亦然才知道，陈生方才所施，正是武林中几乎绝迹的巫武。

许豪喘口气，道："真是大意了，万万没有想到，这个人竟然会巫武。这是邪门拳法，将巫术与武术结合，正宗门派往往对此不以为然。清末民初时巫武盛行，因施法怪异，每每用出，伤人伤己，后来逐渐少有人练，没想到这时候竟然出现了。薛兄，你真是惹了一个大麻烦。”

正说着，只听陈生喉咙里喀喀出声，眼皮缓缓睁开，恢复神志，眼见得身体被缚，不由大声叫骂。

许豪道：“你先别急着与我再战。我只问你一句，你刚才说去过少林、武当、温县陈家沟，你还去过什么地方？”

陈生哼了一声，道：“你是谁？有什么资格来问我。你不过是想问我的师父是谁，我的本门武艺又是什么，等我赢了你，再问不迟。”

许豪命人将陈生扶起，却不给解开绳索，道：“你走南闯北，习武学艺，无论是谁教你的巫武，他只传了你艺，并没有传德于你。甚至，他恐怕也没有告诉过你，你练的是被心正的习武之人早已弃之不用的邪门功夫。”

陈生冷笑道：“你家眼睛瞎，自己不会的功夫都认作是邪门。也罢，我现在被你绑着，你怎么说怎么是了。”

许豪道：“看来，教你这手功夫的人，果然没有告诉过你。我只问你，你那师父是不是没活过四十岁？”

陈生脸色突变，紧咬嘴唇，并没有答话。

许豪接着道：“你练武之时，是不是服用了符咒？是了，你这是被师父哄骗了。他肯定会告诉你，尚武之人模仿天地生物，以人力夺天机，想要大成，必祷于天地，谓之天地口愿。是不是？要你施功之时，画符扶乩、托言圣贤、练咒功法。其实，那只不过是将巫术与武术招式相结合，在清末之时欺瞒小民所用。”

陈生并不答话，只是冷笑不已。

许豪道：“你不信？那也好，你说你是小门小派，却又不肯使出你本门的功夫。你必定是想以巫入武，短时间内提升攻击性，赢了好光耀门派。”

陈生道：“我不服，你给我松绑，我们起来再打。那时若输了，随你处置。”

许豪想了想，点头道：“我若赢了你，你来告诉我一件事，你的师门是谁。不过，我不强迫，你愿意说就说，不愿意讲，也随你。”

两下里松绑，陈生站定，从怀中取出一张神像来，向南方跪拜，站起身后向右伸出手，合左掌拜天，口中念道：“神位祖师老爷，弟子请祖师助力保佑，祖师面前讨力，金盔护顶，甲领甲袖，金甲罩身，刀剑铁尺不能伤身。”

言毕，他身体慢慢安静下来，手作势持刀握剑状，冲着许豪喊道：“你来，你来，你来。”

许豪知道这是与陈生最后一战，对方必出狠招，只是没有想到是巫武中最阴毒的招式，不由正色，手作起势，缓缓站在陈生面前五步之远。

陈生面容红涨，叫道：“北方洞门开，洞中请出枪佛来，铁神铁庙铁莲台，铁人铁衣铁避塞，止住风火不能来，天地玄黄，日月照我。”

见陈生身形一动，开始念咒语，许豪心里一惊：此为闭火分砂咒。紧接着又听陈生喝道：“快马一鞭，几山老君，一指天门开，二指地门开，要学武技，请师父来。义气服人多，求老祖速降。”

许豪面色一变，叫声“不好，快快闪开”，只听一声巨响，陈生身动拳出，每打出一拳，便是一声爆响。随着响声四起，陈生双掌洒血，疯了一般向着许豪猛攻。

刘亦然这才看出来，原来陈生每出一拳，都会扔出如药丸大小的黑色火药之物，遇物即炸。许豪猝不及防，上身已然被炸出伤痕。只见许豪大喝一声，飞起一脚，正中陈生右手腕，两粒火药丸落地。紧接着许豪贴身近前，正抓陈生右手，趁势下屈，陈生“扑通”一声，跪在地上。

徒弟们早近前来，将陈生牢牢绑住，那两名随从也被两条绳索缚住手脚。许豪胸前血迹点点，仔细查看，幸好无大碍，找出药来进屋内简单包扎，换好衣服再出门来。

许豪走到院内，看着陈生道：“你这人也太歹毒了些。我好意饶你，两次不愿与你结仇，你却要让我伤残。”

陈生道：“我不服，我还有手功夫没使出来。”

薛亮道：“你这手功夫，全是邪门歪道。”

陈生嘿嘿冷笑，道：“你们人多，有架势，怎么说都随便你们。”

许豪道：“好，就再比一次。只是，你这次输了要怎样？”

陈生道：“我如果再输了，不用你动手，我自己废了自己的功夫。”

许豪叹口气，道：“我若不答应呢？”

陈生冷笑道：“那你沙门许家，和我家就是结下了冤仇。我输给你，我陈家自然还会有人来找你。你生生世世，再无宁日。”

许豪道：“你用你本门武术？”

陈生正犹豫不定，只听薛亮道：“就凭你这种肚量气节，打成如此模样了，还不敢用本门武术，我要有张脸，早扔到河里喂王八了。”

陈生阴森一笑，道：“好，我就用本门功夫。不过，今日不管输赢，在座之人不能外传。否则，你逃到哪里，我就追杀到哪里。”

许豪道：“也好，今天就让你输个心服口服。”当下命令徒弟们将陈生上下搜尽，又找出十余粒黑色药丸，这才松绑。

陈生站于院中，右手伸出，对许豪道：“请吧，我这手功夫，只出一次。赢了的话，那两个人的命就是我的了。”

许豪见此情景，哈哈大笑，道：“诸位，看清了，我以为是什么功夫，不过是点穴嘛。”

陈生面色突变，道：“你认得？”

许豪道：“我沙门拳法发源于本村，也算是小众拳法，稀有拳种，说起来不比你家的拳法更为人所知。首要学成，艺不为官家办事，艺不轻传，艺不乱传，艺不落地，艺不登门[1]。水门拳法，关上门在院子里练，宁肯不传一支，也绝不乱传，为害一方。”

见陈生若有所思，许豪接着道：“我们这一门派传艺，是让徒弟把拳谱背熟了，再把拳谱烧了，怕的就是传到歹人之手。想当年，我师父教我的时候，隔十天半月写一张拳谱，交给我背熟了，再一把火烧了。师父说过，你要记在脑子里。这里面就有一门功夫和你的一样，点穴。”

陈生神色一变，不由问道：“可我师父说过，点穴是我家独传。”

许豪道：“那你师父是否和你讲过，点穴原是为治病救人之用？你不说话，说明你这一门传艺之时传错了。”

陈生冷笑道：“就凭你几句话能吓走我？我师父说过，点穴功夫失传许久，天下武林，也没有几个人会的。”

许豪道：“讲出我家门派规矩，是为了让你知趣，自动退了。你说点穴早已失传，那我告诉你，你师父教错你了，我推测你这门师父已亡，如今一支单传，只剩你一人。你接下这单活儿，要追我的两位朋友，替人卖命，学武之人做到你这样的，只有一个原因，走投无路。那两个跟着你的人，怕不是你的徒弟，而是来监视你的人。”

陈生顿时脸色煞白，嘴唇抖动，下意识看了看地上被捆的两个

1　艺不轻传，艺不乱传，指你练过别的门派，我们不教；艺不落地，指不打把式街头卖艺；艺不登门，指你给多少钱，我都不去你家教拳。

人，却没有说话。

许豪接着道：“也好，你既然不知点穴功夫的来源，我讲与你听，不为别的，看你年轻，想让你走正道。人的全身经络，俗称七经八脉，共七百二十八个穴位，点穴之处，是三十六大穴，有死穴、昏穴、疼穴等，比如百会穴、风池穴、哑门穴[1]。最简单的，我点你咽候部位的天通穴，当时就让你闭气了。”见陈生并不答言，许豪情知讲到了正处，接着道：“点穴的技巧，在于速度、力量与准确性，让人防备不住，力量大就点死了，力量小不管用。若是点穴力道掌握恰当，被点中之人，会短时间身体麻痹，口不能言，身不能动，犹如一块石头一样，过一分钟之后方可恢复。”

许豪伸出中指和食指，道：“点穴之法，你看我的指形，中指点，食指辅助。你的指形虽也是这样，却并不管用，不信我们来试试。我也点你的穴，同样以功夫胜你。若输给你，依你所言，薛亮与刘亦然的命就是你的了。”

说着许豪走进场中，和陈生面对面站立。两人均伸出右手，彼此中指、食指指向对方。一场关乎刘亦然、薛亮生死的大战，迫在眉睫。

1　百会穴，指头顶。风池穴指后脖梗子，点上就会昏过去，力量大了人就有生命危险。哑门穴，在后脑枕骨下方正中间，力量打进去，点了就暂时说不出话来。

第四章
圣库谜案

赵劲夫的右手指向那人，对陈蕾道：“你可能不相信，他从南京来找我，为的是救刘亦然一命。”

清古斋的店铺里，赵劲夫手指的方向，站着一个人，三十来岁，身高一米七左右，穿淡蓝色夹克衫，下身着一条牛仔裤，小眼睛，细眉毛，宽额头，看起来像是刚下夜班，却被妻子从家里赶出来的人。他神色犹疑不定，看着陈蕾轻声道：“你们不相信我的话很正常，因为，我并不认识刘亦然。”

陈蕾吃了一惊，看向赵劲夫。赵劲夫耸耸肩，道：“你想问的话，我都问过了。我不得不带他来清古斋，是因为你接下来听到的话，关系到刘亦然的生死。他说得没错，我们如果不帮忙，刘亦然死定了。”

那人听到赵劲夫的话，嘴里嗯嗯连声，陈蕾将店门关闭，示意他们跟随自己去往后院。那人走进房间后，坐在椅子上，赵劲夫找出茶具，沏了一壶茶，斟满三杯。那人向赵劲夫一笑，端起一杯茉莉花茶，轻轻吹开浮在水面的花，品饮其甘美，脸上神色方定。

放下茶杯，他向赵劲夫点点头，道：“谢谢你的信任，我刚才还以为你们会把我赶出门。”

赵劲夫道：“你是不是朋友，要看你做了什么。”

那人转向陈蕾，小心翼翼地道：“刘亦然是有危险，话虽如此说，我却不认识刘亦然。”

陈蕾神色一变，却缓缓开口道：“刘亦然要是死了，你也不会坐在这里。”

那人赶忙站起身来，道：“陈小姐先不要动气，您先听我说。我想刘亦然去了南京，您是知道的，他为什么去南京，您是否听他和您提起过？”

陈蕾道：“你是怎么知道这事的？”

那人道：“这件事不仅我知道，我想至少有二十五人，都知道南京赴宴的事。刘亦然是在最后时刻被添加到受邀人名单里的，原因只有一个，清古斋。”

陈蕾道：“清古斋重张开业，这段日子里有朋友们来祝贺，没事找事的有，帮忙的也有。只是，既然为了清古斋，为什么不找我父亲，不找我，却是找刘亦然？”

那人身子微躬，脸上露出笑意，道：“我来的时候就想过了，依清古斋的名号，自然不会将我挡在门外，更不会伤我半分毫毛。我是帮忙的朋友，不想找事，也没有那个本事。”

赵劲夫看向陈蕾，道：“你先别急，我们慢慢谈。既然是朋友，我们先请他坐下？你这样会吓到朋友的。”

那人见陈蕾的脸色舒缓些，又见赵劲夫示意他坐下，于是慢慢坐下，道：“刘亦然去南京，是参加一场饭局的。据说是由大先生设宴，邀请行内精英，为的是一宗金银如海的宝藏。一个月之前，圈里人便盛传，大先生得了四件文物，背后隐藏着一个大秘密。消息一传出来，有人觉得本事不行，吃不下这份大餐；有人扬言宝藏非他莫属，直接找到大先生，要求看一看文物，却直接被打了出来，告诉他不够资格。那么谁够资格？大先生邀请了二十五个人，准备了四个菜，一壶酒，直接说了，一件文物，一盘菜，一杯酒。但是，菜是毒菜，毒性越来越大，吃到第四盘菜，见到第四件文物的时候，这人也就死了一半了。这个消息放出来，有二十个人退出了，只有五个人要钱不要命，非去参加南京的宝藏盛宴。”

赵劲夫道：“你是怎么知道此事的？”

那人笑道：“赵老师，你的问题其实问错了。”

陈蕾道：“你的意思是，不应该问你怎么知道此事的，而是要问，你为什么找到清古斋，告诉我们这件事？看你的意思，一直在等着我问你这句话。”

那人微微一笑，道：“我来找清古斋，一是为了刘亦然，二是为了那宗宝藏。”

赵劲夫道：“你要是想威胁我们，那你真就找到麻烦了。”

那人又慌忙站起来道：“两位别误会，我只是一个普通人，哪有那个本事，敢碰清古斋？我只不过是想帮忙，俗话说人情往来，我帮了你，你也要帮帮我。”

陈蕾见他小心谨慎的样子，冷着脸没有说话。那人又看向赵劲夫，见他脸色安然，这才坐下来看着赵劲夫道：“我来找您，给您看过一张照片，也正是那张照片让您相信了我，才带我来这里。那张照片能够证明一件事，我是有份取得宝藏的人。哪怕百分之一，也就一辈子消受不尽了。但我这个人本事小，仅靠我自己，怕是拿不到宝藏，小命也可能丢进去了。”

赵劲夫道：“你有什么话当面一早说清了，不用藏着掖着。我给你打包票，无论你今天说出什么来，陈蕾不会怪你，她就算是再生气，这屋里坐着人，还有我呢。”

那人见赵劲夫拍了胸脯，口中呵呵笑着，语带七分讨好地道：“我也知道，您的面子大，但那宗宝藏，说多说少和我们包家人还是有些关系的。我包不年胆大些，请陈小姐您看看。”

说着，包不年从怀里取出一个手掌大小的黑色封皮笔记本，轻轻打开，里面是一张泛黄的老照片。他右手两指拈起老照片放在桌上，道：“这张照片里，有一宗大宝藏。刘亦然去南京赴宴，为的正是它。”

这是一张约四寸长、三寸宽的老照片。一个深约三丈的大坑，占据了照片一半的位置，下方站着五个人，三个人身穿民国时期的巡警服装站在坑边，另两人站在坑底。地面上一片废墟，错落有致地站着九个人，三名巡警与一名身穿长袍的人在前方，后方不远处，五人中两人背面而立，看向坑内，三人手揣在袖筒里，面容模糊不清。

包不年道：“这张照片，拍摄的是1913年南京城里挖掘宝藏的场景。这笔宝藏正是太平天国的宝藏。”

1864年7月，太平天国固守的天京（现为南京）被曾国藩的湘军攻破，天朝的宫殿等被一把火烧得片瓦不留。后人曾叹道：“十年壮丽天王府，化作荒庄野鸽飞。”

攻破天京之前，世间便有太平天国财富金银如海、百货充盈之说。当时的同治皇帝多次暗示曾国藩，城破之日，将以太平天国的财富补充国库。曾国藩也曾向朝廷上书，言明攻克天京后，所得财物，一则留作军饷，二则上奉户部。

但是在曾国藩之弟曾国荃率领湘军进入天京数日之后，曾国藩向朝廷奏报，没有找到太平天国的财富，直言出乎意料：“克复老巢，而全无货值，实出臣意计之外，亦为从来罕闻之事。”

包不年道：“太平天国苦心经营十四年，连续攻克大清朝的南方地区，清朝当时最为富庶的江浙地区，几乎均被太平天国所占。围攻天京前，曾国藩就曾下令，进入天京后，那些军士身上的财宝，你们抢，我不管，但各天王府的藏银，尤其是太平天国的圣库，谁敢私自发掘，必杀不饶。那么这件事就很奇怪了，一个和当时的清王朝对抗十四年的政权，城破了，圣库里会没有钱？连同治皇帝都不相信，派僧格林沁来到天京，明察暗访，最后财富没有找到，又忌惮曾国藩的湘军，这件事只好不了了之。”

赵劲夫点头道：“包不年拿出的这张照片，是一个证据，证实在民国时期，南京城曾发现了太平天国的宝藏。”

陈蕾接过包不年手中的照片，仔细观看。见她凝神查看照片，包不年面露喜色，道：“您只要仔细看，就知道我没有骗您。这张照片，说的是湖南人林开泰，他年轻的时候曾经在太平天国的军队里当过兵。当时的天京被湘军攻克，洪秀全亡故，林开泰亲口证实，曾经与他人将四十八缸黄金，藏在了南京某处。后来他逃出了天京。”

包不年一边说一边暗暗观察陈蕾，见她不动声色，又看向赵劲夫，见他一副事不关己、高高挂起的模样，只端着盖碗茶一口一口品饮，不由暗自紧张，接着道：“据传，林开泰找到当时的民国政府，哪一个官大，能管事，他直接推门就进去了。别人责怪他无礼，他倒是放声而笑，说我有四十八缸黄金的财富要送给你们，你们见了财神爷，不说好吃好喝地招待，还要说我无礼，天下哪有这样的道理？”

赵劲夫哈哈笑道：“那你的意思是说，你也把这些财富送过来了，我们应该把你敬为贵宾，好吃好喝好招待，像个爷爷似的供着？”

包不年面色尴尬，连声道：“不敢不敢，可话说回来，眼看着金银在前，两位却没动静，这倒让我不知道该怎么往下说了。”

赵劲夫道：“人总有个喜好，无非是酒色财气，话好说，有些人，你能够用金银动他的心，有些人，你能用美色惑他的意。你是瞧准了财到人到，你又没实力去争取这笔豪财，才找到了我们。之所以提到刘亦然，是因为你知道，你直接找上门来，十有八九会吃闭门羹了。”

包不年脸上挤出笑容，看陈蕾冷面无言，而赵劲夫似笑非笑，只得岔开话题，道：“林开泰当时七十八岁高龄，他说自己愿意带人去挖掘宝藏。当官的人问他有什么条件，他讲了，如果找到藏宝，八成的金子上交政府，用作公费；另提请一成黄金，捐给湘苏办学之用；自己只留一成，算是挖掘宝藏的辛苦钱。”

陈蕾这时才道：“你这么说的意思，我们听明白了。”

包不年左手搓着右手，脸上喜色盎然，小眼睛挤成了一条缝，道：“您是聪明人，话不用多说。我接着说林开泰，接待他的人将这件事汇报给当时的江苏都督，都督非常高兴，省里财政困难，如果有这么多金子在手，什么事都好商量，于是立即批准了，派一个名叫陈楚斌的人，操办此事。在1912年12月20日那一天，陈楚斌领着一批人，秘密来到林开泰所说的藏宝地点，旧教统属的前墙根附近开挖宝藏。就是照片上的所在，南京通济门城楼二十丈处，有一个土堆，和城墙差不多高，旁边有一棵树，大约六丈高，那棵大树附近，就是埋黄金的地方。”

赵劲夫道：“那黄金自然是找到了？”

包不年点点头，站起来，越说越兴奋：“据说当时挖掘的现场，所有路口都有巡警看守，人人手里拿着长枪。陈楚斌雇了上百民工，在林开泰指定的地方开始挖掘，几十吨的土石方被挖出来，堆得像小山那么高。四丈多深的大坑啊，那么多人在挖，走过的、路过的都看到了，这件事动静太大，想瞒也瞒不住，整个南京城都轰动了。”

赵劲夫右手指着包不年，向下压了压，示意他不要过于激动。包不年不好意思地坐下，道：“很多人都亲眼看到了，大石头有三尺厚，一丈多长。把石头挖开，下面是一种由黄土拌着石灰的合成土，很硬，像铁。又接着向下挖，一直挖到下面一丈多深，就看到了一个铁家伙。林开泰说，藏金的大缸有三尺高，大缸粗一尺八寸还要多，埋缸时放了大量石灰土，把松香熔化了密封起来，再用铁水烧化了作为缸盖，里面装满了金银珠宝和贵重的首饰。”

包不年边说边看向陈蕾，见她未有丝毫激动之色，只是把照片放在桌上，仍然没有发声，只好接着道：“林开泰还讲了，当时埋宝的时候，一直挖到下面出水了。就凭这句话，那些民工一连挖了一个多月，几乎把周围都找遍了，却没有找到黄金。后来当时的江苏都督专门发公告说，没有找到宝藏。但林开泰也没有受罚，只是听说领了一笔钱，不知道去了哪里。”

赵劲夫看他这神色，笑道：“那你讲一讲，到底有没有宝藏？”

包不年搓搓手，脸上挤出笑意，道：“赵老师就不要再取笑我了。别说是江苏都督，就算是我真挖到了宝，也不能说挖到了。狼多肉少，四十八缸黄金不够分的。只是后来又有一件事。当时不仅是林开泰，还有一个人，他也曾在太平天国当过兵，天京城破之前，被差遣修建地下藏窖，当时他还纳闷，为什么要修这么深、多达十余个暗中相连的地窖，不知道装什么用。”

赵劲夫若有所思，道：“你是说，地窖里装的是金银？一般情况下，干这种事的人都会被灭口，怎么会留活口？方才你说林开泰的事，我相信你，因为当时的南京报纸杂志都报道过，你又拿出了过去报道的影印件。现在你又说有个人能证实，太平天国的宝藏是被挖地窖埋起来了，有什么证据？”

包不年突然面色一变，道：“那个人本该死的，却是老天爷给了条命，没死成。当时地窖完工，当官的设宴犒劳这些当兵的苦命人，他若不是闹病，也就去了。直到当晚夜很深了，去参加晚宴的兵一个也没有回来，他才想到是出事了，赶快逃离了军营。后来一打听，那些兵全都被杀了。”

赵劲夫道：“你不会是要说，那个人有个后代，他画了一张藏宝图，而你恰好手里有这张图吧？”

包不年闻言笑着点头，道：“赵老师的心思太细了。那个人的后代，在林开泰挖宝未得之后能不吸取教训？他没有找江苏都督，而是找了一个洋人，商量好了挖到宝藏，洋人保他安全，可以得到一半的金银，而他得到另一半。洋人为避人耳目，专门成立了一家公司，买下中正街三处房产，向官府申请改建，推倒房屋，砌上高墙，外面人看不到里面在做什么，这才开始召集五十多名工人挖起来。”

赵劲夫道：“林开泰那次一定是挖到宝藏了，这个人想明白了，这笔宝藏不管挖到还是没挖到，都要瞒过江苏都督。”

包不年一伸大拇指，道：“赵老师讲得对，林开泰这个人过于相信人了。本来在战场上经历过生死的人，看人应该比较准，结果他被人耍了。那个人不会再犯同样的错误。我也相信，那笔宝藏一定是挖出来了，太平天国的宝藏也确实是存在的。这一点，当我找到你的时候，赵老师就已经明白了。”

赵劲夫叹口气，突然一拍桌子，吓了包不年一跳，然后他左手指着包不年对陈蕾道：“这正是包不年来找我的原因，他清楚地知道，直接找清古斋说有这笔宝藏没人会信，必须由一个你信任的人来说，你才会思考一下。在这种情况下，他以刘亦然的生死为饵，其实钓的是宝藏这条大鱼。”

包不年强挤出笑容，道：“赵老师言重了。我就一个小老百姓，一生中遇到这种机遇，也就是亿万分之一的机会，我不想放手，这笔财富能改变我包家的命运啊！”

赵劲夫看着包不年急切的模样，不由感慨道：“我虽然不承认，或者有所怀疑，但不得不提的一点是，包不年的心思，其实也是很多人的想法。寻常人有这份机遇，是拼了性命也不愿意错过的。他说得没错，这笔太平天国的圣库财富，传闻金银如海，是真实存在的。”

包不年长吁一口气，仿佛卸下了千斤重担，他用左手擦了擦额头上细密的汗珠，道：“赵老师你这么一讲，我心里这块大石头，才落了地啊。”

包不年笨拙的笑容，让赵劲夫苦笑不已，他看着陈蕾，若有所思：“天京失守时，洪秀全已经过世半年有余，当时太平天国能够指挥全军的人，其实是忠王李秀成。曾国藩兄弟的湘军将天京围得水泄不通，插翅难飞，也就是说，天京城里无论是人还是圣库宝藏，都无法运出城外。”

包不年忍不住拍了一下大腿，以一种夸张的口吻赞道：“赵老师名气大，果然是大得有道理，几句话就把事情说得清清楚楚，不像我，啰啰唆唆半天，也……”

赵劲夫挥挥手，止住包不年的话：“包不年，你心里怎么想的，恐怕也只说了一半。你现在不想说，我们不逼你，你什么时候想说了再说吧。只是现在，你就算把我捧到天上，又怎么样呢？”

包不年尴尬地笑笑，闭上了嘴，看看陈蕾，又看看赵劲夫，额头的汗又下来了。

赵劲夫道：“围困天京之战中，李秀成甚至将自己的母亲、家眷都送到天京城内，交给天王洪秀全，以示忠心。那时的情况下，也确实只有李秀成能与曾国藩兄弟的湘军一战，从这一点上来看，洪秀全只能把希望寄托在李秀成身上，将太平天国的精锐力量交予其调遣。尤其是洪秀全死后，李秀成掌控天京全局，圣库的宝藏既然运不出去，那么就是藏在哪里的问题。”

听到此处，包不年神情紧张，眼睛直直地盯着赵劲夫，急急道：“我打听过了，好多人讲，当年天京被湘军包围，那笔金银如海的宝藏被忠王藏在南京城西清凉山、古平岗、卢龙山、小仓山一带了，我还专门去过，那里看起来确实非常偏僻，藏下宝藏，别人根本找不到。”

赵劲夫笑道：“包不年啊包不年，你为这笔宝藏，可真是没少花心思。我不相信你只找了这一处，说说看，你还觉得哪里有宝藏？”

包不年不好意思地笑笑：“我都是猜的，有些是听老人们讲的。我听一位八十多岁的当地人讲过，1956年到1962年，有好几拨人都去过清凉山、小仓山一带找宝藏，传得特别真，说有人挖到了宝，发了家。”

赵劲夫道：“既然有人挖到了宝，那你见到了吗？”

包不年脸上摇了摇头，道：“真人倒是没有见到，但东西我见到过。在南京的古玩店里，真有一些挖出来的文物，小银锭啊，还有首饰什么的。金银如海的宝藏，不可能在一个地方埋着，可能碰巧了，挖出来一点。”

赵劲夫笑着问道：“你既然知道，为什么不去那四个地方挖挖看？”

包不年脸上又挤出笑来，道：“我真去了，那片地方太大了，我到处挖了两个多月，除了挖出来一些废铜烂铁，三十七枚太平天国的铜钱，什么也没有发现。那些铜钱总是真的吧？我拿到古玩店让人看过，确实是当时的铜钱。南京城里古玩行的人几乎都知道，圣库宝藏是有的，就是不知道埋在什么地方。我就留心了这件事，只要听说哪里可能有宝藏，就过去看看。”

赵劲夫看陈蕾一直不说话，只是静静听着，又问道：“包不年，看来你为了这宝藏，也是下了苦功。你都去了什么地方啊？”

包不年嘿嘿讪笑，道：“赵老师就不要逗我了。我去的那些地方，什么广东韶关、浙江湖州，要是早遇到您，也就不去了。这明摆着的事嘛，您刚才说了，曾国藩的湘军把天京围得连鸟都飞不出去，这么大一笔宝藏，怎么可能被运出城？”

赵劲夫道：“这么看来，你手里一定还有其他东西，让你深信宝藏的存在。有的话，现在就拿出来吧。”

包不年看他一眼，手又伸向怀里，取出一个蓝色的小包裹，仅有半个拳头大小，一层层打开，里面是一块略显黑色的银锭，道：“这块太平天国圣库的银锭，就是证明。”

赵劲夫道：“一个小银锭，包不年，你这话说大了吧？我相信在南京的古玩店里，只要花得起价钱，这种东西并不难找。”

包不年笑道：“如果我告诉您，我这件东西，不是买的，而是家传的呢？”

赵劲夫一怔，看了一眼陈蕾。陈蕾又看了眼照片，突然开口道：“包不年，这张照片上，有你家先人？”

包不年松了一口气，道：“您终于说话了，我快被您吓死了。不过，您没有说对，这张照片里没有我家先人，我家先人当时怎么比得上那些有权有势的人？他只是一个被雇来挖宝的人，没有资格拍照。实际上，他人穷志短，吃了今天，不知道明天吃啥，一辈子也没留下过一张照片。”

说到此处，包不年眼里突然泛起泪花，伸手抹了一把鼻涕，接着道："我家先人被雇来挖宝，在第三天就挖到宝藏了，当时就发生了哄抢。我家先人没有抢，他帮着林开泰把金银财宝护住了，后来得了三锭小银子。他挖了一个月，为别人挖到了金山，自己只得了十五块大洋和东家给的银子，买吃穿，喂肚子，修破家，十五块大洋花光，银子还花出去两锭。后来就传出消息，一两银子也没有挖到，他当时就把最后一锭银子藏了起来，这就是证据。太平天国的圣库，林开泰所藏的金银，只有不到万分之一，他深信还有其他宝藏没被挖出来，临死咽气前还说，南京城里宝藏多，有缘无分莫挖它。"

他还沉浸在突如其来的悲伤里，突听陈蕾道："包不年，你怎么会知道南京赴宴的事？"

包不年抹去眼泪，道："不瞒您说，这块小银锭，在我家传了有两代，到我手里已经是第三代了。我父亲说过，自我爷爷那会儿，便知道宝藏的事。这么多年来，南京城有无数人在寻找宝藏，也正因为人人都知道，所以当有人把赴宴的消息传出来之后，南京城里古玩行可谓尽人皆知。"

赵劲夫道："这么说来，你能打听到南京饭局的事也不算难，但你是怎么知道毒菜一事的呢？"

包不年道："那时我总打听这个事，我古玩行里的一个朋友知道饭局的事，有一天我去他那里玩，他就和我开玩笑，说你想找宝藏，半个月后，南京有个叫大先生的人，将要举办一场饭局。这个饭局代价可高，吃四样毒菜，看四件文物。你要是不怕死就去参加，吃完了，就能知道金银如海的宝藏在什么地方了。”

赵劲夫似有意似无意地道：“你那个朋友，倒是对你好得很。”

包不年有些得意，道：“我从他那里淘换了不少好东西，有时候也给他介绍一些客户，做买卖的人，都是有钱进，无钱出，一来二去也就熟悉了。他一说，我真是想去，但我只是一个平头老百姓，就算是有吃毒菜的胆，也没挖宝藏的实力。这个消息就像是一只蜜蜂，天天在我耳朵边嗡嗡响，我就算是去不了，也想知道这里头到底是怎么回事。”

赵劲夫道：“你打听到些什么？”

包不年道：“我从不下十个人那里听说，有近百人报名，只有二十五个人进入备选名单，最后仅五个人来参加饭局，分别是孙老三、周华、欧静儿、薛亮和刘亦然。”

陈蕾听到刘亦然的名字，眉毛一动，禁不住问道：“刘亦然？你还听说些什么？”

包不年看着她的脸色道：“刘亦然是清古斋的女婿，是记者。只不过，他为了您辞职了，一心一意帮着打理清古斋的生意。我还听说，就在他辞职前，你们四个人找到了一处和崇祯皇帝有关的宝藏。”

赵劲夫笑道：“你这耳朵还真是长，还有什么，一起说出来吧。”

包不年道："这些事报纸电视上虽然不报道，但在行里，传得比电视还要快。你们也付出了代价，听说一个叫李小军的人，就死在了藏宝洞里。陈小姐，您这是怎么了？"

他刚才一直看着陈蕾的脸色，在他刚刚说出"李小军"三个字时，陈蕾的脸好像变得苍白了，两只手紧紧地绞在一起。

包不年不安地看看陈蕾，道："我是不是说错了什么？李小军他真的是为了救您死的？"

赵劲夫立刻道："包不年，这件事你说错了，李小军是为了救我们大家。"

陈蕾终于开口，似乎在整理思绪："你刚才说，大先生有四件文物，与宝藏有关系，想要看到这四件东西，需要吃四样毒菜。刘亦然如果确定赴宴，那就是说他必须吃这四样毒菜。既然你这么清楚，一定知道那四件文物是什么吧？"

包不年道："第一件，太平天国镇库钱。第二件，太平天国所制造的砝码。第三件，是一把尺子，说起来简单，其实暗藏玄机。这把尺子长什么样子，没有参加饭局的人，都不会见到。但是有人听说过尺子的模样。据说这把太平天国的尺子，比清朝所用的营造尺，要长7厘米，用现在的标准来说，就是32乘以1.07，等于34.24厘米长。"

他倒了些茶水在桌面上，用右手食指蘸些水，在桌上画来画去："这把尺子为什么重要，外人听着迷糊，其实和前面两件文物联系起来看就清楚多了。镇库钱，证实了太平天国的圣库是存在的。砝码，说明进入太平天国圣库的金银有度量之物，金银进入圣库的时候，要进行校准重量。[1]据说这把尺子是标记之物，要和其他文物结合，才能明白奥妙所在。”

说着，包不年有些得意地看向赵劲夫、陈蕾，似乎在等两人询问。但是陈蕾无言，赵劲夫不语，包不年一时犹豫了。

赵劲夫见包不年这模样，不由笑道：“你该说什么就说出来，我们不了解内情，不好打断你。”

包不年如释重负，赶忙道：“这把尺子在四件文物中，也不算最重要的东西，据说最关键的一件文物，是一本笔记中的残页。无论如何，虽然只有去参加饭局的人才能知道详情，但凡是听说过南京饭局的人都知道，大先生的四件文物，件件都和圣库宝藏有关系。”

陈蕾道：“组织饭局的人，将四件文物的消息放出去，只是为了让有意参加饭局的人知道。而只有知道了四件文物与圣库宝藏有紧密的联系，所有参加饭局的人，才会心甘情愿地吃下毒菜。”

赵劲夫赞许地点点头，道：“不错，这样也能够把没有实力参与的人，直接刷下来。吃了毒菜的人，才有资格参与金银如海的圣库宝藏挖掘。也就是说，这笔宝藏危险性极大，一个人吃不下来。”

包不年听陈蕾与赵劲夫说话，言简意赅、直指核心，不由睁大

1　这枚砝码的重量，按清朝以16两为一斤，50两的砝码，应为3.125斤。清朝的一斤，合民国时的1.936斤，以现在的标准，是3.7299斤。

了眼睛。

陈蕾接着道："如此大规模的藏宝，虽然目前不知道具体的数额，但能让人不惜以身试毒也要参与进来，肯定不小。这场饭局要五个人来参加，却也委实多了些。"

赵劲夫沉吟道："这场饭局，其实不仅是吃顿饭那么简单，这是一场阳谋。组织饭局的人将消息放出去，就是要告诉参加者，这就是一个局，有能耐的人才能拿到宝藏。那些没实力的人，设局的人不会让他泄露消息。按照这样的判断，其中最没实力的，就是刘亦然。刘亦然几乎没有机会拿到宝藏，去参加饭局活着回来的可能性也很小，但是，他为什么要拼死参加这场饭局？"

陈蕾似乎突然明白了什么，看向包不年："包不年，你找到我们，不是来告诉我们刘亦然身处险境的，而是你有办法救刘亦然，是不是？能救得了刘亦然的，就是你拥有组织饭局的人手里没有的东西。说吧，你手里到底有什么？"

包不年叹息一声，道："陈小姐冰雪聪明，心细如丝，赵教授分析到位，每个字都透着真，若不是我知道两位与刘亦然的关系紧密，还以为这个饭局是您两位设下的圈套。您两位说的话，我件件都服。"

包不年本意是恭维，却看到陈蕾不耐烦的表情，知道马屁拍错了地方，赶忙接着道："其他四个人，孙老三来自香港，薛亮来自美国，欧静儿来自日本，周华是本地人，财大势大，我根本接触不到。只有清古斋的刘亦然，我还有机会和他合作。但是我进不去饭局，只能来北京找你们。我手里确实有一样东西能救刘亦然，不过，我需要两位帮助我取得宝藏。你们帮忙找到宝藏，我不会贪心，只拿两成。两成，我这辈子也花用不尽了。”

赵劲夫道：“还不知道能不能找得到宝藏，你倒是提前都分配好了。”

包不年忙道：“我福小命薄，心里明白得很，我一个人消受不了这么大的福分。我只拿两成，其他的宝藏份额，任由两位分配，我绝对没二话。”

说着，包不年伸手入怀，又从里面掏出一个小小的透明塑料袋来。他嘴唇紧紧抿着，仿佛手里拿的是如海的宝藏，双手颤抖着，将塑料袋放在桌上。

赵劲夫、陈蕾透过袋子，已经看出那是一张笔记残页，以小楷工整书写，不过三十余字。

上面记载的，难道真是圣库宝藏的信息？

第五章
列车疑云

薛亮清楚地知道四件文物的模样以及功能，尤其是笔记残页记载的内容，这让刘亦然大吃一惊。薛亮说出那番话时，他们正在不得不逃亡的路上。

薛亮道："我没有想到，陈生会下死手，许豪点穴竟然没有全赢，这倒真是怪我了。"

点穴[1]，确实不是影视剧里才有的事情，只是那些神乎其神的功夫在现实中只能算花架子，充满幻想和浪漫主义的点穴，于陈生与许豪对阵中，是抓筋拿穴，分筋错骨。也就是说，点别处不

1　点穴功夫并不神秘。中医理论的穴道，讲究通则不痛。针灸扎穴，左为补，右为泄。点穴的功夫为截，和针灸相反，是将通畅的穴道脉络封闭，截住穴道血脉，血脉不通，因此让人疼痛难忍。被点中要穴者，半边身子没力气，丧失了攻击的能力。传统点穴手法讲究上打咽喉下打裆，左右两肋奔中央。看明白点穴奥秘，再看陈生与许豪的点穴对战，惊险处有之，必杀有之，而点穴把人定住，则是根本没有的事。影视化的点穴是夸张了，真正的点穴，是拿人关节穴位要害，限制人的行为能力，使其暂时失去战斗力。

疼，点中穴位会要人命。

陈生出手，未见其功力如何，许豪则是十六岁就跟随父亲学习点穴的，当时学来并非为对敌，而是为了一解病痛。他开设武馆之余，有人腰酸腿疼、筋骨不适，慕名而来，即点气海穴、乘服穴、委中穴，解腰腿病痛、半身不遂、偏瘫等。在这三处轻轻点穴，治病救人，狠手对敌，则伤人性命。因此点穴之术不轻传，所谓德不配，无点穴，正是此意。

许豪右手微动，道："今日赐教点穴，对阵只为领教，切勿伤人。你看，我来点你天通穴、鸠尾穴。"说罢身形微动，右手伸出，快速点向陈生。

两人身形快似闪电，刘亦然还没看清，只听"哎呀"一声，许豪捂住前胸，向后退了两步。

陈生冷笑道："许掌门，你点得好穴。你看，我再来点你章门穴。"话音未落，他向前一纵，右手食指、中指照许豪右肋骨下点去。

许豪方才出手点穴，进攻之意甚浅，没料到陈生突下重手，猝不及防被点中鸠尾穴，还未缓过气，陈生已闯进他防守寸许之地，眼看得又中，只得反掌，顺势左手拉住陈生右臂，身形猛地向前一撞，硬生生将陈生逼得后撤。

两个人间隔三步有余，陈生呵呵怪笑道："许掌门，你这一手反退为进，好功夫！你看，我再来点你天通穴。"

许豪脸膛隐隐现出苍白之色，喘着气，捂着胸口轻咳了两声，道：“陈生，你好不羞人。”

陈生并不答话，一双眼定定直视着许豪。

许豪深深呼吸，道：“陈生，我再问你一次，你是决意要狠斗？”

陈生道：“许掌门，你要不要喝口水休息片刻？省得你没有力气，被点中穴道，在你这些徒弟们面前，脸就要被我踩在脚底下了。”

许豪听了不由大笑道：“好，我三番让你，哪怕你施出邪门巫武，本意是可惜你一身武艺，怕绝了你，你这一门派拳种也就亡了。但你既然处处下狠手，要置我于死地，那我也只能废你三年功夫了。”

陈生呵呵怪笑，道：“许豪，许掌门，你倒是客气了，才坏我三年功夫，那我礼尚往来，点中你穴道，让你瘫痪三年，武馆关门三年，就当还你的恩情。”

许豪道：“我废你三年武功，还要让你明白，三十六处大穴，我一个不点，要点，就点你从来不知道的穴位，让你长长见识。”

陈生嘴角上扬，一脸不屑的神色：“许掌门，大话说多了会砸着你脚后跟。点穴之法传承上千年，治病、救人、伤敌，全身的穴道早被古今高手实验了千遍万遍，你现在告诉我说，你要点一个我不知道的穴位。也好，真因为这个你废我三年武功，我认了。可是，要没这回事，你也就别怪我心狠手辣。”

许豪道：“要你输，就让你输个心服口服。点穴讲究点打十二时辰。你自然听你师父讲过，每一个时辰会有血脉走到相应的穴位。若是功法练到家，就是哪一个时辰点相应的穴位，依此法训练，点中方有伤敌功效。”

陈生大笑，环顾四周，看着许豪的徒弟，道：“你们都听好了，一会儿我点中你师父的天通穴，你们要跪我三次，我才与他解穴。”

许豪并不生气，道：“陈生，我接着说的话你要听清，我要点你阑关穴。”

陈生一怔，口中喃喃自语：“阑关穴？”

许豪道：“点中此穴，你会半身瘫痪，此穴位置紧要，全身的血脉精气，都是从阑关穴出，气海穴走。你不用想了，这个穴位任何典籍文献资料都没有记载，是我家老父亲自祖上的一本医书中得知的。”

陈生脸色紫涨，道：“你在吓我，你以为我会怕？你放心，我可不会上你的当。”

许豪看着陈生，神色中充满了怜惜之意，道：“我点中你阑关穴后，你全身血脉被截断，会感到胸口绞痛，半身麻痹，双眼暴出，耳鸣如鼓。但你这个时候千万不要慌，我施五成力，不会伤你性命，你只会感到身体疼痛，渐至麻木、憋气而已。”

陈生冷笑道：“你的意思是说，我躲不开你的攻击了？”

许豪道：“我和你讲清点中之后的反应，是让你不要轻举妄动。若你不听，强自扭动，那接下来的后果难料。”

陈生眼珠一转，欲说不说，最后终于忍不住道：“后果，你倒是说说。”

许豪哈哈大笑，道：“陈生，你还是怕了。”

陈生立即明白自己示弱了，不免气恼，道：“许豪，我怕你？别的功夫不敢说，若说这点穴，我五岁练武，十五岁开始勤习点穴之法，还怕你在这胡说八道？有什么招就快使出来，别废话了！”

许豪轻轻叹息，道：“你放心，我不伤你性命。你带来的两个人会把你抬走，三天后你右手可抬起，七天后四肢可活动，但三年之内，不可动气练武，只能静养生息。你若是不服气，强要动手，那身体就彻底废了，至少半身不遂，这不是我的本意。我说废你三年武功，不卸你的胳膊，也不下你的腿，只是让你三年在家静思，这是武德。”

陈生气极恼极，却昂头而笑，面色凄惨，道：“武德？一将功成万骨枯，说德，一介无名之士，德重要还是活着重要？许豪，你开武馆，门下弟子无数，衣食无忧，说德，哼，说得倒轻巧。你可曾想过，我们这些小门小派，代代单传，一旦绝了，再无陈氏武功。武德，呸，我先要活下来，再来和你讲武德。”

话犹未了，他身形一纵，向着许豪猛扑过来。两下里交手，只听“啪啪”两声，陈生口不能语，身体右歪，摔倒在地。

许豪向后猛退数步，弟子们忙上前扶接，他身形方定，吩咐人扶起陈生，命弟子取来一副担架将人安放其上，这才道：“你根本没有想到，原来这个地方才是阑关穴，对吗？”

陈生躺在担架之上，嘴歪眼斜，面色黑红，双眼布满血丝，眼珠前鼓，似欲暴出。

许豪道：“阑关穴的位置你既已知道，还望你静思三年，想明白今日之事。你走吧，伤好之后，花十年、二十年教出一个好徒弟来，想报仇还是想切磋，都可以来找我。”

送走了陈生，许豪突然倒地大咳起来，众人慌忙上前，将他抬进后院屋内。

安置好后，许豪挥手令弟子们退去，留下刘亦然、薛亮，悄声道：“陈生被我点中阑关穴，说不出话，那时他应该已看出我受伤不轻了。点穴交手时不小心被他点中穴位，若不是我勉力支撑，刚才怕是就倒下了。”

薛亮忙道：“许掌门，为了我们让您受苦了，那封信，我就不应该写。”

许豪摆摆手，喘了几口气，又道：“薛家与许家世代之交，后来薛家去了美国，许家武馆众弟子才能在异国他乡传播中华武术。说起来，武馆在国外经营得不错，也要谢谢你们了。”

薛亮道：“那都是应尽的本分，许掌门今天拼力相救，真没想到会闹成这个样子。”

许豪咳了两声，道：“感谢的话说多了就见外了。说起来，方才也是危险，陈生若是赢了，那你们的性命可就在他手里了。我只有施险招，一边和他讲话一边暗自调息，待体力恢复至五成，只能够点一次。若是没点中，那可就大险了。万幸万幸，他不知阑关穴在何处，被我一点即中。现在陈生走了，你们不能留，赶快走。”

薛亮方欲说话，许豪摇摇头，接着道：“你不用担心我，强龙不压地头蛇，若是有人再来，见你们不在，也不会过于为难我。原来打算让你们在这里多留两天，现在看只有一个地方能让你们容身。只是不知道，你们敢不敢去？”

薛亮眉头一皱，道：“您的意思是，亡灵村庄？”

许豪道：“没错，你想想，这么大一笔财富，派陈生来的人怎么会轻易舍弃？你带来的这位朋友，身上又被人强按了一宗命案。既然杀了一个孙老三，那他们就不在乎多杀几个人。想要活命、躲过追杀，去那里概率更大一些。”

刘亦然道：“这件事，无论如何也解释不清楚了？”

许豪道：“孙老三是不是你杀的，其实薛亮心里早就明白了，否则他也不会带你来我这里躲避，只是没想到，他们派来陈生这样的高手。你现在要做的，是先保住自己这条命。”

刘亦然心中一动，看了一眼薛亮，薛亮不动声色，对许豪道：“我们不能开车了，那辆车也不能留在武馆。”

许豪道：“你们放心，我自有安排。”

随后刘亦然与薛亮将衣服脱下，由许豪安排两名弟子穿上，等到夜色降临，开上车，按照许豪的安排向南京城开去。另准备两套新衣，刘亦然与薛亮更换妥当，在夜半时分悄悄离开武馆，沿稻田垄埂小径疾走，约行两里半路，上得一条村路，那里早有一辆北京吉普越野车等候，将两人送往火车站。

零时二十分，刘亦然和薛亮登上了开往哲口的绿皮火车。火车上人并不算多，车厢里稀稀拉拉坐了十五六个人，或坐或躺眯眼休息。不时有人走过车厢，厕所门开开闭闭，还有打水泡方便面的声音、咣当咣当的轮轨声，若非累极，想要睡熟也不容易。

刘亦然找了一个紧靠车厢尽头的空座，薛亮坐在他对面。一路上，刘亦然靠在硬座上，也不睡觉，眼睛大睁犹如铜铃，盯着薛亮直看。

薛亮看到刘亦然如此模样，不由轻笑，语气也亲昵起来，悄声道：“亦然，我又不是大姑娘，你这样盯着我看，你不害羞吗？”

见刘亦然仍不说话，薛亮叹口气，道：“自从上了火车，你一直沉默不语，你在想什么，我很清楚。你不用问，我自然会告诉你。否则，我们两个人不和，互相猜疑，生存的概率会大大降低。想要活命，我们两个人必须要配合。”

刘亦然直视薛亮，听到此处方问道：“那四件文物，你早就知道？”

薛亮点点头，道：“金银如海的宝藏，凡是想参与的，都是人精中的人精。大先生是谁？他更是行里人人敬畏的老手。不过话说回来，也只有他能拿到四件文物，还有本事每天好好地活着。换作我们中的任何一个人，别说四件，只怕是拿到其中一件，也是命不长久。”

刘亦然道：“既然如此，他为什么还要组织这场饭局？自己一个人独吞岂不更好？”

薛亮道：“亦然啊，我觉得吧，你虽然问了这个问题，其实并不关心答案。你是聪明人，怎么可能问这么傻的问题？我看你是想知道，参加饭局的人为什么明知危险，还敢吃下毒菜，我们四个人，为什么活得好好的，突然都不想要命了？”

刘亦然道：“薛老板，你既然是CC系的后人，特务手段要远超参加饭局的所有人。你敢吃下毒菜，欧静儿、周华、孙老三也都吃了，那你自然明白其中的道理。我不着急，你也吃了毒菜。你如果想要我死，也不会在饭局上救我。既然如此，你自然会带我去找解药，我很清楚自己死不了。你说这话无非是想知道，我明明和这件事关系不大，为什么宁拼一死，也要参加这场饭局。”

薛亮呵呵笑道：“清古斋的人，果然个个都有大本事，名不虚传。哎哟，我还真该为孙老三庆幸一下了，他这个人真不白死，有你刘亦然在，是谁杀的他一定能找出来。”

刘亦然道：“你不用和我打机锋，该说的话早晚都要说，不如现在讲出来，大家明白了才能够活命。”

薛亮眉毛一挑，正色道：“现在搞不清状况的人，恐怕只有你了。我想参加饭局这五个人，除了你自己，都想不明白你为什么会莫名其妙地出现。”

刘亦然道："你们既然调查过参加饭局的每一个人，怎么可能不知道我是谁？"

薛亮笑道："刘亦然啊刘亦然，你难道不知道你是怎么来的南京？你是在最后时刻才接到邀请的吧？"

刘亦然心中一动，正想说话，见薛亮笑嘻嘻地看着他，哼了一声，把将要出口的话生生咽回了肚子里。

薛亮半晌不见刘亦然说话，不由暗自叹息，道："沉得住气，有时候未必是好事。刚开始，我想就连死了的孙老三，也认定邀请你参加饭局是因为你是清古斋的人。但是，你究竟能不能解开残页上的秘密，这倒是要打一个问号了。"

刘亦然道："四件文物中最重要的是那张残页。抢走它的人，应该就是杀了孙老三的人。你既然早已经把饭局查了个底掉，饭局上杀人、抢文物，怕也在你的预料之中了？"

薛亮看着刘亦然，突然问道："你怎么就不猜猜，要杀的人，或许不是孙老三，而是你呢？你想一想，五个人之中，杀了谁都会遭到报复，只有你刘亦然出自清古斋，还是一个未来的姑爷，现在也只能算个免费的小伙计，杀了你，就算有清古斋的名号，也不一定会有人为你报仇。"

刘亦然冷笑道："CC系的后人，没想到就这么点儿本事，虽然说虎倒不散架，但你们的手段也不会这么落后吧？"

听到这话，薛亮讪讪地笑道："处变不惊，咬定青山不放松，这份本事还真有点儿清古斋当年的风范。没人想和清古斋作对，就凭‘清古斋’三个字，更不要说陈家那一手丹青妙笔，换十条人命也会有人抢着干，自然是没人想杀你了。在座的五个人里，还真只有孙老三最不济，杀了他之后，他们家远在香港，也不能如何。”

刘亦然正要说话，突然看向薛亮后方，随即道：“谁最有可能抢走四件文物？那四件文物，三件只是为了证明圣库宝藏真实存在，关键还是那张笔记残页。上面想来是记载着宝藏的信息。有人敢抢，却不一定就敢杀人。杀人与抢文物，是两件事。”

薛亮点点头，道：“我也是这么考虑的，抢走四件文物而已，没必要杀人。这或许是两拨人做的事。饭局上灭灯，是一拨人先抢了文物；出事了，饭局大乱，在混乱的一刹那，有人临时起意，趁机杀了孙老三。”

刘亦然道：“抢文物的时机也很巧妙，发生在两件文物摆上台面之时。吃两份毒菜死不了人，若是四份上齐，那可真要任由大先生、马卫操纵了。”

薛亮道：“正是这样，欧静儿受委托从日本回来，我从美国不远万里赴宴，孙老三家族是香港古董界数一数二的人物，都没有足够的实力在南京抢文物。你刘亦然更别提了，清古斋重张开业，也没有实力介入此事。唯一的可能，就是周华了。”

刘亦然道：“依我看，未必是周华。理由很简单，追杀我们的人，是两拨不同的人。”

说着，他眼光瞄向薛亮身后，薛亮不动声色，笑道：“你刚才看我身后，我就知道事情没那么简单，真是越来越有意思了。”

列车到站，缓缓停靠在站台上，来来往往，上车下车，列车员关上车门，火车喷着白烟，向下一站行驶。几个人便在这时进了车厢，其中一人满脸胡子，样貌凶狠，歪着头，瞅了一眼薛亮与刘亦然，哼了一声，又向前走去，待走到前面两排处，抬起左脚，将正在座位上放平了身体睡觉的人踢醒。

那人迷迷糊糊睁开眼，正想发作，眼见面前四个人，手里拎着啤酒、烧鸡，斜着眼看他，只得嘴里嘟嘟囔囔，另去找座位睡觉了。那四个人笑了，对坐下来，将啤酒啪啪打开，又将两只鸡撕开，边吃边说，时而声高，时而小声嘀咕，突然又放声大笑，毫不顾忌会吵到旁人。

刘亦然听了一会儿，看向薛亮，朝那四个人的方向使个眼色。薛亮眉头一皱，道："你的意思是？"

刘亦然点点头，不容薛亮进一步反应，便站起身来，向前走了两排，坐在那四人旁边的座位上。他面露笑意，向着为首满脸胡茬儿的人一抱拳，道："今天风不怎么正啊，正歇堂，砸挂摸见掌柜的搭架子，撅包闯堂摘挂，有路子去。"[1]

为首那满脸胡茬儿的人神色一紧，其他三人站起身来。刘亦然笑了，道："掌柜的份儿大，在大轮吃白钱，这趟路不沾水。"[2]

---

1 黑话，意指没机会动手，正休息着，听老大在布置几个人怎么配合，一人挡住对方视线，另一人找机会动手，调换包，趁人不备动手，看到有旅客把衣服挂在上面，把自己的衣服也挂在上面，有财路。

2 意指你是有势力的头，专在火车上盗窃，我不切你的行。

被称为掌柜的那人使个眼色，其他三人坐下来，也不喝酒了，也不吃鸡了，四对眼睛直愣愣盯着刘亦然。掌柜的道："既然都是道上的朋友，请你的搭子[1]过来坐坐。"

薛亮早听到话声，站起身慢慢走过来，坐到刘亦然对面，对掌柜的道："皮多烫火，夜间的买卖，红火红火。掌柜的切瓜，拉黄鱼捎老客。"[2]

掌柜的抬眼，另一人打开两瓶啤酒，往前一推，刘亦然、薛亮分别拿起一瓶，站起来一口气喝干，这才又坐下。刘亦然道："跟着干了几个疙瘩，捎上水货，水都搅浑了，盯上了肥羊半路撬行，狼多草上飞，吃不着肉心头紧。"[3]

掌柜的道："你们小哥俩，甭和我说黑话，不是一个壶，尿不到一块。吃了喝了，赶紧滚蛋。"

薛亮笑道："掌柜的眼高，看不起这笔浮财。"说着，朝车厢另一头瞟了一眼，站起身来拍了拍刘亦然的肩膀，两个人回到原座位。

薛亮小声道："小子，胆真够肥的，幸亏我多少懂一点黑话，要不然……"

刘亦然轻笑道："要不然怎样？你觉得单凭咱们两个，能够拼

1　搭子，指同伙。

2　意指跟着的事主钱很多，但不敢下手，一人吃不下，一起干吧。

3　意指撬了几把锁，没多少钱，活不好干，有钱的事主也有别人同样盯上了，对方势大，我们只好躲着，心有不甘。

得过那边跟过来的几个人？”

薛亮道：“借道上的劲儿，借不好，自己也要有麻烦。”

刘亦然道：“只要他们挡得住一会儿，我们下了车，就能够争取时间。不过，你钓的鱼饵，他们能上钩吗？”

薛亮笑道：“这拨人怕的是没浮财，他们四个人，加上我们，一共六个人，那边三个人，两对一，胜算大。这笔账，他们比我们更会算。”

刘亦然道：“真杠起来了，你能打几个？”

薛亮道：“有他们四个人在，用不着你动手。掌柜的要想拿浮财，不出点儿血，他也明白日后有人找后账。”

正说着，只见掌柜的晃着身子走过来，薛亮往里让座，掌柜的坐下来，右手搭在薛亮肩膀上，看着刘亦然道：“浮财，从哪儿来的浮财？说不清楚，这两瓶啤酒在肚子里要翻腾翻腾。”

薛亮将身体外侧，左手抓着掌柜的右手，呵呵笑着放在了桌上，道：“我这小兄弟心里急，怕吃不下，又不甘心，这才找到掌柜的借借劲儿。依我的主意，肉多了，兄弟们自然高兴，只是……”

掌柜的嘿嘿笑道：“只是我们要替你们出头。”

刘亦然道：“一个瓢里喝水，行路遇劫，帮个路走。”

掌柜的一怔，薛亮同样感到意外。只听刘亦然接着道：“立棍[1]做生意，见者有份。”

1　拉帮结派。

闻听此言，掌柜的乐了，换了一副腔调，问道："在何处读书？"[1]

刘亦然答道："水上花亭路边摊，恩师江先生。"[2]

掌柜的问道："写过几篇诗文？"[3]

刘亦然道："土炮仗，刚上市，跟着师父学本事。"[4]

掌柜的哈哈大笑，挥手让人过来，拿来啤酒，就着烧鸡，指指刘亦然、薛亮，三人吃将起来。吃完了烧鸡，喝光了啤酒，掌柜的道："遇上同道，管你们一顿吃喝，就此别过，井水不犯河水。"

薛亮一惊，正欲说话，刘亦然已笑道："掌柜的意思是说，你不清楚对方来路，怕惹祸上身？"

掌柜的笑容挂在嘴边，看着刘亦然道："这位小兄弟心思多，还真让你说对了。那边的三位，我看到了，人高马大坐在座位上，半个身子倒要露出来。他们三个，我们六个，未必吃亏。可你们走了，我们拿不拿得到这笔浮财，有没有命花，话还是两说着。"

刘亦然不慌不忙，示意掌柜的低下头，凑在他耳边，说了三个字："大先生。"

掌柜的神情一变，刘亦然接着道："掌柜的也听说过？那笔浮财，你自然知道。"

1　哪个帮派？

2　吃四方，盗窃为生。

3　做过几宗买卖？

4　刚入江湖，没做过什么大买卖。

掌柜的看了看车厢那头的三人，回过头来道：“两位朋友，你们的意思是说，这个？”他双手伸出，搭在一起。刘亦然点点头，薛亮见状，也顺势与掌柜的对了个眼神。

掌柜的长舒一口气，眼神却飘忽不定，似乎在思考什么，然后道：“你们是为了这事？那这事办成了，我们拜大先生的门子？”

见刘亦然、薛亮点头示意，掌柜的一口干尽了瓶中酒，站起身来招呼另外三个人，向着车厢那边走去。

薛亮急忙低声道：“你看明白他的手势什么意思了吗，你就乱点头？”

刘亦然轻笑道：“你也没弄清楚，不照样点头答应了？出了事，有大先生替我们兜着，你着什么急？”

薛亮也笑了：“这个事倒也不怕，翻了江，就怪掌柜的自己没说清楚。”

两人对视一眼，心思暗合，同时站起身来，几步追上去，跟着掌柜的四人一起逼近车厢另一端。

掌柜的抱拳一举才坐下来，其他三人、刘亦然、薛亮前后分别或坐或站，将对方三个人围得严严实实。对方领头之人神色一变，问道：“朋友，咱们第一次见面，这是什么意思？”

掌柜的笑道：“对面不相逢，恐畏半天风。”说完，再不言语。只见对方三个人你看看我，我看看你，都有点茫然。

掌柜的收敛笑意，接着道：“三八一十一，合来共一宗。对面不相识，今日初相逢。”

领头那人道：“你们这是要找事？”

掌柜的脸色一沉，又道：“春点学不会，花打是枉然。能送一锭金，不吐半句春。”

见对方三个人面面相觑，掌柜的还欲再说，就听之前送啤酒给刘亦然的人道：“不是自家兄弟，那就好说了。掌柜的，还跟他们废什么话，直接办了他们。”

掌柜的挥挥手，让他别妄动，对那三人道：“既然我们是没见过面的朋友，放他们一马，日后相见，咱们兄弟还能坐下来喝杯酒，认个朋友。”

领头那人神色一变，用手一指刘亦然、薛亮，道：“你们是为了这两个人？”

掌柜的看看薛、刘两人，再看看领头那人，皮笑肉不笑地道：“不对，我们是为了你们三个人。你们三个今天运气好，遇到我们六个。这两个人，是我们同宗同门，你们三个要是不想惹事，那就到站下车，再也不要上这趟火车了。”

领头那人道：“掌柜的，你们看来是不知道，他们两个人身上背着莫大的干系。”

掌柜的道：“什么干系？不就是一笔浮财嘛。你能得多少？别再少个胳膊掉个腿，回去和你妈老婆孩儿怎么交代？”

领头那人道：“刘亦然，薛亮，你们逃不了多远，自己心里明白。”

薛亮笑道：“兄弟，你们自己的脑袋还被人捏在手里玩，担心我们，是不是有点儿想多了？”

领头那人转过脸，不再看薛亮，道：“掌柜的，你怕是不知道，你刚认的兄弟刘亦然，在南京城杀了孙老三。这条命他不赔出来，是要算在你头上的。”

掌柜的一愣，问道：“你这小兄弟，把话说清楚啰，谁的命？”

“掌柜的，他倒是会胡咧咧。”领头那人还未说话，刘亦然已抢先道，又转向那人，“那笔大财，你老板许了你多少？”

薛亮紧接着问道：“你们明知道大先生的饭局请了众位好朋友，为的就是那笔大财。派你来的人，是想独吞吧？”

掌柜的对领头那人道：“嘿嘿，差点儿让你混过去。杀不杀人，我不管，谁杀的人，更和我无关，我只知道，这是大先生的事。你来说，你老板是谁？”

领头那人支支吾吾，却没说出一句话来。刘亦然道：“没话说了？这笔钱不是你家老板的。你家老板真是猪油蒙了心，谁的财都想抢啊！你也不想想，你为谁卖命，大先生最后都能找到你，算清楚这笔账！”

掌柜的道：“我这小兄弟说得好，大先生的势力我们没有见过，但耳朵里都灌满了。这笔浮财，不管谁派你们来的，还真是糊涂油蒙了心。大先生的买卖，你们也要破？”

领头那人看看两个同伙，有些犹豫。正在此时火车“咣当”一声，前后车厢连接处猛然抖动，车速慢了下来。

掌柜的道：“这一站，你们三个人下车，就当我们没见过面。

若是腿脚不利索，我们兄弟帮你们抬下去。”

领头那人道：“你们要翻脸？”

掌柜的眼一瞪，骂道：“翻脸？我看你是给脸不要脸。”

话刚出口，掌柜的手下三人一人盯一个，拳头照着头，腿脚瞄准裆，两下里已经动了手。

一片混乱中，火车停在了站台。薛亮见三人对四人打得不可开交，忙上前扑打几下，拉着刘亦然，推开火车车窗，说一声：“掌柜的，事完了咱们南京城里见。”迅速从车窗钻出火车车厢。

那三人眼瞅着他们在站台上挥手，但一时被掌柜的四人缠住，不得分身，火车汽笛鸣响，缓缓开动，虽气急败坏，却也只能眼睁睁看着两人走出站台了。

刘亦然和薛亮走出火车站，快速走过地下通道，来到一处过街天桥。正是凌晨六点多，街上行人稀少，他们下了天桥，找了一家早点铺，叫了两笼包子、两碗小米稀饭。晨光渐去，旭日初升，看着外边人车逐渐多起来，薛亮结了账，两人在路边等候出租车。

等车间隙，刘亦然突然哈哈大笑，直至弯腰弓背，几乎不能自已。薛亮奇怪地看着他，等刘亦然笑够了，才问道：“你是怀疑我？”

刘亦然笑道：“薛老板，我现在不怀疑你还要怀疑谁？那三个人听到大先生的名号犹豫了，这说明他们不是大先生派来的。饭局上孙老三死了，只有你把我拉了出来，这说明什么？”

薛亮也笑了，道：“我还以为什么事，既然如此，我可以明明白白地告诉你，这说明我薛亮，需要你刘亦然。”

刘亦然哼了一声，冷冷地道：“我一直想不通，刚才吃饭时才想明白，我说黑话，是因为采访时接触过相关人等，你在美国生活，怎么会知道国内的黑话？就算是你CC系后人，动用了非常手段，这些黑话你想懂，也得费点儿时间。”

薛亮道：“你要是因为黑话这事怀疑我，那我可以告诉你，我的公司在全世界打捞宝藏，在国内也有合作，捞宝的行当，社会人盯上的多，不懂几句黑话，你说我生意还怎么做？另外，我一直知道你在试探我，这都没用。你现在只有跟着我才能保命，洗脱你的杀人嫌疑。如果能过了这个坎，你还有什么话要问，我一定明明白白地答复你。不过，我现在不是你的敌人。”

刘亦然沉默半晌，并未答言。此时一辆出租车停在两人身边，薛亮上车，坐了后排座，关上车门，摇下窗玻璃，对刘亦然道：“你到底来不来？不来，咱们就此别过；来，就赶紧上车，别让师傅等着。”

刘亦然打开车门，坐在副驾驶的位置，在司机发动车子之前，问道：“我最后问一次，我对你的价值到底是什么？你能把我带出地下饭局，也能把我送到武馆。你们三个人，你、欧静儿、周华，按照你的说法都会抢我，只不过，你先抢到手了。”

司机转头看一眼刘亦然，倒是没说什么，只问道：“你们去哪儿？”

薛亮道：“师傅，你直接往前开，一会儿我告诉你地址，现在我要先安慰这位小兄弟，你把耳朵张大，无论听到了什么，都管好嘴。”

说完他贴近刘亦然道：“你当真说对了，我怎么会舍得让你被别人抢走，我不抢你走，自然会有人抢你走，至于说为什么，你觉得你有什么价值？你自己明白，只有一个原因，你是清古斋的人。那么，清古斋里有什么秘密是你不知道的？”

刘亦然默不作声，只是低头沉思。司机挂挡，启动，加速，车子沿着公路平稳向前驶去。

薛亮看着副驾驶座位上的刘亦然，嘴角向上扯动，露出耐人寻味的笑容，似乎是为了一举击倒他，轻描淡写地道：“只不过，如果那些人想要找的是清古斋，你现在逃走了，那清古斋的其他人此刻怕是危险了。”

刘亦然不由面色一变。

薛亮看在眼里，知道切中了刘亦然的心思，这才慢慢道：“比如说陈蕾。她的命，此刻还在不在自己手里，倒真是个不大不小的问题。”

刘亦然紧咬牙关，双手不自觉地握在了一起，指节因用力而渐渐发白，口中不由轻轻吐出两个字，那正是他的担忧所在：“陈蕾……”

第六章
真假残页

陈蕾看着包不年取出的那张笔记残页，脸上的表情，却仿佛看到了一只嗜血的怪兽，张着血盆大口随时能将人一口吞进去。

包不年得意扬扬地笑道：“陈小姐，您也惊讶了？是不是想问，这件宝贝我是怎么拿到手的？”

赵劲夫看着包不年，眉头紧皱，叹息道：“包不年，你不要高兴得太早。这件东西你觉得是宝贝，在我们看来，却是一件要命的凶器。”

“它上面记载的是金银如海的圣库宝藏啊！”包不年一愣，转眼看向陈蕾，又道，“陈小姐，您的意思是说，这张笔记残页有许多人在追，谁拿着这张残页谁就很危险？”

陈蕾看向赵劲夫，赵劲夫点点头，道：“包不年找到我，我带他来清古斋，一路上也没有什么人跟着。只是他的这张残页，依我来看，还不好说。”

包不年慌忙道：“赵老师，您是说，我手里的笔记残页可能是假的？不可能的，不可能，这怎么可能是假的？”

赵劲夫道：“包不年，你再仔细看看，这张残页有什么不对劲的地方？”

包不年借着窗外射入的光线，将残页仔仔细细、反反复复看了又看。

赵劲夫道：“陈蕾，你的意见呢？”

陈蕾想了想，道：“这张笔记残页，包不年看不出来，是因为那枚印章。”

包不年连连摇头，道：“这可是洪秀全的印章啊。我拿着去找了许多人看，都说是真的。”

那枚印章，正方形，边刻纹样龙凤，腾云驾雨，犹如活的一般，其上雕刻篆文八字：“银耀天国，圣宝于玺。”

赵劲夫道：“太平天国的玉玺，所刻的文字有多种变化，不同的时期各有变化。比如说，‘奉天诛妖、斩邪留正’八字，是金田时期；十年之后，变成了‘天国长久，天堂荣光’，又过了一年，改成了‘永定乾坤，永锡天禄’‘天子万年，福禄寿喜’等等。并且，太平天国各种官防印、玉玺等，使用的是宋体字。”

包不年急道：“赵教授，我可找人问过，也有篆文，也有篆文的。”

陈蕾道：“你先不要慌乱，我们先分辨出残页真伪，才能够决定下一步该怎么做。你说得没错，确实发现一部分印章由篆文刻写，但那都是小印，不作正式的印文。如果仅凭印章文字有无篆文就能判断真伪，有些儿戏。还是要看一看字体用在何种印章之上，比如说，太平天国的玉玺。”

听了这话，包不年鼻翼翕动，胸膛起伏，呼吸越来越粗重，又将目光转向赵劲夫，似乎是在寻求支持。

赵劲夫道：“至今为止，太平天国的各种印章，包括金玺、玉玺，还有各王府、各爵，以及各级官员的印章雕刻，均为宋体字样呈现，因此，可以确定太平天国的正式印信都是宋体字。”

包不年急切地道：“也许有例外呢？”

陈蕾轻轻摇头，道：“我可以断定，你这张残页是他人伪造的。”

见包不年魂不守舍的模样，陈蕾暗暗叹息，放慢语速，小心地道：“你方才把笔记残页拿出来的时候，借着光线可以看出，这张残页上的印章颜色，不正。”

包不年眼泪都快要出来了，脸上的肉都挤在一起，道：“您可千万不要吓我，这可是，这可是我包家人的希望啊！”

陈蕾伸出手来，示意包不年将残页交给她，然后找来一只笔洗，倒入清水，再将残页从塑料袋内取出，道：“包不年，你相信我们吗？”

包不年不解地问道：“您要做什么？”

赵劲夫道：“她要为你测出残页真假。”

陈蕾见包不年迟疑，又问了一次，包不年终于点头。她将残页拿起，轻轻放入水中。包不年看到，印章上的红色慢慢在水中晕染，散成一团，却不明其意。

陈蕾道：“你看清楚了，这枚印章的颜色，是不是浑浊不堪？”

见包不年点点头，陈蕾转身，从楠木柜中取出一只黑色木盒，翻捡出一盒印泥来，又找出一枚印章，摁在印泥之上。然后她拿起一张纸，将印章盖在上面，再取出一只瓷盘，倒入清水，将纸放入其中，招呼包不年过来看。

包不年几乎不相信自己的眼睛，抬起头时，满眼泪水，口中喃喃道：“这怎么会是假的？这不能是假的啊！”

赵劲夫道：“不要再骗自己了。你看那水中红印的颜色，如果是太平天国玉玺，印章之色怎么可能如此拙劣？这分明是近期新作的伪，有人设了一个局，入局的，就是你本人。”

陈蕾接着道：“伪造玉玺印章，是为了让你相信圣库宝藏是真的，目的就是让你来清古斋找我们。我们刚才没什么表示，是因为这里面牵扯到你提到的一个人，刘亦然。只有跟着你这条线索，才能找到他的下落。”

包不年眼神空空落落，哀叹连连，不停地道：“棋子，我只是一颗棋子？”

陈蕾道：“再普通的棋子，有时候也能成为决定输赢的利器。包不年，谁给的你笔记残页？那个人既然专门为这个局，伪造了一张涉及圣库宝藏的笔记残页，我相信他也一直在后面紧紧地盯着你。也就是说，你的一举一动，全在他的掌控之下。”

包不年额头上开始涌出汗珠，脸上像是被抽走了血，面色煞白。他正欲说话，忽然听得外面似乎有动静，赵劲夫道声不好，到外面察看，回来时向陈蕾伸出三根手指：“三个人，看起来，我们要快些走了。”

陈蕾点点头，道：“包不年，你悄悄出去看看，那三个人你认不认识，然后赶快回来。”

包不年跟着赵劲夫来到门脸，隔着玻璃悄悄望去，不由脸色大变，急跑几步赶回后院。陈蕾早已收拾利落，正在关门上锁，包不年慌乱地道：“快走，快走，那三个人我认识。”

来不及细问，陈蕾忙打开后院侧门，胡同里静悄悄的，只有几个老人，拎着菜篮子，晃晃悠悠沿着墙根慢行。三人出院，陈蕾锁住门环，顺着八尺宽的胡同急走，转到大路上，拦了一辆出租车，开门上车，一句话也不多说。

赵劲夫坐在副驾驶位置，告诉司机顺着大路开，见十字路口右转，第二个路口直行，第三个路口向左转，开到第七个路口，结账下车。司机听了很纳闷，赵劲夫直接取出一张五十元的钞票，告诉司机，跑够五十元，你就停车。有钱赚，司机当然高兴，一脚油门，夏利出租车急驶而去。

车开出约两公里，包不年的呼吸逐渐平缓，脸色慢慢恢复，道：“那三个人，自从我拿到笔记残页，好像无论去哪里都一直在跟着。”

赵劲夫问道：“正脸打过照面吗？”

包不年道："哪里敢啊，这种人，我躲还躲不及呢。要说以前，还真不太注意有没有人跟着。都是平头老百姓，身上就仨瓜俩枣，就算是有贼，他也不会惦记我。但是自从拿到笔记残页，我知道自己身上有东西，心里想法就多了，眼睛就会看得多。这才注意到，我在什么地方，他们三个人就在什么地方出现。"

陈蕾道："你怕了？"

包不年道："那是，不怕才不正常吧？我身上有一百块，我怕什么？我怕钱也不会变成两百块。但身上如果有一百万，不把钱放进银行里，走在大街上当然会怕。"

赵劲夫道："那么大一笔藏宝，你倒不怕了？"

包不年呵呵一笑，不好意思地道："酒壮㞞人胆，钱壮痴心汉。要是有机会拿到这么大一笔财富，哪怕只有一点点，我们家的命运就改变了。我还怕什么呢？人这一辈子，没有那么多机会的，这种机会，我怕是只有这一次了，不抓住才是傻瓜蛋。"

赵劲夫嗯了一声，对陈蕾道："这是个老实人，不必再试探他了。有什么想问的，直接问。"

陈蕾点点头，待司机在前面停了车，将三人放在一个巷口，方道："包不年，这笔宝藏关系甚大，钱少了不说，钱多了，是会要人命的。我们必须要小心一些，毕竟，我们是第一次见面。你就说一说，那张笔记残页是谁给你的？"

包不年犹豫着，似乎在想应不应该说。

赵劲夫见状，沉声道："包不年，你一定要想清楚了。陈蕾方才说得明白，这一笔大财富，利欲熏心的人绝不会顾及他人性命。如果交给你残页的人是你十年以上的朋友，那么他为什么不和你一起来？如果是新朋友，你就是他的棋子了。你再想想，那三个人跟在你后面，却一直没动手，不就是放长线钓大鱼吗？”

包不年长出一口气，道：“我有个朋友，在南京朝天宫开一个古玩店，因为经常在他那里淘换东西，一来二去慢慢就熟络了，他知道我手里有银锭，也知道我一直在找圣库宝藏。南京饭局，大先生邀请五人赴宴，吃毒菜看文物找宝藏，这件事圈里人人都知道。有一次，我们俩喝了两瓶酒，他说他也有宝贝，接着就拿出了这张笔记残页。”

陈蕾道：“趁着酒醉，你偷了他的东西？”

包不年尴尬地笑笑，道：“他当时讲，凭这张笔记残页，他能得到圣库宝藏两成的黄金。他要做的事，就是去北京找到清古斋，说出刘亦然的事，借助清古斋的力量取得宝藏。我一时鬼迷心窍，就拿走了残页。不过，我想得很清楚，我拿到了黄金，也一定给他一份。”

赵劲夫道：“你就没有想过你那朋友是故意喝醉？你仔细想想，这么重要的东西，你和他只是场面上的朋友，他不去大先生那里换好处，自己也不去找宝藏，偏偏在你面前取出来，而且还喝醉了。包不年，你觉得这样的好事，一个在古玩行里混了这么多年的人，会轻易告诉你吗？”

陈蕾道：“你从他那里拿了笔记残页，他后来找过你没有？”

包不年道：“我给他写了一封信，告诉他我拿走了笔记残页，到北京找清古斋。我在信里写了，让他放心，如果找到了宝藏，我只拿两成黄金。他在店里坐着，什么也不用干，他拿七成。他应该是看到了信，一直也没有找过我。”

赵劲夫叹息道：“这么大一笔财富，你想想，换作是你，丢了重要的笔记残页，你找不找？你一定会去找。他没找，只因为他设下了一个局，故意让你偷走了残页。”

陈蕾沉吟道：“如此重要的宝藏线索，一个古玩店的老板不会轻易放手，他却轻易放手了，也许，他是不得不放手，或者他是受人指使。因此，他只是一颗棋子，背后应该还有一个不为人知的势力，操纵着他，还有你包不年。”

包不年道：“还有一件事我没说。”

赵劲夫都气笑了：“包不年啊，都到这个时候了，你还有什么不相信我们的？”

陈蕾道：“追着来的三个人，包不年怕是和他们交过手。你知道他们是来要你命的人，你找到我们，不仅是要让我们找宝藏，还要救你的命。”

包不年都要哭了，道：“您说得对。那三个人在南京火车站前拦过我，三个打我一个，我差点儿被他们打死，要不是有人报警，警察过来，我还跑不了。”

陈蕾叹道：“抓到你，却没抢你的笔记残页，那不是因为你命大。他们打你，是伤到你的骨头了，还是打得你残废了？都没有，他们是在逼你赶快上路，去北京找清古斋。”

赵劲夫道：“你听明白了？包不年，如果你想安全，就必须和我们分开。他们不会对你有什么举动，你找到了清古斋，将刘亦然的事告诉了我们，这就是他们想要的结果。”

包不年犹豫着，道：“我还是和你们一起去南京吧？毕竟，你们人生地不熟。”

陈蕾道：“你还是想要那笔宝藏。不过，实话对你说，你再介入下去，要搭进去的可就是你的命了。”

赵劲夫道：“包不年，谁告诉的你圣库宝藏笔记残页，谁让你来找我们的，我们就去找他，刘亦然还能活命，你也能活命。”

包不年道：“您的意思是说，我找到了你们，利用价值没有了，那些后面跟来的人为了灭口可能会杀了我？”

陈蕾、赵劲夫两人一齐点头，包不年一时急火攻心，万念俱灰，终于哭了出来，眼泪不自觉地流下，闷声道：“好，我自己走吧。”

他走到马路边，似乎是想到了什么，又几步跑回来，从怀里取出装有笔记残页的塑料袋，交给陈蕾，道：“陈小姐，赵老师，我只是个普通人，无意间得到了一个改变命运的机会，却被人当猴耍。我憋气，我受不了。我知道我和他们玩不起，但我只求你们一件事，别让他们得意。”

说着，他转身向马路边跑去，很快背影就不见了，只是远远传来撕心裂肺的哭声。

北京机场，司机将载客牌摁下，把赵劲夫、陈蕾放在机场候机楼前。赵劲夫订了两张飞往南京的机票，过安检进入待客区，很快便登机了。

飞机进入平流层，陈蕾犹豫着问道：“劲夫，你认为这笔圣库宝藏，存在的可能性有多大？”

赵劲夫想了想，道：“你的意思是说，如果圣库宝藏是假的，亦然不会死。”

陈蕾道：“我一直在想，亦然为什么要去赴宴，怎么也想不到正当的理由。如果包不年说的是真的，那他明明知道去了可能会死。我想一定是有更重要的事。如果需要一个理由，那只能是和圣库宝藏有关。”

赵劲夫点点头，道：“包不年所讲的，现在看来九成九是实话。在这种情况下，他看清了自身，也明白他不过是引我们前往南京的棋子，除了那宗宝藏，还真是很难想出其他的理由了。”

陈蕾道：“如果是这样，圣库宝藏就是真实存在的了？”

赵劲夫道：“包不年和我说出那四件文物的时候，我最关心的是他所说的笔记残页。这份笔记涉及一个历史事件，李秀成被缚，曾国藩在来到天京之后亲自审问，李秀成写了一个自供状，据说其中就有圣库宝藏的信息。但问题在于，这份自供状竟然出现了三个版本，一时真假难辨。”

陈蕾疑惑道：“三份自供状，怎么会有这么多？里面一定有蹊跷。那份笔记残页既然如此重要，应是和哪一份是真实的李秀成自供状有关系。”

赵劲夫看向飞机舷窗外，云朵如同厚厚的太空棉，盖在了锦绣河山之上。他将视线转向陈蕾，见她神色焦虑，似乎在期待他的回答。

他斟酌着词句，慢慢道：“没错，我也是这样想的。那三份自供状，说起来每一件都有真的理由，但每一件也有假的因素，所以一直以来很难分辨。比如说，李秀成的第一份自供状，是1864年的安庆本。这个版本的自供，据说是李秀成写供词时，曾国藩随时取阅的成品。证明这一点并不复杂，同治三年七月初十，曾国藩的幕僚赵烈文，就在他的日记中明确记载，曾国藩吩咐要看李秀成的供词，并且亲自删改，之后将进行印刷。而曾国藩在七月十一日的日记中，也明明白白地写着，将李秀成供词及两道恩旨寄皖刊刻。两下里对照，可以证实两件事：第一，李秀成的供词，曾国藩进行了删改；第二，这份供词，是要交给当时的清朝皇帝的。”

陈蕾道：“李秀成的供词，曾国藩进行过删改？”

赵劲夫道：“没错，应该说，三份李秀成供词，如果说有相同之处，那便是三份供词尽管各有各的来历说法，但有一点是各方都承认的，就是曾国藩对李秀成的供词进行过删改。先来说第一个李秀成供词的版本，两万八千余字的安庆本。这个版本由曾国藩在安庆刊印之后，送交当时的军机大臣李棠阶，并送呈军机处，皇帝自然也看到了。”

陈蕾轻皱眉头，道：“刊印供词？按理说，应该将供词直接呈送至军机处，为什么还要刊印出来呢？”

赵劲夫道：“这正是蹊跷之处，曾国藩为什么要刊印李秀成的自供？是什么原因，让本该不外露的忠王李秀成的供词，变得天下尽知？只有一个原因，曾国藩有话要说，以解决当时普天下对他的质疑。”

陈蕾道：“那是什么样的质疑，严重到让曾国藩如此冒险行事？”

赵劲夫道：“在当时的朝代背景下，那件事确实严重。李秀成在写完供词的当天，便被曾国藩杀死。但问题在于，像李秀成这样的重犯，朝廷下明旨，让曾国藩解送进京受审，曾国藩没有听同治皇帝的话，而是立即将李秀成杀了，他为什么宁肯背负抗旨不遵的大罪，也要杀掉李秀成？原因应该只有一个，李秀成在供词中说了一些话，而这些话的内容，曾国藩不想让皇帝知道。但是皇帝起了疑心，那么他必须把李秀成说了什么讲出来，不仅要讲出来，而且是让大清朝全国上下都知道，以防落人口实。”

陈蕾道：“这么看来，确实疑点重重。”

赵劲夫接着道：“李秀成自供的安庆本，说来也是有些波折，这是经曾国藩认可公开刊刻的版本，在1864年10月，经过李泰国的手在《北华捷报》上连载。这一连载后来结集成书，封面上印着‘曾大人克复江南，生擒李秀成亲供’。直至光绪十九年，还有李秀成供词在刊印。九如堂本，也正是按照安庆本一字不差翻印的。

“1936年北京大学教授蒋梦麟据九如堂本影印发行，为此还请孟森写了《影印曾文正批记李秀成供序》，孟森直言‘孟邻先生[1]忽以影印李秀成供样本见示，索为序言。启示乃六十余年前所见故物’。应该说，当时的李秀成供词，在曾国藩不遵圣旨擅自杀了李秀成，并刊发其供词后，确实引起了大清朝上下更广泛的关注，这种关注不仅是当时的，还一直延续到清朝灭亡之后。”

陈蕾道：“就日后影响而言，曾国藩的目的确实达到了。”

赵劲夫笑道：“曾文正公被誉为‘千古第一完人’，绝不是浪得虚名。他既然敢抗旨，又要刊印李秀成供词，自然有其道理所在。第一个安庆本出现之后，在1944年又发现了李秀成供词的第二个版本。这个版本由罗尔纲整理，增加了一部分内容，字数为三万三千余字。”

陈蕾不由一惊，道：“怎么和第一个安庆本相比，字数竟然相差这么多？”

赵劲夫道：“这也正是为什么说三个版本各有真假的原因之一。在1958年，市面上又出现了一个李秀成供词的版本，其实也正是罗尔纲1944年的版本，由梁岵庐整理，以《忠王李秀成自述手稿》为名，经由科学出版社出版。这一版本，比安庆本多了五千余字。”

陈蕾疑惑道：“五千余字？可以把黑的说成白的，也可以指鹿为马了。看来李秀成当时的供词，确实是有许多内容，是曾国藩不

1　指蒋梦麟。

想让清廷知道的。曾国藩越不想让人知道他隐瞒了什么，这秘密就越是有人想知道。”

赵劲夫道：“没错，秘密之所以为秘密，就是因为有人一定要隐瞒，有人却一定要知道，围绕着秘密，多方展开攻防。也由此，李秀成的供词出现了第三个版本，我国台湾世界书局出版印刷的《李秀成亲供手迹》。”

陈蕾笑道：“看这三个版本的名称，《曾大人克复江南，生擒李秀成亲供》《忠王李秀成自述手稿》《李秀成亲供手迹》，这倒是真有些意思了。只是，怎么世界书局也会有不同的版本？他们的底本从何得来？”

赵劲夫解释道：“1962年11月，《李秀成亲供手迹》出版，这个版本的出现轰动了学术界，和其他两个版本不同，它有三万六千余字，比第二个版本又多了近三千字。并且，谁也没想到的是，这个版本上有曾国藩用红笔增加和修正的痕迹，甚至用红色的括号，标明了一些曾国藩删除的供词内容。应该说，这是目前为止李秀成供词最具原貌的版本了。”

陈蕾看了看赵劲夫，一时没有说话。赵劲夫察觉到陈蕾的目光，道：“你是想说，为什么世界书局出版的供词会有曾国藩删改的内容。其实，这也是为什么这个版本命名为《李秀成亲供手迹》的原因。那时候有一个名叫曾约农的人，将珍藏在曾国藩家族近百年的李秀成原稿《湘乡曾八本堂，李秀成亲供手迹》，带到台湾并交给了世界书局影印出版。”

陈蕾道：“我在想，这份原稿在曾家藏了那么久，难道没人看过吗？”

赵劲夫道：“有人看到过，这个人就是陈寅恪。他见过原稿，还说曾国藩把李秀成的供词藏起来，秘不示人，必有不可告人之隐。曾约农选择在世界书局出版，并且由杨家骆按照原稿复制影印，包括原稿的大小、尺寸、字迹，甚至墨色的浓淡，曾国藩的亲笔批语、删改的字句、标点符号，以原样原色的标准刊印。而在出版的后记中，曾约农亲写说明[1]，说“当时借阅者多，传抄不免讹失”，他避写曾国藩删改的行为，而只讲清了是手批。但无论如何，这也是至今内容最多的版本了。”

陈蕾道：“曾约农说的话很有深意。按他的说法，李秀成的供词在曾家秘藏期间，有许多人看过，否则也就不会有‘当时借阅者多，传抄不免讹失’的说法了。这种事，曾国藩在世时，自然不会发生；曾国藩去世后，家族势力仍在，也不会发生；那么只有在清王朝终结、曾家权势丧失之后，才会有人去借阅。那时借阅的人既然被曾约农指为多，是不是可以从一个侧面说明这份李秀成供词里的内容被很多人惦记，和圣库宝藏的关系匪浅？”

赵劲夫点点头，道：“供词是不是和圣库宝藏有关，还要看一看当时的文献记载。1864年7月23日，也就是同治三年六月二十，曾国藩幕僚赵烈文的《能静居士日记》中，有这样一段记载，说当

1　说明里言：“曾文正公手批李秀成亲供，当时借阅者多，传抄不免讹失。原本藏湘乡寒舍有年，兵燹之余，幸携行箧，兹予影印，以存史料。”

时李秀成被俘，关押在曾国荃的军营。他听说后连忙赶往军营，亲眼得见曾国荃审讯，拿着一把刀欲对李秀成用重刑。他力劝曾国荃，认为李秀成乃朝廷重犯，至于他还说了什么，日记中写得模糊，用了‘耳语之’三个字。曾国荃听后，怒而从座位上跳起来，说李秀成不能留，接着用刀割李秀成臂股，血流不止。赵烈文见劝不动曾国荃，只得退下，却没料到，后来曾国荃突然自己想明白了，命令军士将李秀成收禁。”

陈蕾道：“赵烈文的日记写得遮遮掩掩，疑点丛生。他想写明白事情全貌，又不敢将亲眼看到的事实，全部写出来，只得用了这种欲掩非掩的方式。”

赵劲夫道：“依我们今天的眼光来看，赵烈文当然隐藏了许多内容。但在当时朝代的氛围下，赵烈文敢于将此事以日记的形式记录下来，那胆子也算不小了。换作今日你我，遇到相仿的事情，有没有胆魄明文记下来？只怕也是遮遮掩掩。从此角度而言，赵烈文的日记可信度颇高。因为在当天晚上，赵烈文还记录了一件事，就是他一个人来到李秀成被禁之地，一问一答，时间很长。”

陈蕾道：“这一点倒真是蹊跷，李秀成当时是朝廷的重犯，就算赵烈文是曾国藩的幕僚心腹，见一个重犯，没得到曾国荃或是曾国藩的许可，那也是不能近身的。”

赵劲夫面容严肃，道：“问题就在这里，赵烈文能够在夜晚独自一人见李秀成，肯定是得到曾氏兄弟默许的，这样来解释他在日记中记录的，秘语先劝，曾国荃不理，反而在赵烈文自己退下后，曾国荃突然想开了，完全合乎逻辑。此外，赵烈文一人独探李秀成，问的时间，是天京城破。并且，赵烈文在当天的日记中，写了一句非常耐人寻味的话，李秀成‘言有乞活’。一个被俘获的当时的一号人物，有乞活之意？那时，李秀成是大敌，清朝统治者恨不得亲食其肉，绝不可能放他一条生路，李秀成作为忠王不可能不知道。那么，一个非常重要的信息出现了，为什么李秀成认为曾氏兄弟能饶他一命？”

陈蕾想了想，道：“你的意思是说，李秀成提出了一个条件。这个条件，诱惑大到曾氏兄弟不能拒绝？”

赵劲夫道：“圣库宝藏，无论如何，肯定会成为赵烈文问询的内容。而李秀成的答复，直接让曾国藩做了一件奇怪的事，他紧急从安庆赶到南京，亲自审讯了李秀成。他在日记中记道，‘戌初，将所擒之伪忠王亲自鞫讯数语’。第二天，也就是7月29日，同治三年六月二十六日，曾国藩在给其子曾纪泽的信中，明白无误地记下了此事，‘伪忠王曾亲讯一次’。接下来，曾国藩做了一件更奇怪的事，决定将李秀成就地正法。而那时，清廷明旨令曾国藩将李秀成押解进京。”

陈蕾道：“按说，如果遵旨将李秀成送往京城，那对于曾国藩来说是大功一件；而就地正法，违抗圣旨，曾国藩肯定想到了朝廷会怪罪。但是，如果他杀了李秀成，好处比不杀要多，怎么取舍，当下立判。”

赵劲夫道：“依曾文正公之高瞻绝伦，心思之缜密，自然会判断。杀了李秀成，怎么向朝廷交代？他在日记里写得清楚，‘取伪忠王详供’。同治三年七月初二，赵烈文也在《能静居士日记》中记了，当天他去往曾国藩处久谈，当时曾国藩就想将李秀成正法。赵烈文答复曾，生擒李秀成十余日，众目共睹，而经过中堂录供，当无疑，且李秀成狡猾，不宜押解进京。为什么赵烈文不劝曾国藩送李秀成进京，而是赞成杀了他？”

陈蕾道：“我也是这么想，曾国藩一定要杀李秀成，赵烈文明知这样等于抗旨，为什么没有阻止，其中一定有什么秘密。”

“更何况，赵烈文独自见李秀成时，李秀成有乞活之意。但李秀成知道赵烈文不能最终决定，他是在等一个能够决定他生死命运的人，这个人，只能是曾国藩。事实上，李秀成也等到了曾国藩亲讯，他的自供中写了。”赵劲夫一边沉思一边说出自己的结论，“原文怎么说的呢？‘我见老中堂大义恩深，实大鸿才，心悔未及，中丞大人情厚难酬，是以我自愿将国中一切供呈’。以太平天国的一切作为交换，这个条件可以说是李秀成最大的底牌了，他在将死之际只能出全力。这个‘国中一切’，自然也包括太平天国的圣库藏银。李秀成的心思很明确，这在赵烈文的日记中有详细记录，他说曾国藩亲讯李秀成之后，李秀成有乞恩之意。”

陈蕾道：“所以，在李秀成说出秘密之后，曾国藩就不能让他进京再由清廷讯问了。因为失去对李秀成的控制后，什么也瞒不住。”

赵劲夫梳理着思路道：“8月7号，也就是七月初六，李秀成刚刚写完供词，当天傍晚就被杀身亡。从被俘到写完自供词被杀共十九天，蹊跷之事颇多。曾国藩在攻克天京之前，就知道圣库的存在，并命令军兵不得动圣库之银，还曾向朝廷上奏，若破城，一部分给朝廷，一部分留作军饷。尤其是曾国藩在安庆得知李秀成被俘之后，第一反应是上奏朝廷，将李秀成献俘北京，请朝廷定夺。但所有的一切，在曾国藩讯问了李秀成之后全变了。”

陈蕾道：“曾国藩让李秀成写供词，是给了清廷一个借口，有供词在，朝廷怪罪，也有应对之策。反正人死了，怎么说都由我。而世界书局版本的后记中提到，当时借阅者多，传阅者在意的，也许正是那笔金银如海的宝藏。”

赵劲夫叹口气，脸上浮现出担忧之色：“这正是我最不想看到的，这笔宝藏真实存在，笔记残页记录的正是与此有关的信息，那么，亦然就真的是处于危险之中了。”

陈蕾不发一语，看向舷窗外。从万米高空看向地面，山峦江川，城市楼宇，犹如玩具一样，是那么的不真实。她的双眼透出无尽的焦虑，望向积木般的世界，仿佛看到刘亦然正在为了逃命，不顾一切地奔跑。

第七章
亡灵之旅

刘亦然的眼前，出现了一座巍峨的青山，峰高林密，那时天刚亮，远处还看不真切。薛亮多付了五百元，要求出租车司机向另一座城市开去，住上一夜再回去。

薛亮看着沉默不语的刘亦然，道：“怎么，你怕了？不敢上山？”

刘亦然道：“亡灵村庄，只在意有什么可以交换的利益。我在想，有什么利益可以作为筹码，在这里求得一线生机。”

薛亮笑道：“什么利益？你仔细想想，你在饭局上杀了谁？孙老三！是谁救了你？是我薛亮！这么一来，那追杀我们的人是谁？十有八九是孙老三的人。我们的生机，就在于这里的人仇视孙老三。”

刘亦然若有所思，道：“这么说，你是早早做好备选预案了，亡灵村，是你的第二个逃生选择？也就是说，你料到孙老三会被杀。不过，细想起来，赴宴的五人中，孙老三是最弱的，根本没理由非在饭局上杀他。所以只能说，孙老三并不在被杀的选项里，他被杀，是个意外。”

薛亮没料到他竟有这般见识，思索了一下，道：“孙老三被杀，意外的可能性极大。大先生势力再大，要杀孙老三也要仔细掂量掂量。孙老三的家族控制了香港与内地古董交易至少一半的量，从内地暗门子流到香港的古董，几乎都要经过孙氏家族之手，而这些内地的古董向欧美等地流转，也是要经过他们家族的。大先生的货要走出去，没有理由得罪孙老三。不仅是大先生，在古董行里，只要你的货想往国外走，香港作为亚洲古董文玩的集散地之一，根本无法避开孙氏家族。”

刘亦然道：“你刚才说亡灵村的人仇视孙老三，他的人在村里盗过墓？”

薛亮道：“孙老三的人在村里盗没盗过墓不好说，但孙氏家族会指定某样文物，他只在乎你能不能拿到货，不会在意是谁、从哪里得到的。若是盗掘流向香港，国际买家收货，是要知道从哪里出货的，因此这个不难打听。孙氏家族经手的一件瓷器，正是从亡灵村出去的。亡灵村的人是做什么的？只不过香港鞭长莫及，强龙压不过地头蛇，不能得手而已。”

刘亦然笑道：“CC系的手段果然名不虚传，下这么大功夫，看来你从美国回来参加饭局，是志在必得了？”

薛亮呵呵冷笑道：“志在必得？还是先把命保住再说，没有命在，再多的财富也没意义。孙老三的大哥死了，本来就是非常蹊跷的事，如果他大哥不死，孙老三也没有机会参加饭局。刘亦然，你想没想过，他的大哥为什么死？是不是如果他大哥来参加饭局，设局的那个人无法控制局势，所以必须要他大哥死呢？这样一想，你就知道对手有多可怕了。”

刘亦然细细思量，一时没有说话。两人一路向前行去，正是东阳初升之时，青山翠绿，景致俨然：峰以山泉为引，水润喉甘神摇，林荫饱满如怀，草色延蔓生香。方桌木凳，安坐宛岩，去看这青山景色，若是春露灿阳，新芽吐枝，影落院，涧闻声，神静安，心松闲，磬击鸣，道自然，可不正是人间仙境？

入山访村，自然会去寻踪觅迹。来到此处，山外炎热，踏入青山，暑意顿消，如同身处两个世界。刘亦然听到鸟声和鸣，感受清风如许，轻触肌肤，毛孔也舒坦得紧，不由想用一个词语来描述，斟酌再三，却遍寻不得。也罢，体味何需言语？想到这里，脚下也似轻快了些，如御风而行，快哉快哉。

一路行来，但见奇峰叠嶂，幽谷深潭，参天古树，纵横溪涧，岩湿山润，泉涌不断。可行处，丹梯千级，可见处，曲径通幽。在追求质朴、崇尚自然的道家眼中，这样的环境便是洞天福地，因此，这里的道观亭阁也多隐于林木绿荫间，意境天成：不强求中轴对称，多取自天然，皮瓦树柱、木顶竹栏，伴山泉、临石岩，幽致处处。其多借古代南方民族干栏式建筑结构，与山林岩泉融为一体。亭阁、牌坊星布山道，栈道、丹梯没于林间，相映成趣。依山就势，临水修桥，高则为殿，洞则为宫，所建令人叹为观止：奇于岩、险于峰、幽于林、隐于山。当真是“长级通叠阁，苍翠间青瓦”，与道家“见素抱朴”的意境隔空相望，遥相呼应。所谓“天地与我并生，而万物与我为一”，正是“道法自然”真义。

两人沿着山路，时不时看到村民，着青衣，缓步行，有些仙风道骨的味道。打声招呼，村民热情，从身上取出糕饼清水，刘亦然、薛亮也不客气，一一食用。薛亮掏出钱来，村民们也不收取，只是看着他们笑，一人道：“你们来，是为求命，送你们这几块糕饼算得什么？”说完径自离去。薛亮不由愕然，刘亦然笑道：“看样子，亡灵村的人指着我们这些上山来救命的人养活，怎么会在乎你这区区五十块钱？”

薛亮呵呵冷笑，自顾自向前走去。转过山路，青山上竟出现了一洼平整地势，一条青石板，恰逢昨夜雨落，水痕犹在。一座村落，湖水稻田，佐近远方高山。天地如洗，水田似镜，倒映碧空，云动留痕，更妙在村外有竹，随风摇摆，真是桃源之地了。

如此景致，却是亡灵聚集之地。

一座天蓝色的建筑，耸立于进村必经之路上。山门前竖立着青石碑，苍茫墨绿，竟不知何时所建，字迹倒清晰可辨：一不迎香客，二不做道场，三不受朝拜。

薛亮不由咂嘴称奇，道：“我只听说亡灵村规矩多，八百多年了，终于有机会一见，看这意思是姜太公钓鱼，愿者上钩了。”

刘亦然道：“规矩多，意味着能办事。竖立石碑，避人香火，是免闲人进出。看起来，我们是来对地方了。”

两人经山门而入，只见非寺非观，前后三进院落，一条青砖路穿院落而过。前进后出，竟是两座山门出入。院落不种花，也不植树，屋面覆盖蓝瓦，屋檐长满青草，随风飘扬。檐口曲线高高翘起，伸展向前方，众多屋檐错落有致，高如群峰，低若游龙，观来此起彼伏，层叠变化万千。

院落分列青龙、白虎、朱雀、玄武四神作为守护，蓝青砖雕刻“福、寿、长、命、吉”等字，青蓝瓦装饰蝙蝠、卷草、玉蝉等图案，更显富丽堂皇。墙面、柱身刷漆上色，白墙红柱，煞是齐整可观。

依次走出院落，刘亦然叹道：“这座院落设计得巧妙，三进偌大建筑，无花无草，藏不住人。看来这里的人不希望人多，反倒是希望人来得越少越好。石碑挡住妄求之人，对于亡灵村的人来说，还真是件省心的事。”

两人穿过院落，进入村庄，只见街道两边遍布棺材、骨灰盒，细看过去，小孩子戴着死人的帽子，身穿死人的寿衣在玩耍，花圈、纸人、纸马等到处都是，诡异至极。

薛亮不由感慨道：“这里的人倒真是不避讳。村里村外，怎么全是死人吃穿用度的东西？”

刘亦然道：“你把我带到亡灵村，怎么自己还不知道？”

薛亮哼了一声，没有说话。

刘亦然笑道：“还有薛老板不知道的事，看来我荣幸了。亡灵村的建筑，虽然非寺非观，但道家的元素还是多一些。我听一个故去的好友讲过，死亡是所有人都要面对的结果，而如何面对生死，就是不同人之间的区别。孔子讲，乐以忘忧，不知老之将至。未知生，焉知死。曾子又说，死而后已，不亦远乎。而道家别出心裁，乐生哀死。”

薛亮道：“你的这位朋友，怕不是李小军吧？倒是想得通透。”

刘亦然不由冷笑道：“薛老板，你的手段厉害，倒是调查了我一个通透。不过，细思起来，小军的话也有道理，道家以生为乐，以死为哀。我印象比较深的一件事，是在遇到一次大危险时，我们几个人几乎都感觉死定了，唯有他坦然自若。我很奇怪，怎么会有这种人。他和我讲，凡天下人死亡非小事，一死终古不见天地日月，脉骨成涂土，人居天地，终有一死，生可，死畏。道家哀死，这才有了数百年道家炼制丹药，内外双修，寻求长生之道，以修仙之道面对死事。亡灵村的人，大人小孩身处死地，用亡灵的用品，其实是道家逾越死亡的方式。”

薛亮不明所以，道：“我只听人讲，亡灵村人尸气重，一时不明白什么意思。依你的说法，这倒是他们面对生死的方式了。不过，敢如此生存下来八百余年，虽说见怪不怪，胆子也不算小了。”

刘亦然边走边道：“没有你想得那么简单，亡灵村的人如此，其实是通过死亡，将死变为通往神仙世界的桥梁。这个不奇怪，在道家来说，经过身心修炼，成仙的一种方式就是尸解。你说的八百年来流传亡灵村人尸气重，其实是讲他们成仙的方式。”

薛亮道：“尸解成仙，这倒是有趣得很。”

刘亦然面色严肃，道：“现代的语境已经没有尸解成仙了，但早在数百年前，在科技尚未发达之时，道家盛行，成仙的方式多种多样，尸解也是其中之一，尸解之外，又有棺解、水解、火解、兵解等多种方式。最早的尸解源于汉朝，汉武帝梦到与李少君相往，数日之后李少君病故，其棺无尸，只有衣帽皆在。”

薛亮道：“这么说来，亡灵村倒是人人可以成仙了？”

刘亦然摇了摇头，道：“怎么可能？就算是数百年前，也不可能人人成仙。用现在的话来说，能否成仙，也有阶级划分。上等人身形皆在，所谓举形升虚，称之为天仙；中士游于名山，称为地仙；下士先死后兑，是为尸解仙。在更早一些时期，按道家的理解，人被埋葬数年后开掘坟墓，肉身不见，只有衣冠等物，就是成仙飞升了。其实，这只是对抗死亡、理解死亡的一种方式，哪里有什么飞升成仙。”

薛亮笑道：“且不管它，我只知道，这里能够救我们的命。听说数百年来，亡灵村将活人当死人，凡是犯事的，或者是得罪人的，辞官仍被追杀的，唯死不能脱的，都来找他们。村庄表面卖纸人棺材，暗地里帮助需要假死消失的人，活人消失，死人复活，但代价不菲，你身上最宝贵之物，想活就得交出来。据说亡灵村曾让亡国的皇帝死而复生。现在看起来，也就是以尸解的手法掩人耳目了。”

刘亦然黯然无言，半晌方道：“事生如事死，成仙又超越了生死。村庄做的是亡灵的生意，他们这种生死观，也是村里人与死亡相伴，从不畏惧的原因吧。只是……”

话未说完，薛亮打断了他，道：“你这些话啊，还是向他们说去吧。”说着左手向前一指，只见两名村民，身着青袍，笑容可喜，迎着两人走来。其中一人微笑着抱拳拱手，问道：“两位贵客，是来访友还是来避难？”

薛亮三句话讲明来意，访友村庄，那人再不问第二句，只引着刘亦然、薛亮前往村中。早有人沿途招呼，村庄里的人看到来了两个陌生人，渐渐围拢过来。人越聚越多，直至刘亦然发现抬脚都很难时，四五十人已将两人团团围住。

刘亦然道：“薛老板，看来你是说错话了，访友？你倒是找了一个好理由。这么多朋友欢迎我们来，你再不想想办法，我们可要好看了。”

薛亮面色尴尬，却也并不惊慌，只是高声道：“云鹤八卦麒麟瓶。”

围观的村民们一听这话脸色大变，一拥而上，七手八脚就将薛亮臂膀架起，刘亦然也被村民们推搡起来，不由大喊道：“薛亮，你这是玩的哪一出？”

薛亮奋力挣扎，口中直喊：“我要见族长，我要见族长。”

一名村民大手伸过来，将薛亮推得一个趔趄。薛亮大怒，

“啪”的一声，重重一个耳光抽在了那村民的左脸上。村民们大叫：“拿绳子来，拿索子来。”薛亮又一个耳光结结实实地打在了那村民右脸上，场面顿时一片大乱，四五名村民，七八只手将薛亮抓得死死的，大叫活埋了两人。

正哄闹间，只听一人叫喊，人群中分出一条路来，一个身着白衣、五十多岁的人走了过来。薛亮一见，立即大声喊道：“族长，你再晚一会儿，就再也见不到云鹤八卦麒麟瓶了。”

族长走到近前上下打量两人，道：“麒麟瓶丢失之后，已经很少有陌生人来村子里了。说清楚了，是朋友；讲不明白，你们今天下不了山。”

薛亮忙道：“事情机密，当众说不得。”

族长眉头一皱，似欲发作，但见薛亮一副胸有成竹的模样，于是使个眼色，叫众村民退去，只留六名身着青袍者带两人跟随他而去。

到了村中唯一的两层院落，推门而进，族长落座，薛亮刚想坐下，却被身后大汉一把薅住衣领，拎了起来。

薛亮笑道：“族长，这可不算是待客之道吧？”

族长点点头，大汉松手，薛亮与刘亦然这才坐下。两杯绿茶，一碟素果，摆放在茶几上。薛亮看了一眼刘亦然，刘亦然安之若素，只是喝茶品果，摆出一副你既然带我来亡灵村庄，一切由你做主的样子。

薛亮站起身来，抱拳拱手，道：“我们两个人第一次来，时间紧急，若非如此，也见不到族长。失礼之处，还望海涵一二。”

族长手指旁边站立的村民，正是被薛亮两个耳光打得脸颊红肿之人，道：“你见人的方法，就是打人耳光？现在他还你两个耳光，你说可行不可行？”

薛亮忙道：“我要还的，不仅是两个耳光，还有你们要找的仇敌。这个大礼可否抵得上这位兄弟所受的委屈？”

族长一怔，道：“那件麒麟瓶现在何处？”

薛亮道：“一年前，贵村祠堂两件明代的云鹤八卦麒麟瓶，一雌一雄，一夜之间不翼而飞，贵村上一任族长，就是因为此事身染重病，不到半月便亡故了。此后，村中派出人多方查找，直至半年前，才探访到是谁盗走的麒麟瓶。你们将盗贼抓住，逼问出谁是主使人，可惜盗走贵村麒麟瓶的主使人远在他乡，你们鞭长莫及，无可奈何。”

族长听他答非所问，道：“你们这时候进山来，不像是来帮我们的，倒像是来求着我们救命的。想拿麒麟瓶做交换，可惜我们早已经知道是谁盗走的，你们的筹码，不够分量。”

薛亮正色道：“麒麟瓶仍然没有回到贵村，我想族长心里是想念它们的。贵村一年来几乎无一日不想把麒麟瓶带回村中，安放在祠堂。据我所知，贵村想尽办法，甚至派人去往香港荷李活道，不仅没拿回麒麟瓶，反而被对方设局，中了计被关在监狱里，判了两个月监禁。那位村民虽然后来出狱回村，却也无脸再见众位村民，一直把自己关在祠堂里。但也因为这件事，那两件麒麟瓶一直没有买家接手，还在孙氏家族手中。”

族长道：“你的意思是说？”

薛亮道：“族长，我虽然没有本事将麒麟瓶带回村里，但我能将盗走麒麟瓶的主使人，带到族长面前。”

族长沉思片刻，道：“你把他们带来，对你有什么好处？”

薛亮一指刘亦然，道：“他要保命，我要吃大鱼大肉，还要活得长久。按照中国传统的说法，人分上中下三寿，下寿六十岁，中寿八十整，上寿人活一百年。我倒是不贪心，我只想活个中寿如何？”

族长哈哈大笑，道：“好，妙得很。你们想求村里救命，却不说能拿什么交换，反来说亡灵村最珍贵之物，妙得很啊。”

薛亮道：“我们两个人来贵村求助，贵村两件麒麟瓶失而复得，难道说我们身上还有什么东西价值能超过这个？我左思右想也想不出来。如果有，族长说出来，我们两个人没二话。贵村想拿我们的脑袋当球踢，只要说出来，我们眼睛眨一下，就不算敢来亡灵村求助的好汉。”

族长脸上笑意更浓，道：“话说得妙，事也办得妙。你们想活命，我们想要麒麟瓶。你且坐下说说吧，孙家人在哪里？”

薛亮坐下，右手一抬指向刘亦然，道：“孙老三在南京，被他杀了。”

刘亦然大吃一惊，不知薛亮此话何意，看着薛亮满不在乎的样子，他忽然福至心灵，接过话来道：“孙老三在南京死了，他们的人才一直在后面追杀我们，我们这才来亡灵村求助。”

族长将信将疑，道：“孙老三怎么会到南京？”

薛亮道：“孙老三来南京，是应大先生的邀请，那场饭局事关重要，涉及圣库宝藏。亡灵村久在深山，距离南京行程遥远，又不在古董行，没有听说也不奇怪。”然后他一五一十，除却残页被抢之外，尽向族长讲明了原委。

族长道：“这么说，追杀你们的是孙家的人。你为什么要杀孙老三，我不想知道，薛亮你为什么要救刘亦然，我也不关心。”

薛亮不急不忙，道：“族长，你的意思是说，这份圣库宝藏你也要分一杯羹？”

族长冷笑道：“我们亡灵村的人，只要村里的麒麟瓶，宝藏就算是金银如海，我们也不贪心。我救了你们的命，你们要把抢走的麒麟瓶给我们送回来。这就是我开出的条件。”

薛亮不由面色一红，道：“惭愧，惭愧，族长，是我多心了。”

正说着，只听外面一阵哄闹，村民们拥着三个人进了屋，正是火车上那三人。领头的人一见刘亦然、薛亮，不由冷笑道：“这么看来，亡灵村的族长是铁了心要救这两个人了？只不过，现在不是八百年前，陆先生的势力，希望族长掂量掂量。”

薛亮、刘亦然大吃一惊，本以为自己是被孙老三的人追杀，却没料到幕后指使另有他人，原想以麒麟瓶让族长相救，但若指使人变了，事情就可能生变，不由暗暗担忧。

族长冷笑道：“亡灵村八百年，你说得没错，时代虽然变了，但规矩没有变。陆先生的名声，我如雷贯耳，但能够压得住香港孙氏家族的人，却也并非你们一家吧。”

领头人一抱拳，道：“我们走了还会有人来，再来，就不会是我们三个人了。族长还是要好好想一想。”

族长笑道：“这么说，你是在威胁我们了？”

领头人看了一眼围过来的村民，道：“我们人少，又是在亡灵村的地盘上，族长想一想，我们三个人难道吃了熊心豹子胆，敢在此时威胁族长？我们不过是说了实话。我们三兄弟来亡灵村一趟，既然这两个人就坐在屋子里，如果我们就这样回去了，实在也是没面子。那时候陆先生自然怪罪我们办事不力，打几个耳光、断个手指都不怕，要我们戴罪立功，领着二三百人再来亡灵村，也是能做到的事。”

此言一出，屋内村民顿时交头接耳，各说各话，纷乱起来。族长脸色一变，大喝道：“慌乱什么，倒叫外人笑话。亡灵村八百年，怕过什么？”

他又转向领头人，道：“陆先生嘛，亡灵村不便得罪。但就这么让你带他们走，我们从此也不用在江湖上混了。亡灵村的牌子直接送给你家陆先生，让他拆了当柴火烧吧。”

领头人眉眼竖起，道：“你们想怎么样？”

族长不急不躁，道：“你是要他们两个死？”

领头人道：“既然两人不能交给我们带走，任凭族长做主。但无论亡灵村要做什么，我们都要亲眼看到，日后回去也好有个交代。”

族长点点头，道：“也罢，我们做什么你们都可以看，不会遮人耳目。”

四名青袍村民未待刘亦然、薛亮有所反应，已从后方将两人用麻绳捆住，在两人口中塞了棉布，薛亮骂声刚出口，便再无声息。八人近前，各用一条竹杠抬起一人，发力喊，竟抬着两人向青山墓地走去。

众人走过林间小路，尽头是一道半人高的石墙围起的墓园，早有人引路，行至墓坑前，方才停住脚步。

族长道：“也不白教你们两个死，这世上哪有人在死前看过作法往生的？你们两个运气不错，就算是被活埋了，我们尽尽心意，举行一个往生仪式，也算对得起你们了。”

“往生仪式？不会是拖延时间吧？”领头人叫道，但见族长面有怒色，赶紧接着道，“大埋活人，亡灵村的手段厉害！只是，不知道这两个人埋进去还能活几日？”

族长道：“既是不放心，我给你们准备吃食，你们愿意在墓地里守几天就守几天。什么时候觉得埋进去的人死透了，你们再走不迟。”

正说着，两具棺材被抬了进来。九名村民换上道袍，在选好的坟址挖出坑，将一个斗放置其上，内装黄豆、纸钱若干。一名村民以木剑为笔，沿着坟地画出一幅天圆地方的八卦图。

八名村民布置焰口坛，抬来一张长桌，供放香、花、灯等供品，摆放朝简、如意、令牌等物。两边各有木椅，四名村名分列而坐，另四名村民手持经书法器，口中唱丧歌。

薛亮、刘亦然头摆身动，似有话要说。族长命人除去他们口中的棉布，刘亦然神色还算镇静，只对领头之人道："你们也先别得意，也许这些什么往生仪式，是为你们举行的也说不准。一会儿谁会被埋进棺材里，还不一定的事呢。"

领头之人面露狐疑之色，看向族长。族长道："不用怕，我答应了你们，自然遵守诺言。"

薛亮听到这里只是冷笑，对族长道："你答应了我们什么，你也要记得。"

领头人忙问："他们两个来得早，族长，你们要是有交易，趁早说出来。说晚了，到时候别怪我们心狠手辣。"

族长指着薛亮、刘亦然道："没错，你们来之前，我和他们确实有笔交易。但那笔交易有缘故。刘亦然杀了孙老三，他们逃出来，遇到你们时误以为是孙老三的人，他们说如果救了他们二人，有金银奉上。我们与孙家有仇，挡住追杀他们的人，既报了仇又有钱拿，何乐而不为？"

领头人咬了咬牙花子，冷冷地道："这笔交易，不知道现在还算不算数？"

族长笑道："你们不是孙家的人，我又何必和陆先生为难？若是找上门来，我们村子搬不走，这样的梁子不结也罢。"

领头人不再说话，眼看着仪式继续进行，问道："还有多久这个什么往生仪式才能完成？”

族长道：“人亡为贵，你现在是要他们两个死。往生之后，你若是不想他们找你的麻烦，就现在把他们装进棺材里，放入墓坑，再拿把铁锹埋了他们。亡灵村的人，绝对不会拦着。”

领头人哼哼两声，见薛亮、刘亦然喊叫不停，上前两步将棉布塞进他们口中，道：“省点力气，你们还可以在棺材里多活三五个小时。如果这时候把力气用尽，一会儿埋进三米深的墓坑里，想想会发生什么。哼，要我说，你们两个赶紧呼吸呼吸新鲜空气，再过一会儿，就只能闻自己身上的屎尿味了。”

薛亮、刘亦然还待挣扎，早有人将他们按在地上。只听得笛子、笙、箫等乐器齐鸣，村民身穿长袍，上绘八卦图样，跟随着乐声节奏边舞边跳，口中念念有词，左手捏诀，围着两人奔走。

领头人问道：“这是做什么古怪，跳着跳着舞还做起法事来了？”

族长面露不悦之色，旁边的村民道：“这是玉清印，罡步踏斗，为的是往生极乐。往生者超度，不使罪者追索。他们死了，不找你们的晦气。”

领头人这才不再说话。刘亦然闻听此言不由心中一动，若有所思，似乎是累极，不再挣扎，完全放平身体，闭上了眼，竟是要在一片鼓乐声中熟睡的模样。

薛亮却是越来越紧张，被两个人按住，身体犹如蚯蚓钻地，扭动不止，口中唔唔连声，可怜口塞棉布，说不出什么话来。

领头人喝道：“薛亮，你这是白费力气。你学学他，把力气省下来，还能多活一天半天。”

薛亮这才发现，刘亦然躺卧在地，一动不动。正在此时，乐声停止，村民将水、米、花洒在棺材内，又将清水洒在刘亦然、薛亮额头，刘亦然任其施为。

族长见状，命村民将刘亦然口中棉布取出，绳索解开，随后两个村民将其抬进棺材，一个村民拿了三寸长的铁钉，木锤叮叮当当，几下钉牢了棺材。

领头人道：“薛亮，依我说，你就算是死，也要死得舒坦。学学刘亦然，不哭不闹，知道自己死期已至，干脆放松自己了。”

薛亮眼看着刘亦然被放进棺材里，在棺材盖上的那一瞬间，好像若有所思地看了他一眼。薛亮不由停止了反抗，安安静静地被抬手挪脚，放进棺内。待口中棉布被取出，绳索松开、棺材盖被钉牢的刹那，他不由恐惧自心底泛起，大声喊道：“刘亦然，你害怕吗？”

隔着棺木，耳边传来刘亦然沉闷的声音：“我不害怕，害怕的应该是你。”

薛亮一怔，想了想不由笑出声来，大声道：“刘亦然，你真是一个值得交的朋友！不过，有用吗，现在还不是被装进棺材里，埋到三米深的坑里？”

刘亦然没有搭腔，此时他感觉到棺材摇摇晃晃，一上一下，耳边传来“嘿哟嘿哟”之声。棺材左抖右颤，听声音，正被从地面抬起，两头拴起绳子，慢慢地放入墓坑内。

他听到领头人的声音穿过黑暗，从棺材外隐约传进来："族长，烦请安排搭个棚子，我们要在这里守七天七夜，等两个人死绝了、死透了再走。"

领头人的大笑声，伴随着泥土哗啦啦倾倒在棺材上的声音，传到刘亦然的耳朵里。从棺材的缝隙里透进来的最后一点光线，随着泥土落在棺木上的声音逐渐消失，最终不见，完全的黑暗，彻底笼罩在这个两米长、八十厘米宽的柏木棺材里。

一种难以言表的恐惧，紧紧地抓住了刘亦然。他不由得想高声呼救，扯开嗓子喊了几声，双手本能地用力向上敲击。随着泥土的声音越来越沉重，声音一点点消失，刘亦然突然发现，他现在只能听到自己的声音，直至最后，外界一点儿声音也没有了。那个美好的人间世界，消失在了黑暗之中。他这才意识到，没有奇迹，自己的判断错了。

此刻，刘亦然第一次知道了绝望是什么滋味：他被活活埋在三米之下的墓坑棺材内，独自一人，等待着死亡的来临。

第八章
心思用尽

飞机降落在南京机场，一辆出租车直接将陈蕾、赵劲夫载往南京朝天宫古玩街。正值下午五时许，行人稀少，有些店铺已经拉下卷帘门，人们呼朋引伴，三五成群，互相约着去餐厅相聚了。

包不年提到的古玩店，门前有两个镇宅的小石狮子，门上悬挂着黑底金字的匾额，上写“灿云轩”，左右两侧是红字蓝底对联，上联“三代鼎彝昭日月”，下联“一堂图画灿云霞”。推开门，店面不大，三十余平方米，转角是柜台，上面架设一部电话，两侧博古架，一张花梨木方桌，四把圆凳，茶具在左，文房四宝在右，墙面装裱古字画，布置倒也清雅。

店内无人，赵劲夫叫一声：“掌柜的，买卖来了。”

只见从博古架后转出一人来，四十余岁，矮墩身材，大背头，鼻梁上架着一副玳瑁眼镜。见到赵劲夫，这人没说话，脸上有些不耐烦的模样，转脸看向陈蕾，上下打量几番，突然脸上笑容如同棉花糖一样膨胀起来：“前门大栅栏，清古万向斋，陈家小姐到了，果然，稀客，稀客。”

这掌柜的连忙让座，赵劲夫、陈蕾坐下，还未表明来意，就见他走到柜台前，拿起座机电话拨了一个号码，口中喃喃三两句，听不真切。

放下电话，掌柜的笑着近前双手抱拳，向赵、陈两人施礼，道：“估摸着近期陈小姐就会到南京，今天中午吃饭的当口我还在想，怎么还没有到呢？难道是什么绊住了腿脚？这临了关门闭店准备回家了，不仅陈小姐来了，没想到赵副教授也到了敝店，真是蓬荜生辉啊。”

赵劲夫闻言暗自思忖，一边笑道：“掌柜的之前说‘果然’，是因为有人说这两天陈蕾要到你店里，看来这人好手段，智计过人，能掐会算，不知是朝天宫哪一路神仙？你刚才打电话，是要把他请来吧？”

掌柜的摆摆手，笑道：“这人是谁，两位贵客一会儿就能见到。莫要着急，先喝一杯茶，来，尝尝，这可是上好的凤凰单丛，前半个月刚刚到货，我还没开过包，今天两位贵客到来，我也跟着沾点儿喜气。”说着忙取水泡茶。

茶品两道，只听店外传来汽车鸣笛声，掌柜的笑道：“人来了，我这就请过来，两位稍坐。”

门开了，一个十八九岁模样的小姑娘走了进来，梳着马尾辫，身着淡黄色连衣裙，脸上堆满笑意。“姐姐，你可来了。”她径自来到陈蕾面前口中直叫，又对赵劲夫道，“赵老师，我可听爸爸说过您的大名，今日一见，我才知道儒雅两个字是什么意思。”

掌柜的道：“陈小姐，赵副教授，这就是你们想见的人，欧静儿小姐。”

欧静儿落座，亲热地抓住陈蕾的双手，扭头对掌柜的道：“我要和姐姐说说贴心话，你可以出去了。”

陈蕾见这四十多岁的成熟中年人对一个小姑娘言听计从，倒退出店，把门关闭，看样子一时半会谁都莫想进这家店了，倒也纳罕。

见欧静儿热情，陈蕾反过来轻握欧静儿的右手，道：“你叫我声姐姐，我权且称你为妹妹。不过，我们来南京虽是第一次见面，还是要请你办件事。”

欧静儿笑道：“姐姐莫要说一件事，便是十件八件，只要我欧静儿能办到，那句话怎么说？对了，提头来见，万死莫辞。”

见欧静儿说得俏皮，陈蕾不由也笑了，道：“那好，第一件事，能不能放包不年一条生路？”

欧静儿一时脸上露出没听明白的神色，突然眼眉一挑，像是搞清楚了，道：“我知道了，包不年当然没事，他们这些做事的人太差劲了。”

说着她转过头，喊了一声，掌柜的推门而入，欧静儿道：“包不年的事，你是怎么做的？”

掌柜的回道：“包不年趁我醉酒，借走了笔记残页，随后我派出三人护送他进京，引他去找赵副教授，再至清古斋拜访陈刚先生。他做好了这事，在北京逛两三天也就该回家了。没料想陈先生去了东北，陈小姐倒在家。这会儿诸葛云明的后人诸葛聪在前门大栅栏看店，每日里迎来送往，生意不错。”

陈蕾冷笑道：“妹妹，你还真是关心姐姐，把我们陈家摸得清楚。”

欧静儿正色道：“姐姐，您是误会我了。本意是请叔叔来，但机缘巧合，姐姐来了。孙老三一死，亦然哥哥亡命天涯，只能万事小心。许多人已经盯上了清古斋，我们不小心些，下一个死的可能就是我们了。”

欧静儿说完，一双眼睛看着陈蕾，眼神清澈，并无一丝奸诈之意。陈蕾听了这话，一时没说什么，有人盯上了清古斋是肯定的，她说“亦然哥哥”……

赵劲夫从衣兜里取出装在塑料袋中的那张残页，道：“用一张假的残页做钓鱼的饵，把我们钓来……”

话还没说完，欧静儿手一挥，掌柜的退去，她这才道：“赵老师，我这么称呼您，可以吗？这可比赵副教授要贴心啊！哦，既然您不反对，那我就这么称呼您了。如果没这东西，突然有个人找上门来告诉您，您的一个朋友要死了，您会相信吗？您不把我打出来，那是看我年轻、不懂事。要是我再说上几句，刘亦然会死是因为金银如海的圣库宝藏，赵老师，您不得把我送进火车站，给我买张最近的车票，或者把我送到精神病院啊？”

她一番话说完，只是看着赵劲夫，一脸无辜的模样。赵劲夫嘴一张，刚要说话，欧静儿又道：“赵老师，我又不礼貌了。抢着再说两句，就是怕您误会。您想啊，一张涉及宝藏信息的关键残页，万一包不年给丢了呢？虽然派了三个人跟着，但万一还有别人盯着，出了岔子，罪过可不就大了？”

陈蕾道：“真残页在哪儿？”

欧静儿忙对陈蕾笑道：“我就知道姐姐要问，一会儿自然有人送来。只是，你们不想知道那天晚上刘亦然到底出了什么事吗？”

赵劲夫道：“残页真，刘亦然危险；残页假，刘亦然安全。”

欧静儿咯咯笑了，道：“赵老师，你能不能先别急着下结论？让我也说说啊，问题就在于，那张残页是真的。那天晚上，也就是因为四件文物中最重要的残页被抢了，孙老三被刘亦然杀了，当然，我怀疑这是嫁祸于人，亦然哥哥和薛亮逃走了。大先生的饭局搞成这个样子，按正常人的理解，谁当天逃走了，谁的嫌疑就最大，这也是大先生的判断，所以他派出人，要把亦然哥哥和薛亮抓回来。否则的话，大先生的脸可算是丢光了。”

陈蕾不由道：“亦然还活着，保他命的方法就是找到圣库宝藏？”

欧静儿笑道：“姐姐果然厉害，孙老三的家族相信凶手是亦然哥哥，是不会放过他的。大先生组饭局为的正是圣库宝藏，现在他认定是亦然哥哥和薛亮杀了人，抢走了残页。而找到宝藏最关键的信息，都在残页当中。一旦到时候宝藏找不到，大先生会信吗？亦然哥哥的麻烦就在于此。”

赵劲夫想了想，道：“有了残页上的信息才能找到宝藏，所以亦然无论有没有残页，如果宝藏不见了，那他必然是头号怀疑对象。”

陈蕾道：“妹妹，你当天晚上在场，据你看来，谁最有可能嫁祸亦然？”

欧静儿道：“我当天晚上虽然在场，但我觉得，孙老三本不至于被杀。因为杀了孙老三，得罪的不仅是香港孙氏家族，还有大先生。大先生杀客人？可能性不大。马卫是大先生的代理人，他背叛大先生，除非他不想活了。周华与孙老三第一次见面，南京、香港远隔千里，从来没打过交道，更没理由杀他。薛亮来自美国，CC系的后人，手段层出不穷，他的公司在世界各地寻宝，尤其是在东南亚一带，三艘寻宝船挖出了不少好东西，大先生也忌惮他三分。我代表爸爸出席饭局，会杀孙老三？姐姐你想，我一个小姑娘，把银筷插进孙老三的眼睛里一击毙命，可能性有多大？”

赵劲夫叹了口气，道：“如果这是一个局，那设局的人真是心思用尽，考虑到了每一个细节。算来算去，凶器在谁手里，谁自然会被认为是凶手，可偏偏凶器在亦然手中。而抢走残页的人，薛亮的可能性最大。更何况，这两个人逃走了，简直是把刀子塞进对方手里，任人宰割。”

陈蕾道：“当时的情景，亦然手中拿着凶器，四件文物又被抢了，他若是不逃走，这个黑锅他是背定了。只是薛亮为什么要帮他？”

欧静儿道："姐姐，您想啊，如果您处在薛亮的位置，您会不会帮亦然哥哥？"

陈蕾默然，想了想，点点头。

欧静儿一怔，显然没料到陈蕾竟然会认同她的说法。她目光一转，看向赵劲夫，道："赵老师，亦然哥哥现在还算安全。我们现在是在和追杀他的人赛跑，早一天找到宝藏，亦然哥哥就早一天安全。"

赵劲夫笑道："话是这么说，可欧小姐为什么要帮我们？"

欧静儿调皮地笑道："圣库宝藏，金银如海。"

赵劲夫不由得叹息："这个理由，确实让人无语，也确实能说得通。"

陈蕾道："残页记录的应该是李秀成供词的删改内容。这些删改的内容，指向的是圣库宝藏的秘密。可是，曾国藩删改的到底是什么，没有残页佐证，倒也难猜。"

欧静儿道："也不一定。因为据我所知，饭局中被抢的残页，并不是找到宝藏唯一的线索。"

赵劲夫道："你是说，残页不止一张？也对，既然是残页，那么必是完整的内容分割出去的一片。"

欧静儿道："如果残页记录的是自供中关于宝藏的信息，那么这些信息，也来自于曾国藩删改的内容，我这样说，赵老师您同意吗？"

赵劲夫点头道："没错，小姑娘聪明伶俐。曾国藩日记、家书等，确实记录着删改李秀成供词的痕迹。从这些信息中倒推，是能够找到圣库宝藏一些蛛丝马迹的。”

欧静儿道：“爸爸自从知道了圣库宝藏存在的消息后，就和赵老师一样，仔细研究了曾国藩几乎所有的文献资料。他和我讲过，根据包括曾国藩家书、日记等文献资料的记载，李秀成自写供词至完成，共用了九天。在这九天时间里，一天算作一段，共为九段，每天写完，就被曾国藩拿去，若是经过删改，那必有上下文不通之处。曾国藩在同治三年七月初六的日记中说，供状四万余字，本日校二万余字。那时曾国藩所校全文，并非他一人独自删改的。”

赵劲夫一惊，和陈蕾同声问道：“这么机密的事，曾国藩不是一人删改的？”

欧静儿笑道：“曾国藩是何等人，这么繁重的工作，怎么可能一人来做？他在七月初七的日记中说，将李秀成之供分作八九人缮写，共写一百三十页，每页二百一十六字，装成一本，点句划段，并且以红纸签分段落，封送军机处备查。在世界书局出版的版本中，可以明显看到曾国藩用红笔标明的错别字，以及删改增加的文字。这就是说，在根据曾国藩的指使由八九人进行抄写删改的过程中，曾国藩做了把关的工作。”

赵劲夫恍然大悟，道：“看来所指的残页，正是李秀成自供中和圣库宝藏有关的完整部分了。这些残页的出处，是曾国藩的可能性不大，自然是参与抄写删改的八九人之一了。”

欧静儿点点头，接着道：“曾国藩删改了什么，对这几个人必有指使。他的心腹赵烈文，肯定是参与了删改工作的，他在七月初七的日记中明文记载，‘中堂嘱余看李秀成供，改定咨送军机处’。七月初十又记，‘嘱重看李秀成供，并分将付梓’”。

陈蕾道：“看来你们欧家为了圣库宝藏，真没少下苦功夫研究。”

欧静儿道：“姐姐别这么说，我们是小门小户，爸爸命好，发了家，起了势，也就二三十年的光景，比不上清古斋数百年的名号，谁人不知，哪个不晓？”

陈蕾没想到欧静儿会这么说，又不想此时作口舌之争，对方是敌是友尚不清楚，又连声叫姐姐，亲热得很，也不好再说什么。自己因刘亦然生死未卜，心神不免有些浮躁，于是就只听二人分析李秀成供词删改的来龙去脉，心里再细细盘算。

赵劲夫思索了一会儿，道：“我记得，李秀成供词中自己也有写下字数多少。从这方面，倒也能作一个判断。世界书局版本中记，第三十一页书口处有‘到此总共一万八千之数’。按照每页五百余字计算，还有天头补充的内容，三十一页的字数，和李秀成自记的一万八千之数相差无几。第四十页书口处，记有二万八千五。但从第三十一页到第四十页，按照增加九页，每页五百字计算，至多不过五千字，而李秀成记数比第三十一页一万八千数增加一倍有余，那么这一万多字去了哪里？后面还有，累计相差许多。那么，按照曾国藩删改的前后文不连贯之处，是能够推断出所删改内容的。问题在于，我们能想到的，曾国藩也想到了。”

欧静儿点点头，道：“赵老师讲的和我爸爸说的毫厘不差。爸爸的书房珍藏里，有一本1936年影印本《克复金陵贼党供招——李秀成述》，曾国藩在批记中写了删改的内容[1]，在同治三年十二月十三日，曾国藩曾向朝廷上折，名为《钦奉谕旨分条复陈折》，上面记录了他删改李秀成供词的内容，与批记所记相同，唯一补充的部分，有这么一句‘自夸战功，与各路军报不甚符合’。”

赵劲夫道：“曾国藩主动承认了删改供词，等于是胡子眉毛一把抓，一盘子黄豆里混进去一颗白豆，把至关重要的内容——相信必有圣库宝藏的信息——也一同删除。日后就算是朝廷问起来，也有个说辞，不至于被动。”

欧静儿道：“按照爸爸的研究，他认为曾国藩不仅不会被动，根据他向朝廷主动上折子奏报的内容，他所删改的内容，甚至让他取得了主动权。比如说，供词中对李鸿章在常州、绍兴、宁波与之交战的情况表示轻蔑的部分，全部删除，这自然让李鸿章感激不已。不过，经翻阅研究海量的相关文献资料，爸爸认为，和圣库宝

---

1 原文如下：“其别字改之，其谀颂楚军者删之，闲言重复者删之，其委婉乞贷一命，请求招降江西、湖北之各贼以赎其罪，所言招降事宜十要，洪逆败亡十悔，均予删除。其余虽文理不通，事实不符者，概不删改，以存其真。”别字，指太平天国独有的文字，楚军指曾国藩的湘军。

藏有关的删改信息有九百字左右，也就是说，笔记残页，至多只有两至三页纸。”

陈蕾此时突然道：“你父亲研究圣库宝藏这么多年，最重要的线索，不会只是证实了笔记残页的存在吧？”

欧静儿咯咯笑道：“姐姐，这正是我接下来要对赵老师说的，见姐姐一直不说话，我还以为是为亦然哥哥的事烦心呢。当然，爸爸自得知圣库宝藏的事情后，一直以来都颇为用心。他在国内的合作伙伴，就是周华周叔叔。这家古玩店，也是他家的产业。”

赵劲夫道：“我刚才还在想，你是从日本回来代替父亲参加饭局的，生意、产业主要也在日本。圣库宝藏的事情，就算是你有心，探查这许多秘密，也有些鞭长莫及。”

欧静儿道：“赵老师，您别误会。没错，爸爸的合作伙伴是周叔叔，只是外界并不知晓。两个人的力量比一个人大。爸爸的影响力在东南亚国家，但在国内寻宝，周叔叔的影响力远超爸爸。圣库这么大一笔宝藏，一家是吃不下去的，强要吃进去，只会把人肚皮撑破。这也是为什么大先生要组一个饭局、一笔宝藏多家吃的原因。不伤脸面，人人都能吃饱。”

陈蕾道：“那倒是要向你请教了，大先生邀请五人，端上毒菜与四件文物，如此慷慨？我猜还有更重要的原因，不是他一家吃不下，而是被邀请的五家中有人拿着另一件重要的东西，比如说，另一份笔记残页。饭局的真正意图，是要查出谁拿着另一份残页。如果谈得拢，那就合作寻宝；谈不拢，毒菜伤人，那时候才是你争我抢、要命的勾当。”

陈蕾说一句，欧静儿叹一声，待陈蕾讲完，欧静儿忍不住大笑道：“姐姐，我真是佩服死你了！我就想姐姐不说话，一定有原因，看来您是正在脑海里复盘那场饭局呢。”

赵劲夫笑道：“行了，小姑娘，你就别吹捧你这姐姐了。她心里难过得如同大病初愈，你还有什么秘密是你这姐姐不知道的，快点儿说出来，也省得我们一步步猜了。”

欧静儿嗯嗯连声，收拾起笑容，正色道：“姐姐说得没错，在我看来，大先生的饭局，确实极大可能是以残页引出其他残页的勾当。笔记残页，据我所知，至少有两份。如果要问我是怎么知道的，其实这是蒋介石告诉我的。”

赵劲夫一惊，道：“薛亮？”

欧静儿故作叹气道：“赵老师，您这样不给面子，把秘密早早说出来了，我还怎么讲呢？我卖个关子，让姐姐开开心，不要这么闷着，您倒好，一点儿面子也不给。”

赵劲夫看着欧静儿撒娇的模样，只好无奈地嘿嘿笑了两声，不再说话，示意欧静儿讲下去。

欧静儿笑了，双手一摊，作势道：“蒋介石何许人也？CC系要讨好他，没有十成的把握，查不出圣库宝藏，别说蒋介石了，陈立夫、陈果夫兄弟也不会饶了端上这道大菜的人。这里面就要提到一件事，CC系是国民党特务大本营，他们也不会平白无故相信一件事。赵老师，您看我讲得对不对？”

赵劲夫不由笑道：“嗯，我来配合你的表演欲。没错啊，他一定要有证据，否则让CC系的对头军统得知，这一盘大菜会变成毒菜。”

陈蕾见赵劲夫怪模怪样，手臂环抱着比画大菜，忍不住也笑了。

欧静儿笑道：“哎呀，姐姐你笑了啊，刚才我好担心自己说错了话，让姐姐犯愁了。CC系的人坚信有圣库宝藏，是因为有一个叫富礼赐的人，是英国当时驻宁波领事，他写过一本书，叫《天京游记》。这本书爸爸的书房里有，我看过，上面记载了一件事，他去过李秀成的忠王府，里面的奇珍异宝不计其数。”

赵劲夫道：“这倒是真的，李秀成的财富惊人，他在自供里说，1863年他离开天京去往苏州，洪秀全要他出银助饷十万两。后来李鸿章攻克苏州，打入忠王府，里面仅锡器就卖了二十多万斤，一个忠王尚且如此，那圣库宝藏更加不得了。”

欧静儿对赵劲夫做个鬼脸道：“赵老师，那些您知道的啊，我就不说了，我偏说一些您不知道的。”

她转过头来，接着道：“罗家伦，时任蒋介石总司令部政务委员会教育处处长，在1928年写给顾颉刚的一封信中，与其商量购买李秀成的供词。这封信原文大概是这个意思：此供词外间传抄皆是改过的，真的在曾国藩家，上有曾氏手批。此稿曾家秘不示人，以其助清锄汉结怨故，曾氏一孙屡欲毁之，经陈家人[1]劝阻，现幸此人已死，此稿当在其子侄手，曾家此房甚穷，或可设法动之以利。赵老师，这个小秘密，您知道吗？”

赵劲夫哈哈大笑，道：“你再长大些还了得？”

欧静儿得意地笑道：“赵老师，您说笑了。我长大了，您也学识越来越高了，难不成还有岁数越大、学识越低的道理？我再如何长大，也比不上赵老师您的博闻强识。我不过近水楼台先得月，爸爸花重金买到相关资料，这封信也在其中。”

赵劲夫道：“这罗家伦，想来倒是派人去了曾家，不过不知是谁。”

欧静儿道：“他也不是派，这人名头大，用委托二字可能更好。此人姓陈名登恪，是陈寅恪的兄弟，这也是陈寅恪为什么能看到李秀成供词原稿，说出那句话的原因：曾国藩不肯把它公开示人，必有不可告人之隐。接下来发生的事，更是机密中的机密了。但有一句话，天下没有不透风的墙，罗家伦想买曾府秘藏的李供原稿，别人也想得到原稿。”

赵劲夫道：“天下的秘密，只要有第二个人知道，从此也就不再是秘密了。尤其是涉及如此规模的宝藏。”

欧静儿点点头，道：“不过，这件事再出现，就是1944年了。那时候出了一件事，就是广西通志馆派遣了秘书吕集义，去往

1　指陈三立，和曾家系亲戚关系。

湖南长沙府湘乡县曾国藩老宅富厚堂，吕集义根据九如堂本，与安庆本对比，将被曾国藩删除的五千六百字一一抄下，并且拍摄了十五张照片。”

赵劲夫兴奋地一拍桌子，道：“你说的这个版本，是不是罗尔纲以吕集义先生补抄的本子，和四张照片为底本作注，后来在开明书店出版的《忠王李秀成自传原稿笺证》？”

欧静儿道：“我就讲嘛，赵老师博学广识，哪能够难得倒？不过，赵老师，您只了解到文献记载下来的内容，那些隐藏在历史时光里的故事，倒是不见得了解多少。首先，您想过吗，既然是十五张，为什么他用作对照作注的底本照片，只有四张？”

赵劲夫一怔，显然他没想到欧静儿会如此发问，只得看她如何解答。

欧静儿道：“曾国藩的后人，在当地也是名门望族，一些有权势者都未必能从曾家看到秘藏的李秀成供词的原稿。吕集义一个广西通志馆的秘书，远道而来，与曾家并不相识，来了之后，被好吃好喝好招待，又是拍照，又是对照抄录秘藏原稿，这是为什么呢？”

赵劲夫点点头，道：“这确实是有些奇怪，我明白你的意思了。”

欧静儿看向陈蕾，只见陈蕾也微微点头，这才接着讲起来。

吕集义从桂林出发，到达湖南衡阳，走了两天才到达曾宅。接待他的是曾国藩的曾孙曾昭桦，对方直接告诉他说，这份秘藏的供词原先是藏在家里的，后来因为战事紧张，早已藏到外面了，不给他看。

但是，第二天清晨曾昭桦又告诉吕集义，说可以看了，不过只能在藏书楼上看，不能带出去。一晚时间发生了什么？没人能说清，但吕集义上了藏书楼，看到了原稿。据吕集义的记载，当时他看到的忠王李秀成自述原稿，共七十四页，宽五寸，长八寸二分。横条簿书写，表面有污损，颇多褶纹，中缝记有“吉字中营”，这是曾国荃所率湘军的番号，正是攻克天京时的部属。每页直格，共三十二行，每行十三至十八字不等。

吕集义抄录对照的时候，曾家的后人分别轮流守在桌旁，寸步不离，到了用餐、休息时，必将李秀成的原稿带回内室。也就是说，这份由曾国藩亲自批改增删过的李秀成手迹，自始至终是在曾家后人眼皮子底下，交由吕集义抄录的。

吕集义是以1936 年九如堂本为底本，一一对应，参照原稿增删处抄录的。抄录时间共五天。最后吕集义和一名拍摄师在曾家富厚堂藏书楼求阙斋，将自认为重要的内容，拍摄了十五张照片。

罗尔纲拿到的四张照片，是从谁人手里取得的，说出来倒也是蹊跷，是当时的广西省政府主席黄旭初。那么，一省之主席，为什么对曾国藩秘藏李秀成供词感兴趣?

赵劲夫点点头，道：“十五张照片，有四张是当时一省之主席拿着的。看来，圣库宝藏吸引了许多国民党高官的目光。”

欧静儿道：“这十五张照片里面有没有圣库宝藏的内容？残页

所记，来源于哪里？这正是CC系特务要判断真伪的事情。”

正说着，门被推开，一个人走了进来，欧静儿站起身来，笑道：“我正说到紧要处，周叔叔就来了。也好，我正担心说不清，被姐姐和赵老师笑话呢。”

周华上前寒暄几句，然后坐下，欧静儿添置茶杯，重沏凤凰单丛。周华道：“赵副教授，陈小姐，你们最想知道的事情，无非两件：刘亦然的生死和笔记残页。这两件事纠结在一起，彼此互为表里。我现在能够告诉两位，确实有笔记残页，原因很简单，其中一张残页在我手中。也就是说，我们之间必须合作，否则刘亦然必死无疑。”

赵劲夫冷笑道：“你这话的意思，算不算威胁？”

周华大笑，道：“我已经尽量避免让两位有如此印象，看来，还是我的表达方式不对。静儿，你来说。”

欧静儿应声道：“赵老师，您先别急。我只问您一句话，南京的这场饭局，孙老三的死谁最能脱开干系？”

陈蕾想了想，道：“最无辜的人，是大先生，因为谁也不会怀疑他。请客的人，不会杀自己的客人。一旦发生了这样的事，不仅他的名誉受损，还会招来参加饭局的所有人的反击。”

欧静儿道：“姐姐讲得没错，表面上看来，大先生是与孙老三之死最没有关系的人。第一，他当时不在场，由他的管家马卫招待五人。第二，杀了孙老三，属于他的残页被抢，怎么看也是大先生的损失最大。第三，也是最重要的一点，他没有任何理由去杀孙老三。孙老三活着，对他来说利益最大。”

周华端起茶杯，品饮一口，道：“但是，大先生拿出手中的残页，不过是想引出另一张笔记残页。我好奇的是，我自己手中有一张，大先生的手中如果也有一张，那么来的其他四人中谁还有残页。静儿的父亲是我的合作伙伴，她手中自然没有。孙氏家族，常听人说藏有圣库宝藏的相关东西，高价买卖，不过早被人买走了。薛亮是CC系的后人，自1928年起，CC系便派人寻访查找相关事物，他手中可能会有。刘亦然来自清古斋，也有可能拥有，毕竟，万向不惧，清古斋有什么也都正常。”

话至此处，赵劲夫不由看向陈蕾，他从来没有想到，清古斋的名气竟然如此之大。陈蕾不动声色，只是仔细听周华接着道：“我心中所想的事，如果谁有笔记残页，也一样会有相同的打算。那就是，圣库宝藏一家吃不下，无论笔记残页有几份，必须要联手。也正因如此，我与静儿的父亲才会联手出席饭局。只是没想到他身体堪忧，这才派了静儿前来。还好那一晚你没出事，我却是担心得很，怕万一有事，对不起你父亲。”

欧静儿道：“姐姐，赵老师，周叔叔讲得很明白，唯一有杀人动机的人，其实正是表面上看来最无辜的人，大先生。孙老三一死，他可以追杀薛亮、刘亦然，如果他们两人身上有笔记残页，那么自然是归于他手。更何况，他打着为孙老三报仇的名义，反而可以和孙氏家族联手，按照孙家的惯例，老大死了，不想着报仇，偏偏差来老三参加饭局，看他们这种要钱不要命的风格，大先生怎么肯轻易放过？”

周华放下茶杯，道：“我没有派遣任何人去追杀刘亦然和薛亮。大先生杀了孙老三，是在故意模糊焦点，将怀疑的对象引到我身上。最起码薛亮会这么认为。他既这么想，刘亦然难免不受他的影响。那么赵副教授和陈小姐，也会将我当作敌人。这个世界上，混古玩圈的人没人想和清古斋作对。现在清古斋重张开业，日子长得很，我周华要的是和陈家合作，怎么会杀了孙老三嫁祸给刘亦然，得罪陈小姐？”

陈蕾没有接周华的话，却对欧静儿道：“静儿，你帮姐姐一个忙？”

欧静儿一怔，不由轻笑出声，道：“姐姐有什么事，尽管吩咐。我觉得，您大可不必如此小心，周叔叔主动前来，这也说明他问心无愧。虽然最后的目标是请姐姐和赵老师帮忙，破解残页内容，但这也是为了救亦然哥哥。毕竟以大先生的势力，想杀我们简直是太容易了。找到了圣库宝藏，我们才有和大先生谈判的条件。”

陈蕾笑道：“静儿，你如果再长几年，恐怕连我也未必看得出来。你心机深沉似海，说话八面玲珑，我在你这个年纪的时候，可没有你这般手段。幸运的是，我总算是比你早生几年。我说的事情，不是你讲的内容。我要说的是，你帮姐姐一个忙，将身上带着的另一份笔记残页拿出来，和你周华叔叔的笔记残页拼在一起，这样才有可能以最快的速度找到圣库宝藏。”

此言一出，周华脸色突变，大吃一惊，所有人都看向了欧静儿。欧静儿脸色终于变了，嘴唇紧紧抿起。周华霍地站起身来，高声问道：“静儿，你说实话，难道是你在那天的饭局上抢走了笔记残页？”

第九章
山重水复

笔记残页是被哪个人抢走的？赴宴的人，谁最有嫌疑？刘亦然在地下三米的柏木棺材中，意识到自己犯了一个大错误。

柏木有一股温暖的木头香气，此时闻来，却满是恐惧的味道。当棺材摇晃着，被四根麻绳吊向三米深的墓穴时，刘亦然的心崩如雪灾，耳朵里传来簌簌之声，墓地的泥土，被棺材边边角角蹭落，“哗啦啦”的声音如同炸雷，鼓噪在他的耳中。

一米、两米、三米，短短的距离，刘亦然觉得仿佛过了三个世纪。他的眼睛紧紧盯着透过棺材缝隙的光线，那些光随着棺材左右摇晃，忽闪忽灭。终于，“咚”的一声，棺材落在墓底，刘亦然身子一震，双脚不由蹬住棺材底部。他听到上面吵吵嚷嚷，有人指挥，一锹锹铲土扔进墓坑，盖向棺材，初时像是下雨的声音，紧接着如狂风暴雨，光线被泥土一点点掩盖，终于一片黑暗。

刘亦然从来没感受过这种黑暗。他不由闭上眼，眼前先是一片红彤彤，很快那一片红色中，出现了星星点点。他转动眼球，那些红色中的星星点点，又一个一个地消失不见，暗夜袭来。

与黑暗相伴的，是漫无边际的静寂，黑暗中的静寂。不知过了多久，刘亦然先是听到棺木被泥土压迫，慢慢地发出“嘎吱嘎吱”之声，紧接着，他仿佛听到地底深处有水流过的声音。耳中传来了呼吸声，心脏怦怦跳动声，血管里奔腾着令人恐惧的“唰唰”声。

没有参照物，时间一点点远离，空间在黑暗中成了恐惧的帮凶。刘亦然数着自己的心跳，竭力去缓解视觉被黑暗剥夺带来的压迫感。他感觉到身体里的液体，像是遭遇到地震一般，迅速地逃离他的躯体，汗水从他身上几乎每一个毛孔里向外奔涌。随着汗水不断流出，他的体温越来越低，寒冷如同从地下一万米深处涌出，一点点夺走了他身体的暖意。

那声恐惧的大叫，差一点儿就从他的口中冲出来。刘亦然紧紧咬住嘴唇，失去控制的情绪，将会带给他灭顶之灾。他闭着眼睛，缓缓调整自己的呼吸，一下，又一下，在脑海里数着自己的心跳，“怦怦怦怦怦怦怦”，犹如在一口架在烈火上的锅中撒了一把黄豆，“啪啪”蹦跳着炸裂。

双手以每分钟八十次的速度，轻轻地拍打着自己的身体，慢慢地平息呼吸节奏。终于，心跳得不那么猛烈了，耳朵里的鸣叫渐渐消失，胸闷随着呼吸声缓解，那些犹如水库闸门失灵而奔涌的汗水，终于停止了咆哮。

睁开双眼，仍然是一片黑暗，但刘亦然不再感到恐惧。他轻轻移动身体，找了一个让自己更舒适些的姿势，深深地呼吸，进一步放松。他知道，紧张与恐惧，只会让自己丧失理智，人还没有死，怕是已经疯了。

一个人身处静寂之中，在距离地面三米的柏木棺材中，刘亦然脑海中复盘着饭局之夜。不知过了多久，他迷迷糊糊，晕了又醒，醒了又晕，好像睡了过去。

黑暗之中，他感觉自己的身体似乎成了空气，飘浮在无边无垠的空中，在虚无缥缈之中旋转着飞舞。突然，他的身体向深渊坠落，他知道自己在去往亡灵聚集之地，那里将会是生命的终点。他的身体好像一团铁块，被狠狠摔向地面，耳朵里“嗡”的一声……突然，他听到一个声音传来，不由用尽全身的力气撑开眼皮，眼前出现了薛亮模糊的身影。

当他恢复神志，睁开双眼，能够判断周遭事物时，已经是被埋进墓地十个小时以后。将息身体，饮汤进食，还好被埋在地下的时间没超过四十八小时，刘亦然很快恢复如常。

族长是在夜晚到来的，他悄悄来到刘亦然与薛亮所在的山洞。他们才从族长口中得知，那三个人还在墓地守着，直言七日之后方可回去交差。

原来两人被埋进墓穴时，族长早安排人从另外一处墓穴内横向挖过来，将两人暗暗救出。这就是亡灵村墓地的秘密，人被埋进地穴，一年后打开，人身不见，只留毛发衣物，说起来神秘，其实不然。一直流传的尸解术，其实只是遮人眼目的障眼法，亡灵村按照不同方位，每隔十米远近，必有活墓穴彼此之间暗通。有想救之人，埋入墓穴，仇人亲见，便也不追了。

族长道："本应早些动手，但那三个人一直守在墓地。他们疑心重，我只能悄悄横贯墓穴，本来一个小时就可以完成的事，花了近三个小时才将墓道挖通。"

薛亮道："刘亦然，我虽然遇到的事情不少，可这一次真是险象环生，我只问一句，那时你怎么不叫不闹、不害怕呢？"

刘亦然苦笑一声，道："不害怕？薛老板，你以为我是神仙？我照样害怕，恐怕比你还要担心。但在遭逢大变的时候，你要是害怕，就死定了。现在你问我为什么不害怕，其实，你应该问问族长，他可是我们的救命恩人。"

薛亮转头看向族长，族长只是笑而不语。薛亮不满地道："刘亦然，咱们死里逃生，你还给我卖起关子来了。"

刘亦然正色道："你仔细回想一下，当时的情景虽然危急，但族长说了一句话，'这是玉清印，罡步踏斗，为的是往生极乐。往生者超度，不使罪者追索。他们死了，不找你们的晦气'。"

薛亮一时没有明白过来，满脸诧异之色，问道："这句话有什么奥妙？"

刘亦然道："李小军喜欢研究道家，我曾从他那里听说过，玉清印，是神仙救苦印。既然是神仙救苦所用，那我们一定死不了。挣扎没用，不如留些力气，到时挖开坟墓，也有劲儿爬出来。"

族长不由称奇，道："你们两个那时如果完全不配合的话，恐怕真要出事。无论从哪方面来讲，我也没有理由交你们出去。交出去了，亡灵村的脸面尽失；不交出去，陆先生那里也不好交代。借故埋入三米深的墓穴，实在是不得已为之。”

薛亮道：“再次多谢族长相救，只不过我们两个人的命也不白救。族长既然已经兑现了诺言，那我们自然也答应族长的事，云鹤八卦麒麟瓶定将完璧归赵。”

族长道：“我怎么信你？”

刘亦然笑道：“族长不要多心，您的意思我们都明白，回不来怎么办？我想这根本不是个问题，我们要是活着，对于亡灵村是坏处多于好处，不过和其他人不同，我们不是要隐姓埋名，而是要去香港，找到孙氏家族把麒麟瓶拿回来。如果这件事没办到，那追杀我们的人，就不仅是陆先生了，亡灵村第一个要将我们抓回来，丢进三米深的坟墓里，只怕这一次是再没人救了。”

薛亮道：“我们去香港，还请族长派三两个人跟随。也是为了让族长安心，毕竟这是担风险的事，我们两人身边有一双眼睛，也算是有根鞭子在后面举着，监督我们尽心尽力。若是瞧着不对劲，干脆一刀一个，直接在香港就埋人，也算干脆利落了。”

族长哈哈大笑，道：“你要这么说，我们不这样做，反而不好意思了。”

刘亦然道：“生死之间，系于我们之间，我和薛亮现在唯一的活路，就是将圣库宝藏的幕后黑手找出来，看看是谁杀了孙老三并抢走了笔记残页。除此之外，我们几乎毫无胜算，被抓到，生难死易，所以我们势必全力以赴救自己，不会节外生枝。”

薛亮道：“亦然讲得对，其实族长的心里明镜似的，借我们的力量找到麒麟瓶，又结交了陆先生的势力，对于亡灵村这是一笔好买卖。要知道，亡灵村从来不做亏本的生意。”

族长哼了一声，道：“你以为陆先生就这么轻易相信了？那三个人不敢回去交差，一直在墓地里守着，只能说明一件事，你们两个人身上干系甚大。要么是你薛亮，要么是你刘亦然，你们或许还有什么事瞒着我。”

薛亮一怔，道：“族长，您这就是多心了。我薛亮走南闯北，也是在江湖上混饭吃的人，如果族长说的是宝藏的事，我们的命值多少钱，族长说个数，宝藏到手，按例分成。”

族长不说话，只是打量两个人，一副若有所思的样子，似乎在想接下来的话该怎么说。

刘亦然道：“族长的意思是，想问那张残页到底是不是我们抢了？”

族长神色放松下来，道：“刘亦然，和这个人在一起你怕是要小心了。”说着看向薛亮。

薛亮张大了嘴巴，一脸不可思议的模样：“族长，是我将刘亦然救出来的，我要是想害他，当初何必救他一命？”

族长哈哈一笑，道：“也罢，救不救，为何救，却也和我亡灵村无关。薛亮，你听好了，我们只要麒麟瓶，其他的，看你们自己的造化了。”

薛亮一脸苦笑，道：“族长，您可不能这么做。本来我和刘亦然是一根藤上两个瓜，我拼了这颗脑袋救了刘亦然，现在您突然来这么一句，让刘亦然怎么想？”

刘亦然道：“薛老板，你的话说早了。你仔细想想，如果是族长想挑拨离间，让我们两个心思不一，这样亡灵村的人才能更好地跟着，他何必要当着你的面说？他私下里和我说，甚至瞒着你，也是轻而易举的事。族长其实就是警告你，如果真有什么小心思，趁早打消为妙。”

薛亮无奈地摊开双手，道：“我的小心思，刘亦然你难道不知道吗，还用得着族长来提醒？”

看着薛亮的模样，犹如一个做了好事还被莫名其妙冤枉的人，充满了不解与愤懑，刘亦然深深地看他一眼，不过也没接着话头说，而是转向了族长，道：“族长的话，我记在心里了。还望安排一二，躲过那三个人的耳目，好让我们早日上路。”

族长点点头，随即挑选合适刘、薛尺寸的衣服，与两人更换。村里另选出两个人，跟随刘亦然、薛亮于夜深人静时分悄悄出发，沿山间小路左盘右绕下山。山脚下大路旁，早有一辆货车等待。四人上了货车后厢，只见车厢里满是纸人纸马等殡葬用品，于是坐在死人衣物中间，亡灵村两人中一人伸手拍一拍驾驶室，车辆启动，向着山外大路驶去。

山路之上，车辆摇晃不定，行驶缓慢，幸好只三五公里路程，货车便驶上一条柏油大路。刘亦然身体刚刚恢复过来，一路上的颠簸让他的胃就像是被人紧紧抓住一样，捏来揉去，不时一阵恶心泛起。

行出三十公里左右，货车不知为何停下了，只听得司机大声询问，才知道前边发生车祸，阻塞了道路。司机下车交涉，刘亦然勉强站起身来，半躬着腰，穿过纸扎，朝车厢外走去。刚刚走到车厢边，他就忍不住干呕数声，待得抬起头来，就看到一人微微笑着，冲他道：“你是刘亦然吧？”

刘亦然还未说话，只见那人伸出手来，直接抓住车厢把手，两下爬上车来，看看眼前的薛亮等三人，大声道：“哥儿几个，不用苦等了，他们几个全在车里躲着呢。”

这时只听货车司机一声大叫，随后没了动静。车厢后出现了三个人，飞速地爬上车，为首一人道：“你们哪一个叫薛亮，哪一个叫刘亦然，这两个人留下，其他人滚蛋。”

薛亮道：“来的人有名有姓，说一个出来，不怕人找后账。”

为首那人大笑，道：“爷爷的名字，你还真不配听。你们听仔细了，这里找条绳子不难，你们两个老实把自己绑上，绝对不会让你们受罪。跟我们走一趟，让咱们兄弟好办事，不受活人苦。”

薛亮上前，扶住吐得稀里哗啦的刘亦然，道：“谁要我们的命，说出名来，以后找你们算账，也算是不冤枉了人。”

为首那人道：“我们大哥在山上的墓地守你们刚刚小半天，你们就跑出来了，真以为我们大哥傻，什么话都听你们说？明白了谁要你们的命，乖乖地把自己绑上……”

话还未完，亡灵村那两人从一堆纸扎中扑上前来，两拨人瞬间在车上扭打起来。

薛亮扶着刘亦然，还没来得及反应，胸前早中一拳，不由“哎哟”一声，两人倒在纸扎堆中。眼看着乱脚踢来，刘亦然半躺在地，双手抓住眼前双脚，与薛亮合力将那人扳倒在车厢里，顺势将其双臂扭向身后，只听一声惨叫，那人痛得晕了过去。

薛亮忙将刘亦然扶起来，再看四周，五六人混战，从车上打到了公路上，拳来脚往，击打在身上的啪啪声清晰可闻。亡灵村两人拼死挡住了对手围攻，那些人一时不能脱身。

薛亮急忙将刘亦然扶向驾驶室，方才看到地上躺着司机，一动不动，未知生死。驾驶室的门打开了，刘亦然勉强上去，薛亮坐上驾驶座，发动机还在运转，他忙把紧方向盘，左脚踩离合器，右脚猛踩油门，货车轮胎与地面剧烈摩擦，却没向前行驶。薛亮满头是汗，一低头，这才发现手刹没松，忙乱间松开刹车，发动机尖叫着咆哮，货车猛地向前驶去。

刘亦然看向右侧倒车镜，随着货车的速度越来越快，终于松了一口气。只听薛亮道：“刘亦然，看来我们两个人的命真是很值钱。不管是谁追杀我们，十有八九，一定是抢残页、杀孙老三的人。”

刘亦然嗯了一声，慢慢地闭上了眼睛，道：“不一定吧，不知道薛老板在棺材里的那段时间想了些什么，会不会怕得要死。我是个无名小卒，死也就死了，你可不一样，家财虽说没有万贯，可也是有钱人。”

薛亮道：“有钱没钱，在棺材里还不是一个模样？我承认，我那时候非常害怕。可我一想，你刘亦然在面对生死之际竟然毫不反抗，那一定是有主意，你死不了，我当然也不会去见阎王爷。”

刘亦然道：“你就那么肯定？万一错了呢？”

薛亮叹口气，道：“就算是我错了，你比我更清楚，当时的情势，反抗也没用。你越反抗，越让人打得厉害，不如赌一把。事实上我赌赢了。在棺材里，我不敢睡过去，就怕自己睡着了，就真的死了。”

刘亦然道：“在棺材里，我倒是想了许多，将事情的前前后后，能够了解到的信息，复盘了一下。不瞒薛老板说，人在临死之际会想很多，但有一件事，一定会想。”

薛亮不由点点头，赞同地道：“当然，你会想自己到底做错了什么，为什么落得这般田地。如果一定要死，那么你为什么要死，尤其是想一想，自己是死在谁手里的。”

刘亦然轻笑道：“看来你也想了很多。我在棺材里发现，自己犯了一个大错误。不过，到了香港，一切很快就会水落石出。我希望那时候，能发现自己在棺材里的判断是错的，薛老板，我们两个还会是好朋友。”

薛亮闻言哈哈大笑，不由高声道：“刘亦然啊刘亦然，我好心救你的命，你反而说话没有顾忌，你是吃定了我一定不敢拿你怎么样？”

刘亦然脸上露出了笑容，道：“我说得对不对，你心里很清楚，到了香港，什么也瞒不住。你要么现在趁着我闭眼，自己跳下车，把车撞到山崖上，我绝对不睁眼，跟着满车的纸人纸马一起栽进山里；要么你就好好开车，安全地把我们带到香港，告诉我你一直没有说的事。我的话说完了，刚从棺材里出来，身体还没恢复，货车上颠了半路，倒是吐了个干净，又打了一场遭遇战，累极了。现在，我要睡觉了，你不要再打扰我。”

薛亮笑了：“我算是服了你了。”试着再引刘亦然说话，对方一声不吭，大有任你谈天说地、我自岿然不动的意思。

薛亮只得专心开车，约四个小时后到达A市机场，这才叫醒刘亦然。两人订了飞往深圳最快的机票，随后在机场附近找了家旅店住下。第二天飞机在上午十点左右平安到达深圳，出了机场，薛亮找到相熟的旅行社，办理了两张港澳通行证。顺利出关后，在海关闸口坐上红色出租车，薛亮说了目的地，司机一路开往香港古董一条街：中环荷李活道。

香港是亚洲艺术品国际交易中心之一，也是全球著名的古董集散地与交易中心。出租车行驶在繁华的街道上，高楼林立，玻璃幕墙映射阳光，将这座国际都市的现代化气息呈现无遗。时尚的另一面，是在香港太平山下，人们常说香港开埠便有的荷李活道。这条街道自1844年开街，东起云城街，西至皇后大道西，世界各地人士齐聚，在文玩古董的世界里各显其能。

这条街上的古董店，初看之下，并无其他惹眼之处，也是聚集了珠宝、玉器、瓷器、书画等店。每家店的老板，都笑容满面，会讲广东话，也会讲英语、日语、法语，面对来自世界各地的淘宝客，新客、熟客来者不拒。人来到店里，老板明言，货有新有旧，上下五千年，货摆在柜台，谁的眼睛尖，谁就能够挖到宝，捡个大漏。

但任谁也得承认，荷李活道有宝，谁若打个喷嚏，有个怀疑的神色，马承源的事足以打他的脸。马承源以一双眼睛鉴宝，在荷李活道上以低价买走了十四件被香港收藏家认定为假货的编钟。

据说古董商遇到了马承源，双方一搭话，来自内地一口沪语的马承源，看上了摆放在古董店里的十四件编钟。老板暗暗发笑，认为遇到了不识货的主儿。

按照不成文的规矩，古董文玩到香港，上等货要先过收藏家的眼。在古董店老板的心上，记着一个个名字。哪一个收藏家喜欢什么货，玉器还是瓷器，书画或是青铜器，都有一本账。

那编钟来自山西省曲沃县北赵村，货未到，名已至，收藏家验货，一看即不对：青铜颜色如新，不像春秋古墓出土。二看器物铭文并非一体铸成。三看器物上的铭文不通。一次说，还有闪失，两次说，便有疑虑，直至三次、四次、五次，见到编钟的人都直言货不对板，自此这东西被丢在古董店角落里，标价万余港币一件，十四件都买走，还能给个优惠价。

马承源在荷李活道逛了一下午，看中的正是这套被认为伪作的编钟。老板见有人买，收钱就卖，此后倒嘲笑内地人不懂行，买了一堆被公认为假货的伪作回去。

谁料想，没过多久，一个消息从上海博物馆传来，十四件编钟，原来是西周晋侯苏钟，这让香港古董一条街上的店家们大吃一惊，急忙四处打听原委。原来，那个买走被认为是伪品的老头，是上海博物馆的老专家。回到内地之后，马承源认为还有另外的编钟，刻着“万年无疆，子子孙孙永保用”之类的文字，就写信给参与山西省晋侯墓挖掘的同行，询问挖掘时有无发现类似的编钟。得到的回答是墓葬挖掘未见编钟之类的器物。

若遇到一般人，这件事情便到此为止，可马承源深信自己的判断无误，并向人解释，为什么说这十四件编钟是周朝的文物？编钟深埋墓葬千年，近期刚刚出土，与空气接触时间不长，能够看到铜颜色，是因为青铜氧化的程度并没有多严重。第二个原因，每一件器物上的铭文虽然并非一体浇铸，但后刻的年代，也是当时的年代。其三，铭文断续不通，是因为一件器物一段铭文，这十四件器物上的铭文连续起来，便能通读无误。

马承源再次写信，请求考古队第二次进入晋侯墓葬挖掘，尤其是要注意回填土翻捡。鉴于马承源的坚持，考古队再次进入墓葬，结果发现了两个编钟，各有铭文，稍大的为“年无疆，子子孙孙”，另一个稍小一些的编钟，则为“永保兹钟”。后来这两个编钟被连夜送往上海博物馆，这才发现，第十四件编钟的最后一字，恰好是“万”字，自此十六件编钟成此一套，至今在上海博物馆展出。

消息传到香港，轰动整个港岛。价值上千万港币的西周晋侯编钟，被店主以低价售出，成为20世纪90年代最为轰动的捡漏事件。

所以说，谁也不要瞧不上小小的古董店面，说不准就有一件传世的国宝级文物，被静悄悄地摆在一个不起眼的角落，等待着某一天被世人发现。一米见方的柜台，老板的手里，保不准有宋画。十来平方米的店面，插脚无地，乱如小超市杂货铺，老板的柜台下面，或许藏着明朝善本。

游客们闻名而来，厚实的肩膀上背着双肩背包，一看就是观光客。古董店的老板原本也不怎么注意，可谁知又有董其昌的画作，被一名看似游客、川地口音的内地客，以一千二百港币买走，三个月之后，以二百二十万港币的价格，在拍卖会上被来自英国的买家通过电话购买。这一消息再次震惊了港岛，卖出此画的老板，第二天就把古董店关张，不再从事古董行的生意。

自此之后，荷李活道上的古董店众老板，对于来自内地的客人都不敢小觑。尤其是那些以元青花、宋画、青铜器等文物为主的店家，店铺里但凡来了内地客，不管是来自上海、北京、南京、西安的游客还是文玩专家，皆奉茶以待。傲慢是再也傲慢不起来了，谁也没有长着通天眼，万一又有什么宝贝文物被低价买了去，这脸面是丢不起的。

薛亮引着刘亦然所要见的朋友，正是在荷李活道闻名于世的香港古董一条街上。两人下车后，沿着荷李活道一直走到文武庙，并没有停步，又来到荷李活道与楼梯街的交界处，看到一处供奉着文昌帝与关圣帝的文武庙，这才沿着庙前的楼梯向下。

刘亦然注意到，一个竖立的街牌上写着“摩罗街”三字。薛亮仍然没有停步，一路走过狭窄的街道，道路两边都开设有古董店，虽然没有荷李活道的门面大，但也同样人来人往，透过橱窗可见字画、石雕、陶瓷、古籍等文物琳琅满目。

懂门道的识货买家，不会以门面大小来判断老板店内是否有宝。更多的古董店老板，藏着好货，普通的顾客想看也看不到，只有在古董店里有过一笔交易之后，老板才会记住你，有好货到，打电话直接请过来，在内室中交易。

尤其是一些来自内地的拍卖公司，更注重荷李活道、摩罗街上的古董店。对他们而言，香港古董一条街的各个店铺，往往如同雷达的触角，什么样的文物从海外回流，哪一个朝代的古墓被挖掘，别人不知道，一些店铺的老板往往了如指掌。

薛亮的朋友，正如同古董文玩世界雷达中的触角。他的寻宝公司，在世界各地收获到什么文物宝贝，一一拍照，传真至香港的古董店。朋友会打电话询问有意向收购的买家，相中货物，薛亮的公司便发送过来，谈好价钱成交，按照行规，自有两成收益。

那家古董店门面不大，两扇玻璃木门，隔开古董一条街的热闹。刘亦然跟着薛亮推门而进，“叮当”一声响，门框上的铜铃晃动，只见约三十平方米的空间，地面堆积着不知是哪一个朝代的善本书籍，佛头、镇狮等沿着墙角摆放。

柜台上方挂着“招财进宝”匾额，匾额下方，一个肥头大耳、面容颇像弥勒佛的中年男子朝薛亮微笑着拱手道：“早就等着你来，正好，茶已沏得，两位楼上请。”

刘亦然发现，在一个不为人注意的柜台上面堆满了书籍，那里隐着一个转角的钢木楼梯通往二楼。三个人先后上楼，二楼空间不大，一桌四椅，却素雅淡静。办公桌的上方，一张牌匾写着“大义参天”，一人多高的紫檀木制关公像威严站立，似乎在保佑着东家的生意。

分宾主落座，薛亮拱手道：“洪爷，这次来香港，求洪爷一个人情。”

洪爷沏陈年普洱三道后才开口：“薛老板，惹上孙家的麻烦，看来你这位朋友，也是来头不小啊。”

刘亦然道：“洪爷，真人面前不讲虚话。孙老三不是我杀的，这也是薛老板为什么要救我的原因。”

洪爷笑一笑，道：“孙家最近真是事多，先是孙老大死了，紧接着孙老三在南京一命呜呼。要说这个事是其他任何人干的，我都信，但要说这个事是清古斋的人干的，那可是把我的脑袋割下来，我也不信。”

薛亮道：“刘亦然，你看看，我说什么来着？清古斋帮助香港王希贤文物保护基金会破了崇祯藏宝案，那些文物在香港国际会展中心展出，此事在东南亚圈子里，可谓尽人皆知了。洪爷都不相信的事，你说我薛亮为什么要信？”

洪爷笑道：“再说这个孙家，以前是上海的古董商，四十年代，从沪上来到香港。他孙家早年也在荷李活道谋生，先人亡故后，子孙与内地的文物贩子勾结，大量走私文物至香港，再经由香港销售至日本、英美法各国。古董生意，不是这么个做法。他孙家自然也知道业界的看法，后来竟买了一艘船，花费数百万港币，将货船改建为古董船，上设文玩古董造假、储藏、买卖等场地，在公海上开张营业了。孙家老大被杀，香港古董业界并不奇怪，他做事狠毒，仇家多不胜数，早晚会遭此横祸。”

洪爷说到此处，看了一眼刘亦然，露出耐人寻味的笑容，道：“只不过，孙家老大、老三接连被杀，这就有些奇怪了。人为财死，鸟为食亡，为了金银如海的圣库宝藏，孙家先后搭上两条命，到了这一步，不把宝藏的事情查出来，估计是不会罢休的。你们现在来，不就是自投罗网？要不然，就是你们手里有东西，能证明孙老三不是你杀的。否则的话，我劝两位趁着孙家人还未发现，及早离开这多事之地。”

刘亦然一派镇静，道：“洪爷，我有没有命在，其实并不在我。”

洪爷一怔，没明白刘亦然的话，正欲开口询问，只听薛亮哈哈大笑，道：“洪爷，刘亦然说得对，他这条命能不能在香港保住，还真不在他，而在于我。我心情好，刘亦然就能活着回到北京；我心情不好，刘亦然就死定了。”

洪爷疑惑地看着薛亮，道：“薛老板，我们也是多年的老朋友了，你知道我这个人，朋友的事，我会倾力而为。清古斋现在重张开业，陈家人再现古董行，那么规矩照旧，他虽然是陈家小姐未嫁的女婿，但看样子亲事已定。清古斋的麻烦，我奉劝薛老板还是尽量别惹。”

刘亦然笑道：“洪爷，您误会了，薛老板已经在南京救过我一次，我算是欠了他一条命。我这条命，代价不菲，他怎么可能不收点儿利息，就把我给轻易放过呢？”说着看向薛亮。

薛亮笑道：“行了，刘亦然，你不就是想讲讲亡灵村的事吗？你在棺材里思来想去，觉得自己犯了一个错误。我现在就来告诉你，你说的那个错误，据我想来，就是南京饭局最为重要的东西，那一张被抢的残页。”

刘亦然不为人注意地从胸中吐出一口浊气，自从南京饭局被人诬陷，在地下三米处濒临死境，他已在脑海中反复推算多次，如果这是一个早就设下的局，现在看来只有这一个破绽。

眼下，困扰他的谜底就要揭开面纱。

刘亦然不动声色地坐在椅子上，端起一杯普洱茶，品饮一口，这才抬起头来，静静看着薛亮，等他说出谜底的答案：那张残页的背后，究竟隐藏着圣库宝藏的什么秘密？

第十章
巧计连环

南京朝天宫灿云轩古董店，陈蕾紧逼圣库宝藏的秘密，第二次对欧静儿道：“你帮姐姐一个忙，把另一份残页拿出来吧？”

欧静儿笑笑，道：“姐姐，您真是在开玩笑，我要是有残页，何苦将姐姐从北京请来，早就和周叔叔去挖宝藏了，还参加大先生的饭局冒险吃什么毒菜？”

陈蕾看向周华，叹息道：“周先生，这就是你们计划中唯一出现的破绽了。”

周华一怔，眼珠一转，从腮帮上挤出些笑意，道：“你说这些话我可是不明白了。”

陈蕾将目光从周华身上移开，再次转向欧静儿，笑道：“静儿，你人小鬼大，恰恰也是这个原因，让我一时疏忽。直至方才，我突然意识到一件事，说出来，你可莫怪姐姐揭你的短。”

欧静儿双手握住陈蕾的右手，扭着身子，撒娇道：“姐姐，您有什么就直说，说出来，我也长长见识。”

陈蕾右手反握住欧静儿的双手，道：“你看看，我说什么来着，你要不是心虚，撒娇做什么？身子扭得麻花似的，一口一个姐姐，你这套玩意儿，搁别人就撂地上了，偏偏遇到了我。”

欧静儿眼睛睁得如梅花含苞待放，却不再说话，只是看着陈蕾。

陈蕾抽出手来，点点欧静儿的鼻子，道：“原因也不复杂，刚才你说，大先生饭局的残页是为引出其他残页，这句话的另一层理解，就是如果你手里没有残页，也就意味着无法破解残页上的信息，利用包不年将我和劲夫从北京引过来就没有任何意义。因为在此之前，我们既不知道圣库宝藏的秘密，也不能帮你们从大先生手中拿到残页，但是你偏偏让包不年拿着一张假残页去了北京，这让我突然想到，如果你没有残页，就算你请我们来也是没用的。”

陈蕾每说一句，就用手指在欧静儿的鼻子上刮一下，连续刮了三次，欧静儿的脸颊通红如初秋的苹果。

看着欧静儿狼狈的样子，周华大笑，道：“看来我们找清古斋，真是找对人了。好了，静儿，不要玩了，拿出来吧。”

欧静儿变戏法一样，右手从身后一捞，再伸出手时，一个淡蓝色的小锦囊出现在手上。她轻轻打开系在上面的红色丝绳，从里面抽出一张残页放在桌上，又对周华道：“周叔叔，你的残页也请取出来吧。”

周华道：“我早就告诉过你，和清古斋打交道不要搞这么复杂，你偏偏不信。那是百余年的名声，岂是你一个小姑娘说破就能破的？”

说着，周华也从贴身衣袋里取出一个手掌大小的锦盒，小心翼翼打开，取出一张残页慢慢打开，与桌面上的残页对合，恰好是一张完整的笔记残页。

赵劲夫道：“哪一张是大先生手中的残页？”

欧静儿道：“赵老师，您是想说，有没有可能大先生的残页也是假的？您真是多虑了。大先生是什么人？我们要看他的残页，他怎么可能轻易拿出来？只有真残页，才能引出真残页。”

周华道：“大先生的饭局，确实是为了引出其他残页。饭局的请柬一到，我就猜到其中有事。圣库宝藏真的太吸引人了，不去参加，这个秘密我得不到，其他人也得不到。我想每一个手中有真残页的人，被大先生的饭局邀请，就像是被猫在心上轻轻挠一样，痒痒得厉害。”

欧静儿脸上的红晕渐渐消散，红扑扑的圆脸显得更加娇羞可人，她接口道：“所以周叔叔将消息也告诉了我爸爸，爸爸和周叔叔的判断一致，都认为残页至少有两张。大先生对周叔叔提防得紧，只有换另一个人去探探虚实。商量来商量去，爸爸假称身体有恙，派我前往南京参加饭局。”

周华指指欧静儿，笑道：“也就是静儿了，换作别人，大先生岂能这么容易就让她看到真残页？她在饭局开始的前五天，便从东京提早来了南京城，主动拿出我的残页，佯称是父亲交代，亲自从日本带来的。果然这条计策起了作用，大先生拿出了真残页，与静儿手中的残页现场交换来看。当然，那张残页上做了些手脚。

“第二天，大先生果然主动联系了静儿，直说那一晚光线不好，没有仔细看真切，要和静儿手中的残页再次交换来看。静儿答应了，与大先生约定时间。这一次，大先生不是一个人，他带着另外一个人。只是静儿再拿出的残页，便不是真的了，而是请高手作假的伪残页。大先生所带的人仔细观看，犹豫又犹豫，不敢下定语。那时候，静儿用一张原样复制的假残页，瞬间调换了大先生的真残页。”

赵劲夫笑道：“好一条计中计，连环计。真没想到，欧小姐还是一个梁上君子时迁手。那时候，大先生不能肯定静儿手中的残页为真，那么另一张真残页到底在谁手里便无法预料，南京的饭局，也只能如期召开了。”

欧静儿俏皮地道：“赵老师，像我们这样的人家，不学些技巧谋生，爸爸要责罚，妈妈要生气，说是等我长大了，什么也不会，以后是会饿肚子的。只是，周叔叔的计再巧妙，我们面对拿到手的残页还是一筹莫展，就算是金银如海，也没用不是？所以爸爸这才想到要去北京邀请高手来破解。可不是说的，赵老师，我们就等着您的巨目神光，找到通往圣库宝藏的金钥匙呢。”

赵劲夫正要说话，陈蕾道：“劲夫，周先生的心思，我们应该都知晓了。”

赵劲夫看了一眼陈蕾，陈蕾的表情似笑非笑，眼神中却流露出一些期许。赵劲夫心思电转，脸上却不动声色，对欧静儿道：

“你父亲既然早就注意到圣库宝藏的秘密，又下了相当大的功夫，从各处搜集有关的真品善本、太平天国的文书等等，那你肯定听他讲过，如何辨别资料的真假吧？”

欧静儿点点头，道：“若是爸爸的兴致来了，有时候也和我讲一讲。”

赵劲夫道：“既然如此，那你一定知道，那些太平天国的文书，是有一些必要的特殊书写方式了？”

欧静儿恍然大悟，道：“赵老师的意思是说隐语？可我们也看了相关的资料，在这些残页上也没发现什么隐语啊！”

赵劲夫摇了摇头，手指向摆在桌面上的残页，道：“这供词是在什么情况下写的？曾国藩的湘军牢房。李秀成求生心切，甘愿以一国之资，换取曾国藩的从轻发落，这种时候，他怎么可能还用隐语？”

欧静儿不由得点点头，道：“好像确实如此。”

赵劲夫道：“残页的秘密，不是隐语，而是避讳。”

周华不由轻轻叹息，道：“讳名如字，唉，赵副教授说得没错。”

赵劲夫道：“李秀成是太平天国的忠王，他的供词，无论到什么时候，总是深刻地烙上了太平天国时期的特征。尤其是洪秀全对于行款与字讳，都有明确的规定，李秀成作为忠王，不可能超出这一范围。但当时的清廷，哪怕是在攻克天京、李秀成被俘获之后，时间仓促，对太平天国的文书、行文方式，包括讳字等，并没有完全掌握。这也是为什么曾国藩在他删改的李秀成供词中，将‘昌’字改为‘玱’，却不知道杨昌辉之乱后，‘昌辉’两字在太平天国内部已不再犯忌。而曾国藩的删改还有将‘苏’字改为‘稣’，也是同样的道理。”

欧静儿连连点头，道：“赵老师讲得极是，可惜了，要是爸爸早一点儿知道您的存在，哪还用等到今天？”

赵劲夫笑笑，道：“你真是夸起人来毫不吝啬，连我自己差一点儿也相信了。”

欧静儿脸一红，嗔笑道：“那又怎么了，难道我说错了吗？赵老师，您再这样可就不是谦虚了。要知道，您这样抽丝剥茧，我听了心里怦怦直跳呢。”

说着，欧静儿一脸崇拜地向赵劲夫看去。赵劲夫不由将目光转向陈蕾，露出一丝苦笑，道：“你看看，她再这样下去，我快要招架不住了。”

周华笑道：“静儿，你不要这样看着赵副教授。他虽然还没结婚，但也经不起你这么折磨吧？”

听周华如此说，赵劲夫立刻正色道：“小姑娘嘛，周先生的话太重，可别吓坏了她。”

欧静儿拍手道：“周叔叔，您看看，还是赵老师可人心意。”

赵劲夫明显经不起欧静儿如此夸赞，只得不接她的话茬儿，道：“太平天国的行文、书籍确实存在一定的规范，但这里面又夹杂着大量的俚语，别说是曾国藩，就是放到现在，也未必能全部掌握其中的含义。”

欧静儿道：“是了，赵老师说得有理，现在仔细回想，爸爸有时候发牢骚，说这些文书，有些内容就像是三岁小孩子唱的儿歌，有些内容却又像是符文秘咒，真是不知所云。”

赵劲夫笑道：“这也难怪，太平天国的公文用语确实与常见的公文不太一样，一些方言、俚语甚至是宗教用语，都会出现在公文当中。比如说，里面常常会出现一些四字歌谣，尤其是洪秀全的一些诏书，更是读起来和打油诗一样。”

欧静儿道：“那也得读啊，谁让里面藏着秘密呢？”

赵劲夫哈哈大笑，道：“你倒是说话直，一竿子捅到底。可惜就是这一会儿的事，你说话还暗藏机锋，你是揣着明白装糊涂。先别脸红，我也就是趁着你有求于赵老师，才放开胆子说一说。再说了，你爸爸要是真想见我，咱们改日再约，现在，还是听我接着讲一讲你最想知道的秘密。”

欧静儿被赵劲夫说得脸上红一阵，白一阵，想撒娇，自己也知道这一招用一次行，对赵劲夫来说第二次就会失灵，又见赵劲夫说得直白，知道他只是在打趣自己，并无嘲讽的意思，也只好咬了咬嘴唇罢了。

赵劲夫见欧静儿无可奈何的模样，却又没还口，呵呵一笑，接着道：“这张残页上面四七言穿插，还有一些符文秘咒，看似混乱不堪，但其实若掌握了太平天国文书的特殊行例，这些杂乱的残页文字，就是一张指向明确的藏宝图。”

赵劲夫话一出口，欧静儿倒没什么，周华却胸膛起伏，显然是在竭力平复激动的心情。赵劲夫看在眼里，不免暗暗叹息，接着道：“李秀成自己也写过类似的公文。比如说他在攻克苏州后，用六言诗体写了一张告示安抚民心，当时虽然被苏州乡绅士民笑为粗陋不堪，但历史决定了一件事，那就是胜者为王，你再怎么笑话李秀成，也是由他来决定当时苏州事务的。”

欧静儿点点头，道：“我曾在爸爸的书房里见过类似的公文，我记得什么‘任万飞’‘一锅熟’，什么‘齐齐紧耐’，哎哟，读起来那叫一个难懂，可杀了我不少脑细胞。”

欧静儿的话让赵劲夫、陈蕾忍不住大笑，周华皱皱眉，看了欧静儿一眼，道：“静儿，你也是个大姑娘了，去年刚刚举办了成人礼，怎么说话还是这么没轻没重？”

欧静儿吐了吐舌头，没再言语。

赵劲夫接着道：“这就是现在的研究者常常说太平天国的文书典籍怪诞的原因之一。的确，当时曾国藩的湘军在与洪秀全军队交战过程中，拿到了一些文书典籍，读起来也觉得用语奇怪，但在太平天国内部，这些内在的含义清晰可辨。比如说当时常见的‘爷哥腾幼’，讲的是洪秀全及其子女幼主。”

欧静儿指着残页中的字样问道：“那这些内容，指的是什么？”

赵劲夫道：“‘定叠’，其实本意为妥当。‘乃埋’，意思是帮助。这些看起来本意与书面文字完全不同的内容，其实有明显的地域色彩。”

陈蕾道：“地域色彩，你的意思是说，这些是方言？”

赵劲夫嗯了一声，道：“这些是客家和粤方言。其实也可以理解，毕竟当时是战争期间，公文书信的保密性是重于一切的。洪秀全指令全军将士将一些地域方言用在文书中，一方面，自己一方不存在使用上的障碍；另一方面，曾国藩的湘军即使截获了文书，一时半会儿也无法破解。”

欧静儿一脸恍然大悟的模样，道：“怪不得呢，爸爸其实也算是下了一番功夫的，但他看到什么对紧、乃埋、桥水、一条草、云中雪……也是没办法。没想到，这还是当时一种密码了。”

赵劲夫见欧静儿夸张地张大嘴巴，不由笑道：“从某种意义上说，只有一方懂、另一方不懂的内容，都可以称为密码。密码的本质正是如此。你刚才说的‘一条草’，是一条心的意思，‘云中雪’，是被刀杀。‘桥水’，指天机、计谋。还有一些更难懂，‘装身’，收拾战斗装备，‘红粉’，火药。更难理解的是‘三更’，在我们来说‘三更’是时间的概念，但在他们来说，是撤退的意思。这怎么能破解呢？这不是密码是什么？”

欧静儿也笑了，道：“赵老师这解释真是清楚，长期困扰爸爸的谜团，还真是迎刃而解了。我在此隆重地向赵老师发出邀请，请您在此事完结后找合适的时间前往日本，爸爸那里还有许多东西要向您请教。”

赵劲夫摆摆手，道：“还是先过了这一关吧。”

欧静儿见赵劲夫不接话，也只好收起玩笑的意思，端正了身体，只听赵劲夫道：“你刚才所讲的隐语，确实也在太平天国文书中出现过。一般经常是把原字拆分开来，不再是原来的字形，但被拆分的字原来的意思没有变。”

欧静儿道：“赵老师，不瞒您说，爸爸与周叔叔最初的时候，也认为应该是拆字的方式。按照周叔叔的想法，大先生在面对残页的时候，可能也是这么考虑的。但周叔叔发现越拆意思越乱，最后觉得或许是并非整张的原因，才导致拆字的方法失效，所以当周叔叔拿到大先生的残页后，反而越来越糊涂了。”

赵劲夫笑道：“所以，你们这才去北京找我们了。按照太平天国时期惯用的拆字法，舌头没有，是个古字，自大加一点，则为臭字。而秀字拆开，成为禾乃，出山，指的是出字。这些都是把一个字拆成两部分。”

欧静儿道：“是啊，周叔叔还花费巨资聘请了一个特别厉害的教授，在拆字方面是顶尖的专家了，但拆过来拆过去，还是没发现什么。所以说，一个人的思路是否正确，决定了解决问题的根本途径。”

赵劲夫笑道：“也算是你们用心了。可是，有时候事情往往出人意料。确实，太平天国的文书中，隐语的存在是通过改变字形，以拆字来完成的，但是洪秀全独辟蹊径，借鉴了天地会等组织的切口，在军中推行了另一套方法，也难怪眼看着宝藏就在面前，却找不到路了。”

赵劲夫这明显嘲讽的语气，欧静儿一笑，装作没听见，周华的脸面却有些挂不住，他忍不住哼了一声，道：“赵副教授啊，宝藏人人看着眼热，那可是真金白银，您现在说得清白，不过等黄金摆在眼前时，还会不会保持这份清高啊？”

欧静儿笑道：“周叔叔，您可别忘了，那一笔崇祯藏宝虽然比不得圣库宝藏，但也是价值十数亿的财富了。赵老师可是眼睛也不眨一下，要不是为了刘亦然，我大胆猜一猜，别说周叔叔，谁也请不动他。”

周华被欧静儿一句话堵住，忙抱拳道：“赵副教授，方才言语不周，还请海涵。”

赵劲夫轻咳一声，道：“方才都是说笑，周先生别往心里去。话说回来，圣库宝藏找到了，我和陈蕾能不能活着回北京，那也是两可的事情。”

欧静儿眼神一凛，若有所思地看了一眼周华，神情严肃地道：“赵老师，您放心，我用欧家一家五口的性命担保，您和姐姐怎么来的南京，保管一根汗毛都不少，平平安安回到北京。谁要是有花花肠子，那就是和欧家作对。”

周华也嗯嗯连声，拍着胸脯保证。赵劲夫苦笑道：“这倒不必，人的命，天注定不了，人自己才能定自己的命。我和陈蕾敢来，也就不怕出什么事。如果真是不巧出了什么事，那也只能怪我们自己了。”

欧静儿有些焦急地道：“赵老师，我答应过他，一定不会让姐姐和您出事。”

赵劲夫听她话里有话，问道：“你答应过谁？”

欧静儿连忙笑道：“呃，请两位来南京，是爸爸的主意，当时也考虑到种种不测，爸爸一直犹豫该不该请。爸爸不能来南京，我代替他前来，我答应他，没有理由对帮助我们的人下黑手，那样欧家的信誉就完全成了一个笑话，所以，既然请来了两位，我和周叔叔就会保护他们的安全。”

说着她看向周华，周华向赵劲夫点头示意。

赵劲夫沉思片刻，道：“拆字法之外，还有一种是太平天国特有的，将一个词表述为另一个词的方法，和方言的作用相差无几，但保密程度更高。比如说，‘长龙’，指的是长枪，是用长龙的形状以及龙的威力来比喻长枪，又如‘红粉’，指火药，都是此意。”

说着赵劲夫指向桌面上拼起的残页，道：“李秀成百余字的供词残页，这份内容其真正有价值的信息，正是藏宝地点。我们来看这四句：‘金屋定叠起，对紧时顾看，桥水番生令，收定在天安。’金屋，显然意为圣库宝藏，定叠，意为妥当地藏起。对紧，意思是说沉眠，就是被埋在了某处，有人看顾。桥水，这是个藏宝的方法；番生，死而复生。收定在天安，天安，就是藏宝地了。”

周华霍地站起身来，顾不得礼节，低下身将头伸到残页上方，仔细观看。看了许久，他方才抬起头来，坐回座位，叹息道：

“果然是名不虚传赵劲夫。只是不知道，这个天安指的是什么地方，南京城并没有叫天安的地方啊？”

赵劲夫笑道：“周先生你仔细想一想，李秀成是在明知自己性命不保的情况下写的供词，他在这种紧要关头，人生最为重要的时刻，应该不会再想要什么花样了。只是，他也不笨，不能丧失眼前唯一的机会，所以，在放出圣库宝藏的消息之后，他在等。”

周华拍拍自己的额头，道：“不错，他虽然被逼到绝境，但还是有机会的。”

赵劲夫道：“李秀成的机会，就是他料定曾国藩一定想要这笔财富。当时的湘军军饷并不富裕，还发生过因欠饷与朝廷其他官员彼此不睦的情况。李秀成提到了明确的藏宝地点，就是想有一个机会和曾国藩交易。按照后来他在供词中写的，整整有五万余言，周先生认为，如果不是曾国藩曾答应过他什么，他会这样按照曾的意图写什么自供状吗？”

周华点点头，道：“可是他没想到，他的自供状还没写完，就被曾国藩匆匆杀掉了。可惜这笔宝藏也没能换他一条命。”

赵劲夫道：“若是按照太平天国当时对各地地名的称呼，也就能理解‘天安’为何没在现在的南京城出现。我举个例子，李秀成率军在安徽、浙江等地征战时，曾在书信中写下‘收四安’‘下红心’等语，但当地各文献并无此记载，后来才考证出，‘红心’应为虹星桥。还有比如‘英家会’，其实是指殷家汇，卜著湾，却是指‘朴树湾’。以此类推，‘天安’也可以试试这种办法。”

周华若有所思，唤来掌柜的找出一张南京地图。他看着地图，手指在上面圈圈画画，终于指向一处，道："赵副教授这个推论很有道理，圣库宝藏的埋藏地点，'收定在天安'，这里的'天安'，应该指佃岸。"说着，周华再次查看地图，翻找了片刻，道："也唯有佃岸，才适合藏下如此多的金银财宝了。"

赵劲夫道："周先生对南京城最熟悉，您的推断应该比我这个外地人更可信。"

周华站起身来，道："今日天色已晚，先安排两位休息。你们过来，大先生未必不知道。我的建议，还是安排两位去我的庄园，静儿也住在那里，相对而言，还算安全。"

话不多说，周华安排车辆，将赵劲夫、陈蕾送往自家庄园休息，偏偏欧静儿邀请陈蕾与其共住一个房间，欧静儿道："姐姐不要多想，不是看顾监视，就是觉得与姐姐投缘，想亲近亲近，多多向姐姐学习。"

看着欧静儿撒娇的样子，陈蕾也就答应了。用过晚餐后，各自休息，约定明天一早，准备车辆人员前往佃岸寻宝。

第二天一大早，正值东阳初升，鸟鸣梧桐，欧静儿、陈蕾起床洗漱。陈蕾扎起头发，看到欧静儿拿着一条淡蓝色牛仔裤，一件橘红色T恤衫，亲自来给她试穿，还给出了一个她无法拒绝的理由：像姐姐这么好看的女孩儿，怎么能出门只穿同一套衣服？

欧静儿用了好看，而不是漂亮，让陈蕾也说不上什么。昨夜卧谈，陈蕾对她有了更多的了解，怎么看也是没恶意的样子，不忍拂了她的面子，于是换了衣服，再和欧静儿一起去吃早餐。她打定主意，若欧静儿有机会到北京，也同样待她便是了。

周华与赵劲夫早已等候在餐厅，南京特色汤包、蒸饭、油端子（萝卜丝饼）、皮肚面等等，搭配着小米粥和牛奶，吃香喝足，周华安排了四辆车，带够人手，一行人出了庄园。只是车没有直接前往佃岸，而是在南京城左拐右绕，看清了没有跟踪的车辆，这才分别出城，前往佃岸。

佃岸位于南京郊区，车辆驶出柏油马路，沿着一条土路前行，三里地左右，看见一个荒坡，东、西、北三面环坡，唯有南面留有一条向上的坡道。待得赵劲夫等人从车上下来，站在坡顶四下观望，立即发现了此坡不同寻常之处。

山坡状若一把太师椅，坡道如弧形的椅背，坡低平坦之处，则是椅座。站在南边坡口，正对面遥遥望去，恰是紫金山。奇怪的是，山坡佐近，白桦树、乔木等植物虽说稀稀拉拉，却也有些绿意，唯独山坡底，没有树木，只有荒草随风飘荡。

陈蕾道："劲夫，你注意到没有？"

赵劲夫点点头，道："周先生，你看四处地势，有什么想法？"

周华道："我也算读过一些风水地势的书籍，就在两位面前献丑了，这里应该是按照五行布局的，显然没那么简单。"

赵劲夫道："如此五行布局暗藏玄机，周先生，不妨让你的人向下挖土，说不定有新的发现。”

周华将信将疑，命手下取来工具，分别前往五行方位挖掘。挖土尺许，只听欢声四起，周华、赵劲夫、陈蕾、欧静儿忙过去一看，这边土的颜色为红色，那边的土，却是黑色，手下分别从周围取土壤来看，分呈不同颜色。

赵劲夫看了看取来的土样，又站在坡顶高处四下里仔细观瞧，叹了口气，道：“要是李小军还在，这些阵法、五行哪里能难得倒他？”

见陈蕾默不作声，赵劲夫情知自己失言，忙转身对欧静儿道：“宝藏就在眼前，你怎么看？”

欧静儿笑道：“赵老师都要向人请教了，还真是愧不敢当啊。”

看赵劲夫的脸一下红了，欧静儿忙道：“赵老师，依我看啊，我知道的事情，您也肯定知道。只不过，您是要考考我，看看我够不够格当您的学生。”

没等赵劲夫回答，欧静儿又道：“太平天国行军扎营，对军营的朝向、吉日凶日等都有一些讲究。当时的社会环境便是如此，那也是可以理解的。不过，在洪秀全的治下，五行术与风水观念确实盛行于太平天国军中。比如说，太平天国的旗帜颜色，就是按照五行制作，木与东方相对应，青色为主；火与南方相对应，赤色为主；土与中间相对应，黄色为主；金与西方相对应，白色为主；水与北方相对应，黑色为主。黄色最为尊贵，位于中央，正是洪秀全所用的旗帜颜色。”

说到这里，欧静儿突然意识到了什么，道：“我知道了，那把太平天国尺子，比清朝所用的营造尺要长7厘米，32乘以1.07，等于34.24厘米长，可能用来指示方位。那时没有金属探测器，用这种方法标明大致位置，也是巧妙了。”

赵劲夫称赞道：“欧小姐聪明伶俐，再好好学习几年，日后必成大器。”

欧静儿和周华的手下叮嘱数句，三十余人从丰田面包车中取出金属探测器等科学仪器，来到黄色土附近，沿周边34.24米范围内查找。不多时，只听一声叫好，众人忙围拢过去，只见早有两条火线引向沙土，那里埋了数包炸药，周华亲自按动起爆器，耳听“轰隆”一声响，沙土飞扬。尘埃落定之后，一个硕大的洞穴出现在众人眼前。

周华接过手下递过来的照明灯，抢先一步进入洞中，随后赵劲夫、欧静儿、陈蕾相继而入，周华的手下收拾工具等随后而入。洞中三十多盏照明灯齐亮，这才发现深约十余丈，犹如一个偌大的酒坛，约有千余平方米大小。另有数个小洞，三米来高，不知通往何处。

众人四处搜寻，除却一地的碎木屑，周围有黑色焚烧的痕迹外，空无一物。周华并不甘心，命令手下沿各个小洞分岔口小心寻找，不多时，小洞中爬出灰头土脸的众手下，双手一摊，示意小洞中并无金银财宝。

周华转身向赵劲夫问道：“赵副教授，这是怎么回事？”

赵劲夫还未回答，就听陈蕾道：“劲夫，我们犯了一个错误。”然后她转向欧静儿、周华道，“周先生，你们还有什么没讲出来的，都到现在了，还是及早说出来吧。”

周华只是看着她，欧静儿却道：“姐姐，我不明白，为什么这么说？”

陈蕾道：“昨天当劲夫提到可能有危险时，静儿，你讲了什么？”

欧静儿露出一副不明所以的样子，道：“我讲了什么，还请姐姐提醒一下。”

陈蕾道：“我本不应怀疑你，但你昨天晚上和我说了那么些话，件件和清古斋、崇祯藏宝有关。有些事外人不可能知道。我当时就想到，你是怎么知道这些事的？现在才想起，昨天你说你答应了一个人。那个人，应该不是你父亲。”

欧静儿闻言脸色一变，道：“姐姐……”

这时只听周华道：“静儿，如果陈小姐说得有道理，你现在讲出来，我不怪你。”

欧静儿一时沉默，陈蕾见状不免叹一口气，懊恼地道：“我们都犯了一个错误，眼光一直盯着圣库宝藏，但现在藏宝洞内没有金银，也就是说，有人先我们一步破解了秘密。既然如此，何必要大费周章去做饭局呢？”

赵劲夫眉头一皱，暗叫不好：“如果有人提前一步破解了残页的秘密，来到佃岸搬走了圣库金银，也就是说，大先生这样的人，不可能不知道残页被换，他没有声张，仍然追杀刘亦然和薛亮……”

陈蕾神情焦虑，她仔细观察着早已被搬空的藏宝洞，转过身来对欧静儿、周华道：“大先生早就知道宝藏被取走了，他追杀薛亮与刘亦然，其实追的不是刘亦然，而是薛亮。薛亮身上，一定有和圣库宝藏关系极为密切的东西。也就是说，可能有人在南京饭局之外，设了一个更大的局。”

第十一章
追根溯源

薛亮高声道：“刘亦然，你以为我给你设了一个局？”

香港摩罗街古董店二楼，在那块高高悬挂的“大义参天”匾额下，一团令人窒息不安的气氛弥漫在不到三十平方米的空间里。洪爷看了看薛亮，神情严肃，拧着一双眉，从嘴角流泻出令人齿寒的冷意。

再看刘亦然，身子稳稳当当、端端正正地坐在椅子上，左手端起缠枝莲纹茶碗，轻轻放在唇边慢慢品饮，犹如在深山幽谷，与友人共赏山色一般。他悠然自得的神态，慢慢融化了僵硬如铁的氛围。

薛亮呵呵笑道：“你还真是不怕。这就是你在亡灵村地下三米的棺材里，想了又想得出的答案？”

刘亦然仍然没有开口，甚至连看都懒得看一眼薛亮的样子。

时间似乎停滞了，三人对坐无语。一盏茶的时间后，薛亮叹道：“刘亦然，你不就是想不通那张残页的事吗？其实，如果说你感觉到自己被设计了，不怪别人，那要怪你自己。你倒是有一件事情说对了，你确实犯了一个非常大的错误。也正是这个错误，导致了你的判断至今没有一件是正确的。”

刘亦然终于抬眼冷冷地看向薛亮，问道：“你的意思是说，那张残页？”

薛亮道：“南京饭局，孙老三被杀，残页被抢，我当时就明白了一件事，至少参加饭局的五人，有人误解了那张残页。那时候我才发现，有人误认为那是李秀成供词的残页。实际上，大先生被抢的残页，是曾国藩在看过李秀成的供词之后，经过删改的笔记残页。”

刘亦然放下茶杯，想了想才道：“难怪，我一直在想为什么追杀的人有两拨。一拨人是大先生所派，毕竟，孙老三在他的饭局上死了，他是要给孙家一个交代的。另一拨人是谁？那拨人为什么要追杀我？直至在亡灵村的棺材里，我突然意识到，或许，他们追杀的人不是我，而是你薛老板，目的是你薛老板身上的东西。那件东西，只能是另一张残页。现在你也承认，那张残页是曾国藩的笔记残页，这我倒是没想到。”

薛亮道：“何止你没想到，据我所知，大先生广发英雄帖，是为了引出其他残页，只有集全残页，才能找到圣库宝藏。他只是猜测参加饭局的五人中必有人手里有真残页，但他不知道究竟是谁，来参加饭局的人也都在互相试探。但孙老三一死，我与你逃亡，他推断，我与你手上一定有一张残页，而杀死孙老三的人，手中也必有一张大先生求之不得的真残页。”

刘亦然略一思索，道：“如果大先生手中拿到的是曾国藩的残页，也就是说，那笔圣库宝藏可能已经被曾国藩取走了。至少，不在原先李秀成所藏之地。薛老板既然是CC系后人，想必不会只有这么一点手段，想要得到全部残页，起码应该知道残页……”

刘亦然话未说完，洪爷神色一怔，不由插话道：“谁是CC系后人？”

刘亦然没想到洪爷如此反应，再看薛亮一脸得意的笑容，瞬间明白自己的判断出现严重错误，不免叹息一声。

洪爷见刘亦然看向薛亮，不由大笑，直至笑出眼泪，连连道：“抱歉，抱歉，刘先生，您是说薛总是CC系的后人？谁说的，他自己承认了吗？”

刘亦然这才意识到，薛亮从未说过自己的来历，CC系后人的判断，是周华在饭局上说的。

洪爷接着道：“我和薛总合作十余年了，从没听他讲起过和CC系有关。刘先生，恐怕您是搞错了。”

薛亮笑道：“周华的话，也对也不对。这张残页确实来自于CC系，但我并不是残页的第一拥有者。至于我为什么当时没说出来，刘亦然，你是个聪明人，很简单，这种误解当时并没有什么坏处。而让别人猜不透，判断出现失误，这是一个很大的优势。”

刘亦然不由苦笑，道：“看来周华知道的消息，是你故意放出来的吧。CC系掌握的残页，为什么会去了美国？”

薛亮道："不仅是周华知道，我想大先生等人也心里有数。其实，我也没什么好隐瞒的。在美国，民间成立打捞公司，在被允许的区域进行寻宝探险工作，将所得的财宝与政府分成，是正当的生意，所得到的文物，都会在世界各地的文物集散中心寻找合作伙伴销售。我再次向你强调一下，我做的是正当的生意，关于我的信息，都可以公开查询。"

洪爷道："刘先生，这一点不用怀疑，我们作为薛总公司在香港唯一的合作方，可以保证，我销售的每一件来自于薛总公司的文物，都是合法守规的。"

薛亮道："告诉你这些话，是让你不要用有色眼镜来看待我薛亮。其实，周华、欧静儿，还有你，你们都搞错了，大先生饭局真正的残页，指的另有他物。你不要生气，我并没有耍你的意思，还是那个理由，这种误解对于我而言，只有好处，没有坏处，我为什么要否认？换作是你，你会怎么做？"

刘亦然冷笑道："这种事情，我为什么要生气？大先生明白，你明白，就好了。但那张残页，指的是什么？"

薛亮笑道："生气与否在你自己。再说了，你知道他们为什么说我是CC系的后人？实际上和我得到的东西有关。那件东西，是我在美国得到的一本中国国民党中央执行委员会调查统计局南阳区的笔记，这与CC系的大佬陈立夫密不可分。陈立夫于1950年10月借出席'世界道德重整会议'之机，经瑞士流亡美国定居，之后在美国纽约长岛生活，CC派系自此完全没落。老大不在了，一些

CC系的特务也去往美国、东南亚各地避祸。他们在远走异国他乡之时，带走的不仅有美元、黄金等硬通货，还有一些不为人知的秘密。这些人的生活，有的风生水起，有的则贫困交加，只得将能够卖的东西变卖，以维持生活。我得到的这本笔记，正是在一家旧书店里以二百美金得到的。”

闻听此言，洪爷不免叹息一声，道：“二百美金，一笔圣库宝藏。看来人到了走投无路的时候，还真是能够把黄金卖出纸片价来。”

薛亮淡然道：“你们这些古董店挣的钱海深山高，有一部分钱，不就是挣的走投无路人的钱吗？”

“只要价钱公道，我还算是给人救急了。”洪爷呵呵笑着辩解，然后岔开话题道，“薛总，你问没问过卖笔记的老板，是不是这回事？”

薛亮笑道：“我确实仔细问过，想找到笔记的主人。那个书店的老板是一个头发花白的老头儿。他只说是半年前一个六十多岁的华人去世，房东把他屋里所有的东西打包卖了，以抵扣欠他的房租。我一听就知道，从笔记主人那里寻找相关宝藏信息的线就此断了。”

洪爷道：“断了？这么大一笔宝藏，薛总肯定也是想了许多办法吧？”

薛亮道：“谁遇到这样的事都不会轻易放弃。我和你的想法一样，当时做的事，就是查询和CC系相关的一切信息，最终搞清楚了这本笔记的来龙去脉。”

洪爷道：“查人找事，这可是个大本事，薛总也说一说，让我学习学习。”

薛亮不由笑道：“你坐地香港，八眼灵通，寻人查事的本领，我向你学还差不多。其实说起来不复杂，中统怎么发现的圣库宝藏的信息？是从当时教育系统的一封信里。那时候的中统被陈立夫、陈果夫兄弟一手操控，其时军统的戴笠还未得势。中统的权力极大，党、政、教育、经济、文化、一般民用工厂等，全部划归中统的工作范围，于是中统的特务遍布国民政府各组织中的党团，甚至操纵国民大会代表、立法监察委员的选举，几乎渗透到当时社会生活的各个方面。尤其是为了获取更多的情报，中统控制了当时的邮政系统，对于一切可疑的人物，或者是认为值得调查的人或事，都会采取监控措施。

“我得到的中统笔记中详细记载，那封被中统特务截获的信件，是政务委员会教育处处长罗家伦写给顾颉刚的，信里面提到，要去湖南长沙湘乡县曾国藩的老宅购买李秀成供词。如此重大的情报，中统的特务怎么可能放过？更何况，当时军统与中统的斗争日益激烈，若此事为真，则又是一个大功，在与军统的较量中能占据优势。这件事情的下文，是吕集义去往长沙，不仅抄录了日记内容，还拍摄了十五张照片。中统派遣特务李为等三人，暗暗跟随吕集义去往长沙，也就是说，吕集义的一举一动，全部在中统的掌握之中。

“这十五张照片后来分散，各有去处，其中四张被当时的广西省政府主席黄旭初拿到，黄旭初为什么要拿照片？只有一个理由，他对曾国藩秘藏李秀成供词感兴趣。圣库宝藏的事情，当时并不是什么秘密，只是大家都没找到而已。凭黄旭初的能力，取得一些照片本不是难事。但他只拿到了四张，另外十一张照片呢？有没有可能隐藏着其他信息？

“这些内容，按照那本中统笔记的记载，全部记录在圣库宝藏的机密档案调查报告之中，被交到了上级徐恩曾的手里。但奇怪的事情发生了，在调查报告被交到徐恩曾手中后不久，徐恩曾不仅没有得到蒋介石的提拔，反而被撤职，被免去中统局副局长的职务。笔记中记载此事‘为军统设计所害，弄巧成拙’。

“也就是说，圣库宝藏的调查自此中断。后来国民党败退，陈立夫出走美国，中统CC系被取消彻底失势，这份报告也不知所终。但就在这时候，香港古董行里发生了一件事，圣库宝藏重出水面，把我从美国引到了香港。”

洪爷道：“这件事情发生后，薛老板被我请到香港。当时在香港的古董市场出现了和圣库宝藏有关的书札，这和曾经出现在香港的曾国藩家书、日记有关。”

刘亦然不由倒抽一口气，张了张嘴，却没有说话。

洪爷见此，笑着道：“刘先生，您别惊讶，曾国藩家书保存在湖南富厚堂，但确实曾经出现在香港，并且流传有序，时间阶段清晰。您的疑问，薛总也曾经有，不过，他听我讲了之后就全明白了。”

原来在1866年，包括曾国藩秘不示人的李秀成供词原稿和一些重要书籍，由曾国藩次子曾纪泽带回了曾家老宅，并专修富厚堂用于藏书。1938年日本侵略中国时，军队进攻湖南。为避战乱，曾国藩的后人曾宝荪、曾约农从富厚堂挑选出曾国藩的全部手写日记、家书家训、书札等物，妥当装车，从家乡出发，经过桂林、南宁，但到处是兵火战乱威胁，不得已绕道越南河内，足足一年之后才到达香港。

谁料想1941年爆发了太平洋战争，日本军队进入香港九龙，港岛一时也不安全了。曾宝荪、曾约农只好托香港的朋友余六铁、廖傅亚等，将一部分曾国藩家书等运回湖南，另一部分则委托一位名叫郑仲衡的朋友运到了湛江港。后来战事频频，这些家书等又由曾约农装了四大箱，再次运到香港九龙，自此在香港存放两年。

曾国藩家书、日记等出现在香港，当时便有大批的买家蜂拥而至，一探虚实，准备出高价购买，其中就有李秀成供词原稿。你出我让，曾家人不堪其扰。那时候身在台湾的陈诚，在1951年邀请曾约农等去往台湾地区，这部分曾国藩家藏手稿等文件资料也随之被送到台湾。也就是在这个时候，曾约农在世界书局出版了李秀成自供手迹的影印本。

洪爷最后道：“曾约农走了，但全香港甚至东南亚地区的古董商们，都知道了圣库宝藏的存在，自此开始搜寻，只是一直不见踪影，消息也就慢慢淡了。直至前不久出现了和曾国藩手札有关的十余页内容，我得到消息，立即通知薛总来香港。”

薛亮接着道：“我来到香港之后才知道，东西来自于荷李活道上摆摊的一个小商贩。天气好了，这个小商贩就出摊，挣了些钱，就去买醉寻欢。等了两日，我才在街面上见到那小商贩，细问之下，他说手中的东西是从太平山下一个废品收购站里按斤论堆买的，只花了不到五百港币，拿到手时他挑拣出一些看似不错的物件先卖给两个古董店，剩下的就在街面摆摊卖，谁看上了，花点钱就能拿走。有一天一个人花了一千港币，从他手中买走了一张残页，并问他是否还有，有的话重金购买。那小商贩喝得晕乎乎的，收钱走人，也未理会，第二天醒来后看着兜里的一千港币才想起此事，便在租住的小屋床下搜寻，拿出来一看，仅余几张，其他的散落不全。”

说着薛亮看向洪爷，称赞道：“还多亏了你，要不然可没办法了。”

洪爷笑道：“还好薛总早就嘱咐过我，只要是和曾国藩、李秀成等有关的东西，不用问他，先买了再说。我听到消息，急忙赶过去仔细询问，才知道小商贩将东西卖给了一家古董店。又赶到古董店，那家老板贪心，将此一拆为四，份份高价卖出，我一直出价到五万港元，又说买的人是薛总，日后可以合作销售薛总公司从世界各地挖到的宝贝文物，他这才卖给我。”

薛亮道：“四份文件皆为高价，其中一份被来自内地的人买走，现在想来，应该是已经到了大先生的手中。一份辗转到了孙氏家族手中。另一份，至今不知去向。还有一份被我出价五万港币买到。其中三张残页一看便知，那正是笔记中提到的中统关于圣库宝藏的机密档案报告。”

薛亮说至此处有意看向刘亦然，只见他面无表情，不由心中很是纳罕，这人面对如此巨大的财富，却没显露出一点儿兴奋的样子，不知道他在意的是什么。

刘亦然见薛亮不再说话，才问道：“你拿到的残页，里面记载了什么？”

薛亮沉浸在当时发现秘密的情绪里，不由兴奋地道：“正因为我看到了残页中的内容，更深信圣库宝藏的存在。残页中明确记录了中统的调查。金银如海的宝藏，到底是从哪里来的？如果撰写报告的CC系的人想不被上级责罚，就必须要搞清楚。这也说明了报告的严谨性和真实性；否则，交到上级手中再发现失误，那可就不仅仅是被骂几句的事了。报告中指出，之所以会有这么多金银财宝，是因为太平天国的圣库制度。圣库制度的严苛可见一斑：不准兵士私藏金银，凡藏银超过五两，不缴圣库按律治罪。”

洪爷摇了摇头，道：“竟然有这么严格的规定，兵士手中不准藏银子，手里无钱，吃什么喝什么？”

薛亮道：“我初时看到这些也有些想不通。那上面有一半的内容污损，信息不全，但仅凭一半文字，也可以隐约猜到部分内容。那上面写到，圣库制度在天京等各地实施的时候，城中人的吃穿用度，都由太平天国的公库提供。当时太平天国雄踞南方江苏、浙江等地，覆盖人口近百万，十四年时间里，太平天国的财富相当一部分集中在圣库。”

如此多的财富，洪爷不由咋舌，道：“半个天下的钱财集中在圣库，宝藏到底有多少，简直不可想象。”

薛亮道：“不仅如此，圣库制度还规定，通过征战获得的战利品，包括一切金银珠宝，甚至参茸、衣服等，都要由各地的圣库交给位于天京的总圣库。这也就是说，曾国藩的湘军攻克了天京之后，李秀成供词中所说，愿将国中一切奉上，当然也包括总圣库。按照中统的机密档案报告，天京总圣库各类金银珠宝等资财不可计数。

“当时湘军攻入天京，曾国藩的湘军专有一支部队，前往位于清西里巷的总圣库所在地。据报告记载，太平天国总圣库所在地的其中一处，建筑坐北朝南，前后三进院落，五开间，近千平方米，湘军攻进去时，里面空空如也。可以推测，圣库中所藏的金银，全被搬走了。”

洪爷道：“这么多金银，搬也得搬一段时间。”

薛亮道：“这份机密档案报告残页之详细，也确实超乎我的意料，从中也可看出，CC系的手段，尤其是搜集情报方面确实厉害。我记得，蓝色墨水钢笔字清楚地写着，距离清西里巷总圣库约五百米，便是西门水陆码头。其中特别提到，万千货物方便转运装卸。我到了南京之后，还专门去看了看，虽然近百年过去了，空留街道悠悠，但从遗址上还是能够留意到交通设施极为便捷。运送金银自然不用犯愁了。”

刘亦然想了想，道：“既然这份机密档案记载得如此详细，那上面的内容，自然也写明了和曾国藩有关的圣库宝藏线索了。”

薛亮道：“那三张残页，确实记录有关于曾国藩的内容。同治三年七月初七，曾国藩将李秀成供词上奏同治皇帝。皇帝于七月十四日收到曾国藩的折子，随即下发圣旨，要曾国藩拿李秀成供词的全文来。曾国藩只是于七月二十九日，把在安庆刻印的李秀成供词再一次送往京城。同治皇帝并没有相信，于十二月十三日再下圣旨，指明要李秀成供词全文。”

刘亦然道：“残页中写得如此详细，是为了证明圣库宝藏仍然存在？”

薛亮道：“这可不是儿戏，中统的人心里清楚，不搞明白了，这份机密档案交不上去。再说残页内容，曾国藩在半年之内多次推托，就是不往上交供词全文，他找了诸多理由辩解，甚至堂而皇之地告诉同治皇帝，我就是把李秀成的供词删改了。”[1]

洪爷不由叹道：“曾国藩的胆子也真够大的，皇帝的命令他也

1 《钦奉谕旨分条复陈折》云：“查李秀成原供，摭拾数万言，虽多可信之处，而自夸战功，与各路军报不甚符合，其中反覆重沓，献谀乞怜，无非图延旦夕之一命。窃谓该逆断无赦理，江西湖北各贼，亦断无凭该逆尺书，全数就抚之理，是以将其支辞妄语，概行删去，既奉谕旨查询，兹将十要十误补抄进呈，以备考核。”

敢不听。”

薛亮轻轻一笑，道：“虽然如此，但有一件事机密档案中也提到了。在清朝统治时期，有一条铁律，对于犯罪之人的供词，明文规定需要在原供之外抄录一个副本。曾国藩老宅秘藏的李秀成原供，是用‘吉字中营’横条簿书写的，曾国藩之弟曾国荃的营，正是吉字中营。按说吉字中营的纸张上有官衔，只许可曾国荃以及帐下高级军官或者是幕僚使用，李秀成是被俘的囚犯，怎么会使用这种横条簿？”

洪爷眉头一挑，道：“这是否说明一件事，很可能曾国藩秘藏的李秀成供词，是一份抄录的副本？”

薛亮点点头，道：“最起码，现在已知的李秀成供词至少有两份，一份是李秀成经删改的亲供，送往军机处，呈交同治皇帝；另一份送往安庆，给了曾国藩的次子曾纪泽。而按照大清的律例，也极有可能会出现第三份副本。可惜的是，我手里的三页机密档案结尾部分，只提到了‘略记予庞’四字，就已经完结。这也就是为什么大先生一提到南京的饭局中会有残页出现，我便立即动身前往的原因。我是这么想的，那么其他人也一样，这才有了南京饭局五人聚会的事情。”

薛亮讲完看向刘亦然，只见他双眼望向“大义参天”的匾额，口中轻轻道：“圣库宝藏，无论有多少金银财宝，只不过是在激荡的历史风云变幻中，无数人的命运在其中身不由己。不要说是曾国藩的选择，或许任何一个人在那种历史关头，不是你选择了历史，而是历史选择了你。”

刘亦然脸上满是落寞，将目光又转向薛亮，道：“就像今天，此时此刻的薛老板，还有大先生、周华、欧静儿，哪一个不是在作出抉择？只是无论选择了哪一条路，这条路的终点在什么地方，那时再想回头，可就万难千难了。”

洪爷闻听此言，“啪”地拍了一下桌子，站起身对刘亦然道：“你这话是什么意思？”

薛亮挥挥手，洪爷看了一眼刘亦然，满脸的不忿，然后慢慢转身走下二楼。薛亮道：“现在只有我们两个人了，你有什么话要说及早说出来。”

刘亦然笑道：“薛老板，我要向你借两个小时的时间，你若是放心，就让我下楼，平平安安地走出店门。两个小时之后，我必回来找你。”

薛亮想了想，道：“你要去找王希贤？”

刘亦然点点头，道：“既然来了香港，孙家的势力总是要碰一碰的。但我没有十足的把握，毕竟在他们孙家看来，孙老三是我杀死的。这会儿我们到了香港，尤其是来到了古董一条街，要说依孙家的势力现在还没发现，那可就真是空口说白话，人不信鬼才信了。”

薛亮道：“你想怎么办？”

刘亦然淡淡一笑，道：“我也不必瞒你。我想过不了多久，这里就会有孙家的势力上门，那时候在公海之上，别说薛老板你无计可施，他孙家掏出枪来，照着我们俩的脑袋开上两枪，也是随时有可能的。我自然不想死，薛老板，我看也不像短寿之人，咱们两个要想活，我只能去找王希贤。看在为他寻回了文物的分上，他欠了我们一个大人情，这点儿忙，他还是要帮的。”

薛亮道：“王希贤的影响力确实很大，只不过孙家也不好惹。他给不给王希贤这个面子，也不好说。”

刘亦然笑道：“我去拜访王希贤，不是为了让他给我们两把枪，或者是派几个保镖，和我们同上孙家在公海上的古董船。王希贤是什么样的人，他怎么可能不知道孙家做的什么买卖，要与孙家正面冲突？孙家敢掏枪杀人，但王希贤做的是正当生意，在香港会展中心犯罪分子一小时炸他一件文物时，他也只是聘请安保专家，没有选择和犯罪分子硬拼。”

薛亮想了想，道：“那我就不明白了，王希贤不用派保镖，也不愿和孙家人正面冲突，你到底要他帮我们什么忙？”

刘亦然道：“说一千道一万，薛老板问了这么多，无非是担心我一去不复返。有我在，就算是上了孙家的船，孙家人报仇也找不到你。并且，是谁把刘亦然带到了孙家的船上？是你，薛亮，那时候你不仅没有性命之忧，反而可以向孙家人邀功请赏，再提出和他们一起去取圣库宝藏，就凭你的残页，金银如海的宝藏分上两成，还是可以谈一谈的。”

薛亮不由苦笑，道：“你这样说，可就是小瞧我薛亮了。我救你，可不是为了来香港向孙家人邀功请赏的。”

看着薛亮犹豫不决的模样，刘亦然不由笑道：“你放心，我不会跑。我要是跑了，对我有害无益，这罪名可就实实在在扣我头上了。更何况，逃亡的日子也不好过。”

薛亮略作思索，突然笑道：“刘亦然，你果然算得准。你将去往何处，找何人，每一步都明明白白地告诉我。是不是如果孙家提前知道了此事，泄露的人就只能是我？这样你也就知道，谁是朋友、谁是敌人了。行，你给我上了一道紧箍咒，让我动弹不得。好，好，既然如此，我也不瞒你，我做两件事：第一，去香港圣保罗医院抽血化验，弄清吃的毒菜中有什么，配解药。第二，你走之后，我要给一个人打电话。若是有命从孙家船上回来，自然会有人和你见面，那时你也就知道我是不是要害你了。话多无用，两个小时后，还在古董店见。”

两个人随即下楼，薛亮找来店主，将刘亦然送往王希贤基金会所在地。他则留在店内，果然打了一通电话，十来分钟，不知说些什么。放下电话，他才去往医院，随后返回。

两个小时，不长不短，其间有三拨客人推门进来，薛亮说声东家不在，暂为看店，好言好语将游客请出去。差一刻下午四点时，刘亦然回到了店内，道：“怎么，孙家的人还没找到店里？看来孙家也是没落了，薛老板都换两次龙井茶了，孙家的人还在公海上游荡。”

说着，他也不待薛亮招呼，自顾自换杯饮茶。直至时钟指向四点三十二分，门一开，进来两个剃光头、满臂文身的青年人，眼睛直愣愣地看向刘亦然与薛亮。刘亦然也不搭话，直至两人走近，才道：“走着去，还是抬着去？”

其中一人道：“还行，胆子挺大。既然知道门子，也别让我们费事，两位走着去，躺着回。”

刘亦然哈哈大笑，站起身来，抬脚出门，身后跟着薛亮等三人。出得门来，走出摩罗街，早看到一辆奔驰轿车在等候，几人上车，发动机轰鸣，驶向水陆码头，之后换一艘小艇，劈开波浪向公海驶去。

不多时，艇入公海，只见一艘偌大的游轮在公海上缓缓航行。小艇放慢速度，缓缓贴近游轮，上面放下舷梯，刘亦然、薛亮上船，被领入游轮内部。

轮船上设有灵堂，早有三十多人等候。刘亦然在供桌上拈起三支香，薛亮见状，连忙同取，两人焚香，鞠躬三次，将香插入青铜香炉，道：“孙家兄弟死得冤屈，若在天有灵，给出良策，将真正的凶手绳之以法，献于灵前，孙家兄弟也阴路好走。”

孙老二冷眼看着两人，并不作声。

刘亦然转过身来，对孙老二道：“孙家兄弟死得冤，我也被栽赃陷害。孙老三会武，而我只有书生之力，杀只鸡还可以，杀个人，我怕是没那本事。在南京饭局上，当时突然一片漆黑，我只听到‘哎呀’一声，紧接着胸前被一只手猛击，顿时感觉右半边身子全麻，身不能动，口不能言，左手里被塞进一件东西，灯光亮时，我才发现孙老三眼中有银筷，另一支筷子，在我手里。”

孙老二脸色一变，道：“你的意思是说，你当时被点了穴道？”

刘亦然嗯了一声，点头道：“后来在武馆，我看到许豪与陈生比武，才知道自己当时被点中了穴道。只不过点穴的人手法极为巧妙，恰恰只是使我身体麻痹，灯光亮起之后，已经恢复知觉。”

孙老二冷笑道：“你认为凭你这么几句，我就会放过你？”

刘亦然道：“我本来也没想你能这么放过我，可是，你也没有理由现在杀我。孙家因为圣库宝藏死了两个人，怎么能让他们白死？你还要留着我的命，去替你找宝藏。等找到了再杀我，岂不是更好？再说，我还要趁这难得的时间，去找到杀害孙家兄弟的真凶，岂有不尽力的道理？”

孙老二想了想，道：“你有什么条件？”

刘亦然轻轻一笑，道：“好，不愧是孙家老二，不说废话。我当然有条件，请你把云鹤八卦麒麟瓶交给我，再把残页也交给我。”

孙老二一怔，完全没想到刘亦然竟提出如此条件，不由放声大笑，道：“刘亦然，你还真是不怕死，你长着几颗脑袋，敢提这样的条件？讲出来，要是说得对，我答应你。”

刘亦然道：“麒麟瓶在你手上就是一个废物。不仅是麒麟瓶，包括孙家这条船上所有的文物，现在都已经算是废物了吧？”

孙老二眉头一皱，刘亦然接着道：“如果你让手下查一查，恐怕世界上90%的博物馆、私人收藏家、美术馆，都收到了一封电子邮件，那封邮件里将详细说明来自香港孙家的文物，被列为可疑物品。也就是说，和你有关的一切，包括这条船上所有的东西，没有博物馆和收藏家敢买了，它们现在已经一文不值。”

孙老二冷哼一声，低声吩咐一名手下，又转过头来看着刘亦然道：“你讲的有一个字不对，我立刻就要你的命。”

见手下慌忙去查询刘亦然所说是否属实，薛亮恍然大悟，刘亦然拜访王希贤的两个小时里做了什么，以王希贤文物基金会的影响力，联系各国的博物馆、收藏家可谓举手之劳。

片刻，那名手下慌慌张张地跑来，低声在孙老二耳边说了几句，孙老二脸色立刻变了，一把拔出金黄色的左轮手枪，三步走过来，将黄灿灿的枪口指向了刘亦然的眉心，喝道：“你既然不要命了，二爷今天就让你死个痛快！”

说着，他退后两步，瞄准刘亦然的额头，右手食指用力扣动了扳机，只听一声枪响，脱膛而出的子弹射向了刘亦然。

刘亦然眼前是一片赤红色的火焰，子弹如同死神之手，穿过地狱之门，他有生以来第一次离死亡如此近。

第十二章
幕后主使

陈蕾站在早已搬空的藏宝洞内，巨大的空间，仿佛将洞内的每一个人都吸进未知的世界。这让陈蕾感觉到一种令人恐惧的力量，从脚底逐渐侵入身体，那是一种深入骨髓的冷，仿佛世界永远处于冬天的严寒中，再也看不到春天的到来。

周华还在大骂手下，催促他们四处搜寻。赵劲夫在洞内沿着坑道行走，不时为发现的太平天国遗迹而兴奋地大声呼叫。陈蕾看着眼前的欧静儿，娇小俏皮，双眼清澈如水，却有着让人猜不透的神情，是敌是友，尚未可知。

欧静儿道："姐姐，你不要这么看着我，好像我做了什么对不起你的事似的。你的眼神，真的吓到我了。"

欧静儿的声音带着些颤抖，陈蕾这才意识到自己的失态，忙道："我是被你吓到了，都这个时候了，还不赶紧说出来。你不为自己想想，也要为你父亲想一想。你周叔叔说得没错，南京饭局之外，还有人设了一个更大的局。你知道什么情况会让一个人愤怒吗？身在局中而不自知，被当作木偶一样戏耍。”

欧静儿还在犹豫，见周华在各个小洞穴的入口，不住责骂那三十多名手下，动作慢些的，他直接抬脚踹去，催促他们进入洞内探查，一时并没有注意这边的情形，才转过身来，悄声道：“姐姐，不是我不说……”

陈蕾道：“如果你现在不讲，以后会给你们欧家惹来更大的麻烦。”

欧静儿双唇微抖，道：“我这么做，本来是为了让父亲减少麻烦，可没想到藏宝洞里一无所有。昨天晚上我一直在问姐姐清古斋的一些事，真的只是好奇。因为正是那个人，给出了解决问题的方法，让我去北京请清古斋的人。”

陈蕾道：“那个人是谁？”

欧静儿道：“我调换了大先生的残页后，就接到一个电话，那人自称王未。他当时告诉我，凭残页里记载的内容并不能找到圣库宝藏，并且告诉我一个理由：藏宝洞里的金银，早已被搬空。我说不管你说的是真是假，最好的解决方式，就是你直接告诉我，藏宝洞在什么地方。”

陈蕾道：“王未并没有说出来，他不知道藏宝洞在何处。所以，你没有听他的建议。”

欧静儿道：“是啊，问题就在这里。姐姐，若是你处于那样的位置，一个小姑娘，代父来到南京，参与一场足以要人命的饭局，因为利益形成的联盟，也会因为利益崩溃，你会怎么办？我不敢相信任何人，表面上看热热闹闹，人人看到你都是笑脸，可谁知道哪一张笑脸下，就暗藏着杀人的刀？王未告诉了我一个这么重要的信息，如果他说的是真的，那么不仅是大先生，所有参加饭局的人，为了一个早已不存在的圣库宝藏而搏杀，那可真是会让人发疯的。”

陈蕾叹息一声，同情地看着欧静儿，道：“但当时的情况，你已经是箭在弦上，不得不发了。”

欧静儿点点头，满脸凄楚，道：“王未虽然没有指出藏宝地在哪里，但他肯定也不是大先生的人。并且，他说出了清古斋的事。他告诉我，清古斋来的人，将会是我的朋友，可以帮忙找到圣库宝藏，他唯一的条件，是要我无论采取何种手段，都要保障来人的安全。”

陈蕾在脑海里搜索王未的名字，想起曾听父亲说过江南王家，但没有见过面，不由问道：“这人多大年纪？哪里口音？”

欧静儿想了想，道：“听声音，是从南边来的，年纪应该有五十岁左右。现在藏宝洞里什么也没有，这让我只能相信王未说的话是真的。”

陈蕾道：“这件事周华既然不知道，你先不要说。”

欧静儿不由点头，眼珠一转，又道：“姐姐，你是怎么知道我的话有破绽的？能不能提醒我，也让我长长见识？”

陈蕾不由笑道：“让你长长见识，以后让别人都看不出来，对不对？”

欧静儿道：“当姐姐的，也要有个疼妹妹的样子啊。”

陈蕾无奈地笑笑，向欧静儿摆摆手，示意她近前来，在她左耳边轻轻说了一句话，欧静儿脸一红，道：“还是姐姐呢？这么没羞，给当妹妹的说这样的话。”

正说着，赵劲夫手里拿着几张碎纸、两块巴掌大小的木牌走了过来，对两人道：“有什么话是不能讲给我们听的？陈蕾，你做了什么，欧小姐的脸红得像刚染出来的布一样。”

陈蕾笑道：“我刚为静儿介绍了一个男朋友，不信，你问她。”

欧静儿道：“赵老师，昨天晚上和姐姐聊崇祯宝藏的事，听姐姐讲赵老师的英武风采，您说我关心一下清古斋来的客人，满足一个十九岁小姑娘的好奇心，有问题吗？”

赵劲夫一怔，有些摸不着头脑，刚才忙着去洞内看是否遗留了些有价值的文物，不知道陈蕾与欧静儿说了些什么，这会儿听她向陈蕾打听自己的事情，更不便插言，只得道：“热情招待客人当然没问题。等你到了北京，让陈姐姐带着你去台基厂吃李家的烤鸭。”

欧静儿还没有答言，只听得洞内传来大叫，却见周华兴奋地招手，示意三人过去。原来周华的手下在一个分支小洞里，找到了三个金元宝。

周华大声道：“这说明什么？这里果然是圣库宝藏的藏宝之地，都下去，都下去，快点儿给我找。”

周华催促着手下，再次进入各分支小洞，搜寻许久，却再也没有发现新的宝贝，只得承认，这三个金元宝是有人进入藏宝洞，将其搬空时不小心遗留的。

欧静儿道：“周叔叔也不用着急，找到了遗留物，就说明圣库宝藏确有其事，如今再找其他线索就是了。”

周华仍不甘心，再派人仔细搜寻，正安排事宜，只听外面一阵哄闹，守在洞外的两名手下被人用单管猎枪顶着后脑、举着双手走进洞里，一个声音道：“周老板，这里的宝贝你肯定是找不到了。想要找圣库宝藏，大先生让我给几位带句话，想要找宝，大先生有请。”

周华正要发作，一片杂乱的脚步声响起，从洞外涌进来五十多人，人人手持枪棒器械，围住了自己一干人等。

欧静儿见情势不好，两边你争我吵，眼看就要动手，急忙喊道：“大先生让你们来，是叫你们和周先生火并的吗？”

为首之人挥手制止了己方行动，道：“欧小姐客气，我们只是请人，不是来伤人的。再说了，大先生请客，还没听说有请不到的。”

周华盘算形势，眼见对手人数超过己方一倍有余，自己被围在洞中，还不知道外面有多少人，硬拼起来胜算不大，只得吩咐手下停手，去分乘四辆面包车，大先生的手下留下十五人在藏宝洞内翻翻捡捡，其余人上车，三辆车紧逼周华手下一辆车，驶向大先生的会所。

三十分钟后，车辆驶入会所。大先生早早等候在房间，见到周华等一行人，却抢先一步，说声“受惊了”，只将手伸向赵劲夫与陈蕾。周华伸出手来，尴尬地发现大先生握住赵劲夫的手上摇下晃，不由变了脸色。

欧静儿笑道：“大先生，您可真是有了新人忘旧人啊！这才几天工夫，我和周叔叔就不再是府上的座上宾了？”

大先生引赵劲夫、陈蕾入座，把自己肥胖的身体塞进红楠木太师椅中，这才轻哼一声，道：“是不是座上宾，要看你们做了什么事。欧小姐，我虽然未见过欧先生，但也久闻大名，你自己说，你来到南京，我什么时候亏待过你？”

欧静儿还没说话，大先生已手指周华，道：“还有你，周华，你的良心喂狗了？你的生意，我从来不插手，我的生意，倒有三分之一和你合作。钱赚得多，人也傲气了。钱壮胆，如今你的脑子糊涂了，忘记你的钱是怎么来的了，是吧？你现在和欧家人一起来偷我的东西，你说说，你们还算不算我的座上宾？我没有一枪打爆你们两个人的头，已经算是给你们天大的面子了。”

大先生冷若冰霜，周华见事不妙，情知已露底，只得道：“大先生言重了，静儿若在大先生的会所里出了事，虽然欧先生在日本，但他心疼女儿，疼姑娘，找大先生要人……”

周华话犹未了，大先生已将手重重拍在桌子上，大声喝道：“你还有脸拉欧先生替你挡驾？我倒是劝你看清楚了，欧静儿偷我的东西，还有她父亲兜底，最多不过是小孩子家好奇，骂几句，送几件东西赔礼道歉，日本的文物市场庞大，每年的拍卖会上来自中国的好东西不少，欧家还能和我谈谈条件，我还能借此机会和欧家合作。你呢？你有什么？”

欧静儿忙道：“大先生，您这一下把理由全说了，我倒不知道该怎么说了。我要说我是因为年纪小、好奇，条件摆在那里，爸爸答应也得答应，不答应也得答应。我现在就告诉大先生，来之前爸爸就和我说过，饭局事毕，要请大先生去东京详谈合作事宜。对了，爸爸还说，如果大先生感兴趣，代他提一句话，合作公司股份，大先生占六成，他四成。另外，周叔叔和爸爸也是朋友，我来南京也住在他家。我做这事确实和周叔叔无关，是我一个人的主意。大先生，您要是怪罪，就骂我一个人吧。”

大先生道：“我六你四，换你一只手，这笔买卖不错，欧小姐你说，是不是便宜了些？”

欧静儿笑道：“大先生想要我的手，随便拿去。我做错了事，也没必要让爸爸担责。只是到了那会儿，大先生去日本，我可是没机会给您端茶倒水了。周叔叔可是知道，我的茶道那是一绝。”

大先生哈哈大笑，道：“好，那就留着你的一只手，等着喝你的茶。”

见大先生不再似方才生气的模样，欧静儿情知不会再有危险，方道：“大先生，周叔叔……”

听到欧静儿提周华，大先生道：“周华，你请来的人，也算得上有本事，竟然凭着几张残页，找到了圣库宝藏的藏宝洞。”

周华道：“我请的人再聪明，恐怕也是无用。大先生，你早就知道藏宝洞里没宝了吧？你请我们来参加饭局，却拿出假残页，传出去恐怕叫人笑掉大牙。”

大先生哼了一声，道：“我什么时候讲过，残页的内容是李秀成的供词？”

见周华闷声不语，大先生接着道：“欧静儿提出要看我的残页，我当时只知道她手中肯定有残页。明人不做暗事，我发出饭局邀请，讲得非常清楚，各位赴宴，共同挖掘圣库宝藏，我拿出残页，参与饭局的人也要投桃报李，所以我当时并没有怀疑。但当她拿出来时，我就明白了，你们拿的残页和我想要的残页完全是两回事。”

欧静儿笑道：“大先生，那就是您的不对了。您既然看出残页有问题，为什么当时不说出来呢？是要看着我耍小聪明，自己搬石头砸自己的脚？”

大先生也笑了，道：“欧小姐，你既然这么聪明，为什么就没有想到，我当时若揭穿了你，那其他的残页怎么会出现？我知道你手里没有真残页，说出来对我没好处。当时我还想放你一马，毕竟有你老子的面子。但你第二次又假意来，我就知道，你想偷我那张残页。你在周华家，那你的主意，周华必定知道。”他说着看向周华。

见周华在一旁失落又恍然，额冒虚汗，大先生接着道：“这就证明了一件事，欧家和周华是没有我想要的残页的。那其他残页在谁手里？要么是孙老三，要么是薛亮，还有一个刘亦然。”

陈蕾忙问道：“如果是这样，刘亦然并非杀死孙老三的凶手，想必大先生也是清楚的了？”

大先生看着陈蕾道：“你就这么着急替刘亦然洗清嫌疑？”

陈蕾道：“大先生很清楚，我们来南京，为的就是找到杀人凶手，刘亦然是无辜的。只是你没想到我们能找到李秀成的藏宝洞。”

大先生拍手笑道：“不愧是清古斋的人，李秀成供词的残页我曾经研究了许久，也重金聘请一些专家破解，一直没有找到解开秘密的钥匙。后来在香港，偶然买到CC系的机密档案报告残页，上面的内容让我意识到，藏宝洞的金银很可能早已被转移走了。我真是没想到，你们能够破解其中的秘密，找到藏宝洞。这也让我确认了一件事，就是我手中的那份机密档案报告残页，准确性极高。”

说到这里，大先生耐人寻味地看向赵劲夫，又盯着陈蕾，良久不语。

大先生此刻想要什么不言自明，陈蕾心中盘算一番，道：“大先生，现在我们也来了，你手中的残页就请拿出来吧。不过，我有一个条件，找到圣库宝藏之前刘亦然不能死。找到宝藏后，刘亦然一根汗毛不能少，要和我们一起平平安安回北京。”

大先生笑道：“只有这一个条件？好，我答应你。”

说着，他起身转到内屋，出来时手里拿着一个墨色漆盒。他将漆盒放在桌上打开，小心翼翼从中取出四页纸来，摆放在桌上。只见每一页的上半部分字迹清晰，下半部分约40%为油污损害，已经看不清楚了。

大先生手指残页对赵劲夫、陈蕾道：“两位，请吧。耳闻不如目睹，你们既然能找到崇祯宝藏，圣库宝藏就在眼前，要向两位请教了。”

赵劲夫仔细看去，机密档案残页上部，盖有中国国民党中央执行委员会调查统计局南阳区印章，页首写着，“秀成供词劝曾文正公反”。

欧静儿不由问道：“咦，秀成，应该是忠王李秀成了。为什么劝曾国藩反？还有，这不是圣库宝藏的机密档案报告吗？为什么不记宝藏，而写曾国藩？”

赵劲夫笑道：“这份机密档案上面有CC系的印章，说明当时中统的人对圣库宝藏进行了调查。真假有无，暂且不论，首先必须要解决几个问题：第一，有没有宝藏？第二，如果有宝藏，那么宝藏藏在了哪里？第三，宝藏如果确定藏处，那么这笔财富如今是不是还在？有没有被取走？”

欧静儿若有所悟，不由点点头，道：“记录李秀成供词是要确认宝藏是不是真实存在。但李秀成是被俘的将领，一个失败者，他劝曾国藩反？哦，我明白了。”

见周华、大先生茫然不解，再看欧静儿一脸志得意满的样子，赵劲夫不由暗暗称奇，表面上却不动声色，道：“其实，不仅是李秀成，在晚清的一些文献资料中有许多记载，包括曾国藩的部下，均曾劝曾国藩反，比如曾国荃。曾国藩说，朝廷待我兄弟不薄，为什么要反？还有一个记载，说的是曾国藩的学生彭玉麟。彭玉麟当时是安徽巡抚，在湘军打下安庆之后亲自迎接曾国藩，并在曾国藩的船未到之前命一名亲信将手书密函交给曾国藩，信的内容同样是劝进曾国藩：‘东南半壁无主，老帅岂有意乎？’曾国藩看了之后急答道：‘不成话，不成话，雪琴还如此试我，可恶可恶。’随即把信团起来，一口吞下肚去。”

大先生道：“赵教授的意思是说，曾国藩率领湘军屡战屡胜，拥军自重，有意仿效赵匡胤陈桥兵变，黄袍加身？”

赵劲夫道：“这个说法也并非空穴来风。王闿运就曾与文正公密谈，认为清朝统治者已经有忌惮曾国藩的意思，尤其是当时清朝处于崩溃的前夜，曾国藩可取而代之。但曾国藩当时只用手指蘸着茶水，在桌面上指指画画，仔细看，是一个妄想的‘妄’字。当时还有个童谣传言，‘两江总督太细哩，要到金陵作皇帝’。当时的两江总督是谁？正是曾国藩。坊间风言风语，真真假假，清廷不可能没听到。

“更何况，因为当时连年与太平天国作战，国库空虚，十分艰难才攻下了天京。曾国藩以一句‘克服老巢而全无货财，实出微臣意计之外，亦为从来罕闻之事’，便将这泼天的财富抹了个干干净净，任凭哪个皇帝心里都会打鼓。尤其是皇帝连续下旨，命令曾国藩将李秀成解押进京，曾国藩不仅不听旨，反而一刀把李秀成杀了。

“当时流言四起，纷传李秀成假死，献出圣库宝藏，劝反曾国藩，其手下兵士联合湘军，拥立曾国藩为帝。在这种情况下，大清的皇帝怎么可能放心？这才有了僧格林沁派人到天京查探，很明显同治皇帝已不信任曾国藩。尤其是曾国藩打下天京，气势正盛，手下兵多将广，若是得到宝藏起兵，日后的形势还真不好说。”

大先生道：“但曾国藩没有反，这就有意思了。”

赵劲夫道：“清朝皇帝怕的是他反，怎么可能不提前采取措施压制？当时曾国藩的幕府有近五百名幕僚，号称‘神州第一幕府’。清朝官员容闳到安庆求见曾国藩后，直言当时七八省的政权，都在曾国藩的掌握之中，那时清朝南方各省富庶之地，实际掌握兵权、财权、地方政权的，不是清朝皇帝，而是曾国藩。曾国藩的幕僚赵烈文，曾劝曾国藩说朝廷纵虎食人，‘当今之世，王纲倾覆，民生几尽，忠臣腐心，义士切齿’。王闿运更是直接劝曾国藩取而代之，‘及今不取，后必噬脐’。”

欧静儿“哎呀”一声，道：“看来文正公位高身危啊，官当大了也没什么意思！”

赵劲夫叹道：“曾国藩最终并未反清，他为什么不敢？一是湘军十二万余人，其中四万人为浙江巡抚左宗棠控制，三万湘军由江西巡抚沈葆祯管辖，但曾国藩与沈葆祯不和，只有五万人是曾国荃的嫡系。另外，李鸿章虽有七万淮军，但其中有相当多将领原是太平军投诚归顺的，比如程学启、丁汝昌等。曾国藩与太平军久战，杀戮过重，这些人不会支持曾国藩。也就是说，曾国藩若反，未必能赢。另外，湘军打下天京，皇帝先削权，罢免一批与曾国藩亲近的将领，他的亲家广东巡抚郭嵩焘、他的亲兄弟湖北巡抚曾国荃先后被免职。此后曾国藩提拔重用的人，陕西巡抚刘蓉、陕甘总督杨岳斌、直隶总督刘长佑等也先后被革职。尤其是在1868年8月清廷直接将曾国藩调任直隶总督。得知这一消息，曾国藩明知这是调他离开自己的湘军，削其兵权，却也听从命令，前往赴任。”

众人听他这一番详尽的分析都有些入迷，半晌，欧静儿道：“那有没有可能，曾国藩要的是朝廷逼他反，他不得不反，然后才有机会拥兵自立。但朝廷一直没有逼他反，曾国藩也就没有理由去反？”

赵劲夫笑道：“哪怕是曾国藩的部下效仿陈桥兵变，曾国藩无论如何也是不会反的。”

陈蕾想了想，道：“清廷对曾国藩不放心，曾国藩未反，机密档案残页记录这些事，为的是说明一件事，若是曾国藩派人取了圣库宝藏，皇帝非常担心他会拿这笔财富当作争夺天下的资本。而曾国藩没有反，从反面说明，他没有动用这笔巨大的财富，圣库宝藏仍然在。”

欧静儿再看残页第二页、第三页、第四页，只见上面记载皆为曾国藩学道用道之语，不由道：“其他三张残页记载的无非是曾国藩与道家的内容，这倒是奇怪了。”

大先生呵呵冷笑，道：“奇怪吗？我看不奇怪。”

赵劲夫道：“大先生想必也是对这份中统的机密档案下功夫了。依我看，大先生是认为记载的内容，和曾国藩将取走的圣库宝藏的埋藏地有直接关系吧？”

大先生笑道：“中统的人不是傻瓜。他们为什么要调查圣库宝藏？明知道即便找到了，自己也没有命花，因为当时的军统与中统争权夺利非常激烈，中统已逐渐失势，这份档案的最终目的，就是凭借圣库宝藏再获上层青睐。如此重要的机密档案记录，必定没有一个字是废话。曾国藩被推崇为儒家代表，本来和道家没有什么关系，但档案偏偏提起了这么多道家的内容，必定有其作用。可惜的是残页不全。”

赵劲夫拿起残页细看，道：“面对圣库宝藏的巨大财富，要说曾国藩没动过心思，也不太可能。但当时的情景，包括与朝廷的矛盾，使得曾国藩不能把宝藏交出去，所以，把圣库宝藏秘藏，得以善终，若时局有变，或许还有东山再起的机会，无论如何，这都是最好的选择。中统机密档案查实的也正是这件事。正如大先生所说，档案不会记录无用的文字，曾国藩与道家也确实有关联。他在四十九岁那一年，在日记里写道，以庄子之道自怡，以荀子之道自克。无为与自化，这种思想区别于儒家，也是曾国藩内道外儒的一个表现。说起来，这也是上下五千年，所有读书人的一个通病，不得志时往往从老庄道家中获得慰藉。曾国藩成名很晚，他在五十八岁时说过，一生以老庄为体，禹墨为用。”

欧静儿“哟”了一声，一脸崇拜地看向赵劲夫。赵劲夫被她看得有些不自然，将视线转向大先生，道：“曾国藩的同乡，也是他的朋友欧阳兆熊，对曾国藩的评价，或许可以帮助理解曾国藩。他说曾国藩一生凡三变，先研孔孟之道，后习程朱理学，在训练湘军和作战中，为经世致用，又用了法家思想，即‘变而申韩’，后来他回乡丁忧，开始研习《道德经》《老子》等道家著作。可以说正是他思想的各种变化，成就了他的一生。还有曾国藩的弟子黎庶昌也说，曾国藩总督两江的时候，治理采用黄老道家之术。也就是说，曾国藩不仅受儒学影响，而且受道家影响。当然，这肯定不是突然形成的，而是长久以来的士人传统，以道补儒。

“曾国藩自己在家书中说，他的制胜之法，是结硬寨，打呆战。这一点，也正是道家以静制动、以拙胜巧的一个非常明显的措施。尤其是他在五十五岁时总结前半生说，‘尽其在我，听之在天’，这和道家有极大关联。”赵劲夫博闻强记，一时滔滔不绝，不自觉就说多了。

欧静儿越听越精彩，不由拍手鼓掌。陈蕾忙拉了她一把，欧静儿道：“姐姐，我感觉我应该回中国了。”

陈蕾笑道：“嗯，明白，你还要报赵老师的研究生，对吗？”

赵劲夫不由轻咳两声，道：“嗯，这个……”

陈蕾道：“什么这个那个，和静儿开玩笑，赵老师没听出来吗？你还是接着说回曾国藩，那藏宝地怎么样了，大先生猜测与道家有关联，有没有这个可能？”

赵劲夫笑道："嗯，那接着说曾国藩。其实不仅在思想上，生活中的曾国藩同样受道家影响。比如他在同治元年二月二十九日，打金陵时夜不成寐，但在读了魏源的《道德经注》后，一夜安睡。尤其是在两军对垒时，曾国藩也常运用扶乩来预测战事结果。扶乩，正是道家问卜的一种方法，属于道教天人交通术，又名扶鸾。另外，曾国藩在日常生活中，也有信奉道教习俗，比如静坐屏息'行小周天法'，以道家内功治疗眼疾，等等。"

大先生笑道："如此看来，我的猜测还是有几分道理的。"

赵劲夫点点头，道："这几页中统机密档案残页，正是以他的习惯，来推测藏宝地点。那些散失的其他残片，很可能记录着地点所在，只是有些不合常理，以至于中统不得不详加解释。"

大先生笑道："赵教授的解释，消除了我心中的疑虑。在这次南京饭局之前，我曾接过一个电话，说到了残页中藏宝地点的问题，言来语去，和道家有关。那时我手中的残页一多半的内容，都记录的是曾国藩与道家如何，他这么一说，我便知道他有真残页了，便问他有什么交换条件。他说，要做南京饭局。"

陈蕾不由眼神一凛，忙问道："这个人是在饭局之前打来的电话？也就是说，大先生是在和他见了面之后，听从了他的建议，才举办了南京饭局？"

大先生"嗯"了一声，怪异地看着陈蕾，不知她此话何意："我想换作别人，听了他的话也会感兴趣的。他来到会所，一见面并无丝毫隐瞒的意思，直说他手里那份残页共五页，一半污损，其中记录了一些和藏宝地点相关的内容，但只有一半。那时候我便明白了，想要单独集齐残页的可能性不大，只有合作一条路。”

赵劲夫问道：“这个人的名字，大先生知道吗？”

大先生正色道：“赵教授你说笑了，我当然不会拒绝送上门的财富，这么重要的合作，我怎么可能不知道他叫什么？他姓王名未。”

欧静儿大吃一惊，偷偷看一眼陈蕾，只见她脸色恢复如常，只得将话压在心里。

大先生接着道：“当时王未讲，另外两份残页到底在谁手里，现在并不清楚，只能将可能拥有残页的人，一一请到南京。我想他说得对，只不过这样一来，万一有人心生歹念，来个一勺烩，可就无法掌控局面了，所以就提出了试毒菜。我与王未商量赴宴人的名字，将请柬一一发送，最后确定了其中四人，周华、欧家明、薛亮、孙老大。”

赵劲夫不免惊讶，问道：“不是五人吗？难道刚开始的时候刘亦然并不在邀请之列？”

大先生道：“他是在最后时刻，王未在电话里告诉我，才突然被加到邀请名单的。我当时还想，刘亦然是谁？后来一听‘清古斋’三个字，就凭这个，当然可以参加南京饭局。”

陈蕾突然问道：“大先生和王未的约定，发生在孙老大死亡之前还是之后？

大先生想了想，道：“孙老大在香港被杀，应该是在南京饭局发请柬之后。那时候孙老大意外死了，这才不得不换了孙老三来南京参加饭局。”

陈蕾道：“不好，大先生，南京饭局的目的不仅是要残页，还要杀孙老三。”

大先生一怔，沉思片刻，道：“你的意思是说，我的请柬送到香港孙老大处，他手里有一份真残页，并且，很可能是记载着另一半藏宝地点内容的残页。孙老大知道圣库宝藏已经被曾国藩取出来了，这样他在接到邀请时，提出了更高的分成条件。而杀他的人，一下子就明白了，孙老大手中的残页至关重要，所以动了杀心，拿到了残页。”

陈蕾道：“孙老三参加饭局，是为了替大哥报仇。孙老三知道，杀孙老大的人是为了残页，那参加饭局的人当中一定有杀害孙老大的凶手。理由很简单，这些残页只有集全，才能够找到圣库宝藏。他很可能在饭局过程中，发现了杀他大哥的凶手，于是就被杀人灭口了。所以，饭局抢残页只是掩人耳目，杀孙老三才是真。”

大先生想了想，道：“依你的判断，那杀孙氏兄弟的，有可能是谁？”

陈蕾道：“不怕得罪大先生，依我看来，那天晚上唯一有机会杀掉孙老三的，就是你大先生的人。”

大先生哈哈大笑，数名手下立即掏出枪齐齐指向了陈蕾、赵劲夫、欧静儿、周华等人。

大先生喝道："陈蕾，我念在你是清古斋的人，一直待你客气，但你在我的会所里，说我的人杀死了孙老三，分明就是在说我是幕后主使。你将矛头直接对着我，今天要是说不出个一二三来，你的命，就留在这里吧。"

只听"哗啦"一声，子弹顶上膛，手枪对准了陈蕾的额头。

第十三章 孙氏之死

枪响了。

孙老二扣动了扳机，刘亦然甚至能听到撞针“咔嗒”一声，那团烈火燃烧，变幻为枪口喷射的火焰，耳中传来尖利的呼啸声，“砰”的一声，快速射出枪膛的子弹在空气中激荡，震得耳膜嗡嗡直响，汹涌的火药味道，犹如波浪一般，向着刘亦然的鼻翼猛扑过来。

淡蓝色的烟雾散去，孙老二哈哈大笑，看了一眼仍在冒烟的枪口，轻轻一吹，吹散了飘荡在空气里的火药味道。他对刘亦然道：“好小子，胆子比天还要大。要不是我把枪口抬高了半寸，子弹擦着你的头发射了过去，你的脑袋就得有个洞。你就不怕我一枪打死你？”

刘亦然擦了擦额上的汗，道：“不怕是假的，但我相信一件事，我活着比死了对你的价值更大。”

孙老二向前走近一步，绕着刘亦然踱步，一双眼睛如同打开保险的雷明顿双管猎枪，上上下下打量着眼前这个怕死却选择不躲避的人。他走到刘亦然身后，右手放在刘亦然左肩膀上，刚刚击发的枪管，隐隐散发着高热，孙老二的鼻子猛烈抽动，仿佛要从刘亦然身上找到令他兴奋的气味。突然，他将枪管指向刘亦然的左耳，道："刘亦然，你猜猜，这一次，我的手还会不会抬高半寸？"

刘亦然道："你有时间吓唬人，还不如早一些告诉我，孙老大手里的那张残页到底是怎么来的。找到了残页的来源，或许能够早一天抓到凶手。到那个时候，你再把手枪对准他，岂不比对着我好玩？"

孙老二重重地拍了一下刘亦然的肩膀，脚步移动，将手枪沿着刘亦然的头，从左耳慢慢地向前方划动，直至枪口对准刘亦然的眉心。他歪着脑袋，看着刘亦然的眼睛，然后一步步后退五步远，站定脚步，昂起头哈哈怪笑，又忽然停住，目露凶光，道："你真以为今天能够活着出去？在这一眼看不到岸的公海上，把你扔下去，海里到处都是鲨鱼，只怕是连骨头也找不到。"

刘亦然径直走到房间的窗户边上，看向窗外蓝色的海面。眼前是看不到岸边的海，四下瞭望，也无船只航行，仅有几只海鸥，不时跃过海面。他转身，再走回到孙老二面前，道："我看清了，也吓坏了，但我打赌今天会平平安安走出去。"

孙老二看着刘亦然的眼睛，盯了片刻，突然嘴角上翘，哈哈大笑，一拳打向刘亦然的胸膛，道："不愧是清古斋的人，临危不惧，也不怪你们这一门昌盛三百余年。"

刘亦然闻言不由心中一动，还没有说话，只见孙老二将手枪一抛，扔给了手下，一把搂过刘亦然的肩膀，晃了两下，将刘亦然拽到淡黄色的真皮沙发上，又招呼着薛亮。三人落座，手下开了一瓶法国皇家礼炮，又取了些碎冰放入三只玻璃花酒杯，孙老二举杯，向刘亦然、薛亮示意，一口入喉，才道："大哥取到残页，当时看起来并没有什么，吃我们这行饭的人手里过的东西多，一份中统时期的机密档案，一半的字还看不清。"

刘亦然摇晃着酒杯，轻轻抿了一口，道："一半的字看不清，那也是一笔巨大的财富，每一个字都价值不菲。你不想要？"

孙老二笑道："圣库宝藏的财富谁不想要？那可是金银如海的宝藏。"

刘亦然一边将玻璃花酒杯拿在手里把玩，一边问道："残页是买来的？"

孙老二呵呵怪笑道："在你看来，是不是孙家只会抢人家东西？大哥手里的残页，是有人拿到船上以五万港币的价格卖给他的。来源并不复杂，后来大哥派人去调查过，卖的人是古董街上的摊贩，拿到残页后本以为能够看出些什么，可左看右看，除了佩服中统的钢笔字写得漂亮，也看不出来其他了。大哥以为是一件没什么大不了的东西，直接扔进抽屉里，没当回事。"

刘亦然道："你们没想着去找其他残页？"

孙老二放下酒杯，手下赶忙又倒酒。孙老二端起酒杯，摇晃着杯中酒液，眉头紧皱，道："奇怪就奇怪在这儿。我们没去找，却有人主动找上门来。这人看上去五十多岁，文质彬彬的，手里拿着洪先生的名片。洪先生介绍来的人，我们还是要给面子的。也就是在这个房间里，大哥和我接待了他。我们没有多想，以为不过是来船上看货的。他却告诉大哥，他手里有一笔泼天的财富，可以买上千艘古董船。干了这一票，我们就可以退休了。”

薛亮一口将酒饮尽，道：“这人倒真是会挑起你们的兴趣。”

孙老二示意手下为薛亮添酒，道：“不仅如此，他还答应大哥，只要我们合作寻找圣库宝藏，他的老板手中有一份残页，大哥手中有一份残页，可以此为钓饵做一个局，引出其他的两份来。但他提出的条件非常苛刻，做局是他们老板提出的，所以圣库宝藏的金银，他们老板要拿大份。”

刘亦然问道：“做局？难道他是在找你们协商不成，才去南京找的大先生？”

孙老二点点头，道：“那个人说得明白，只要合作，这个局将以镇库钱、砝码等文物为主，以证明圣库宝藏为真，包括宝藏的来源，大约多少金银，一环扣着一环，目的就是让人相信，圣库宝藏只有四份残页聚集才可能挖掘。每个拿到残页的人想独自行动，就要面对两败俱伤的结局，这笔大财富将永远也不会有露天的时候。”

薛亮道：“他倒是说了句实话，你们孙老大不做，他还是做成了。”

孙老二举起酒杯，与薛亮碰了碰，叹道：“他答应只要合作，就可以付给我们两成的利润。但我大哥是宁做鸡头也不愿做凤尾的人，当惯主角的人，被别人捏在手里，自己当个配角？这种事大哥做不了。我大哥提出，要是在香港设局，他要做东道，取得圣库宝藏，要拿四成。”

薛亮笑了笑，没有答话。

孙老二瞪着他道：“薛亮，你这是瞧不起我大哥的意思？”

薛亮道：“哪里敢？四成的利润，我觉得少了。他只是出个主意，设个局，就要当东道。用你孙家的人，坐你孙家的船，就这么点儿利润还不想让出来，也算是不知道香港孙老大的脾气了。”

孙老二叹了口气，道：“你不用冷嘲热讽。你说的话再对，话真伤人，我听着也不会开心。虽然我大哥就是死在了最要不得的脾气上。”说着端起酒杯，一饮而尽。

沉默了半晌，他方才接着道：“有大哥在，没我说话的份儿。那人说了，不管多少钱，有命花才是真的。我听话里的意思不对劲，就知道里面肯定还有其他的事。果不其然，那人又接着说，盯上这宗财富的人有的是，劝大哥想好了。”

薛亮道：“想必孙老大一听此话就炸毛了吧？”

孙老二苦笑道：“大哥不听我劝，那人又说，圣库宝藏的事成了，大哥将成为他家老板在东南亚地区的合伙人，并且说，在世界各地挖掘宝藏文物，可比在公海上造假走私更挣钱，一起合作更可以进入内地的寻宝市场，那可是无边的财富。”

薛亮道：“依孙老大的脾气，别人老大他老二，他是宁死不干的。他们家老板真是误判了孙家。”

孙老二道：“大哥说的话，现在想来埋下了祸根。他说，什么人挣什么钱，公海上逍遥快活。那人走了，我劝大哥要小心。大哥不听，这件事过去了一个来月，我都已经淡忘了此事。那一次，我去泰国谈一桩生意，还没回香港，就听到了大哥被杀的消息，残页也不见了。但你要说是那人所为，一点儿证据也没有，实力不够，我们只好暗暗查访。南京饭局邀请一到，我当时就判断，凶手手里必有残页，一定也会参加。本来我要去，可与泰国的生意正在紧要关头，一时脱不开身，只好派老三去，我告诉他要小心，就算是看到谁是凶手，也不能声张。”

刘亦然突然道：“你不杀我，是想我替你找到凶手？”

孙老二笑道：“我不杀你，还答应放你回内地，连麒麟瓶都让你带回去，你以为是你本事大？就凭你不怕死，枪在你脑袋上顶着眼睛都不眨一下？你这种人我见得多了，你要是以为独一无二，可就真想错了。”

薛亮意味深长地点点头，对刘亦然道：“孙家老二不杀你，还真是因为从目前情况来看，只有你刘亦然能够为他孙家报仇。”

刘亦然道：“这恐怕和你救我的原因相同吧？”

薛亮道：“你是清古斋的女婿，和清古斋所在派系作对的人，三百多年来，哪怕是王公贵胄，也没一个有好下场。”

看刘亦然一脸茫然的神色，薛亮笑道：“看起来你还是没搞清楚，你准备娶的女人有一个什么样的家族，对不对？你怎么就不想想，南京如此重要的饭局，参加者均为行里响当当的人物，却对你一个刚刚辞职的前记者下了请柬？”

刘亦然看向薛亮，嘴似乎动了一下，最终还是默不作声，薛亮接着道：“清古斋1910年谷雨日开张，买卖古玩有一个规矩，一个月三十天，一天收一件，卖一件，要收、卖第二件，对不起，明天再来。刘亦然，你想没想过，京城老字号，哪一家是陈玉清这样做买卖的？为什么清古斋每收、卖一件，都是难得一见的珍古宝器？再有，那些权势熏天的人物，各界朝贺珍品文玩字画，十之八九出自清古斋。京城上百家古董生意人，为什么只有清古斋有这些珍品？”

刘亦然道：“坐商生意，开门迎客，有好东西，也不是稀奇的事。”

薛亮呵呵一笑，道：“江湖上都说清古斋的买卖，不是卖，而是在守宝，清古斋守的是什么宝？还有，哪一家古玩店和清古斋做买卖一样奇怪，古玩仓库每年必着一场大火？火烧着了，清古斋的东家还带着伙计，安置高方桌，拽过条凳子坐在火场，沏着茶看火灾玩？那些都是避人耳目的把戏，江湖上都知道，那是寻仇的人来了。”

薛亮说至此处，刘亦然突然想起，那次他与陈蕾前往江西万安村时，陈蕾对他说过的话：她学的丹青功夫，在三百多年前一直就有。陈家属于七个家族之一，各掌握一门技艺，不可私相传授，违者群起攻之，难说没有灭族之祸，因此这才各方保持了平衡。

陈蕾同样提到了护宝一说，但为什么护宝、保护的是谁的宝藏，并没有详细告知。陈蕾提到了七个家族，七门绝技具体都是什么，现在已经没有人知道了。

他只了解到，清古斋陈家，祖先供职于明朝司礼监，妙手幻天，称为幻门。其后人开设清古斋。还有一门精通堪舆之术，称为天门，也就是江西李家，在崇祯宝藏事件中为救陈蕾死在洞中的李小军，正是天门的后人。

薛亮道："自从清古斋关张，陈家人隐于世间，谁都不知道去了哪里，若非崇祯宝藏一事幻门后人重出江湖，这个行当里的人都以为陈家已绝，再也见不到传说中的妙手幻天了。那可是七门之中，最令人震惊的绝技，一手丹青，摹假描真，冠绝天下。从明朝第八位皇帝明宪宗朱见深开始，陈家深受皇恩，七门之中也以幻门为长。这七个家族，据说受明神宗朱翊钧之命，从各司抽调后成立御金卫，列在皇帝亲军二十六卫之锦衣卫亲军指挥使司，却不受锦衣卫指挥使管辖，直接听命于皇帝，王公贵胄也得忌惮几分，崇祯皇帝试图用以东山再起的宝藏，就是命御金卫七家族秘藏的。

"刘亦然，你现在知道了吧，为什么南京饭局中，你一个无名小辈，却堂而皇之地坐在饭局中。那不是对你客气，那是对你身后的清古斋幻门陈家客气。"

孙老二道："那人的背景，我们也做过调查。他一提到东南亚挖宝，我们当时能想到的，不是你薛亮，而是陆珍记陆先生。近年来他开拓内地市场，影响力越来越大，大哥当时不同意，也不全是为了多分圣库宝藏，而是孙氏兄弟的实力无法和陆珍记抗衡。在一个人的实力远远超过你的时候，却来找你合作，很大可能你会替人背锅。”

薛亮噫了一声，道：“看起来孙家老大也是粗中有细的人，陆先生真是一个可怕的对手。”

说着，他若有所思地看向刘亦然，刘亦然明白，在亡灵村追杀他们的人，正是陆先生所派。

孙老二冷笑道：“更何况拿到了圣库宝藏，能分多少，不是靠口头承诺，而是靠实力。孙家的实力在香港，圣库宝藏在内地，他为什么不找内地人合作，偏偏找到了远在香港的孙家，在香港以大哥的名义设局？大哥看不透，又不能示弱，显得孙氏兄弟无实力接下圣库宝藏似的，只好以提高分成的方式，希望对方知难而退。”

刘亦然道：“可是，你们也没想到，孙老大被暗杀了。”

孙老二牙关紧咬，双眼似喷出怒火，竭力控制情绪，半晌方道：“大哥被暗杀，残页也不见了，老三气急，要去报仇。我的第一个反应，这是陆珍记在逼孙家入局。但我们接到了南京饭局的邀请，说明大先生认为残页仍然在孙氏兄弟手中，那么杀人者就不一定是陆珍记了，或者另有其人。

“无论是谁，找到残页，也就找到了杀人凶手，老三这才去了南京饭局。但他在饭局当夜被杀，我这才意识到，对方下手凶残，心思巧妙，自从大哥买到残页的消息被探知后，这个一石二鸟的局便设下了：第一，借此消灭孙家，占据孙家在香港地下文物市场的份额；第二，借势夺得圣库宝藏。”

孙老二拿起法国皇家礼炮，将酒水倒入两只酒杯，端起一杯递给刘亦然，正色道：“我知道老三很可能不是你刘亦然杀的，但你是唯一可能与对方抗衡的人，毕竟，没什么人愿意与清古斋为敌，哪怕是他陆先生也一样。交上了手，也得掂量掂量，这个曾直接听命于皇帝的御金卫，虽然过去三百多年了，手段还是令人胆寒。1912年的东阳殿事件，1925年的玉鲤争夺事件，种种桩桩惨烈如昨，七家族的手段，尤其是幻门，至今在行里人的记忆中还消散不去。我们这个交易很公平，你说呢，刘先生？”

刘亦然还没有说话，薛亮已拍手笑道：“好一个交易！借助清古斋的力量，不管是谁杀了孙家兄弟，孙家的仇必报无疑。如果凶手为陆珍记指使，说不准就此吞下了陆珍记的地盘，自此切入东南亚地区的挖掘寻宝生意也不是没有可能。果然打得一手好算盘啊。”

孙老二不客气地道：“薛亮，你这是怪这笔交易没把你带上吗？”

“要命的交易，我向来没兴趣。只是……”薛亮道，他颇有深意地看着刘亦然，“有了今天的命，才能算明天的账，不公平，还是不公平。”

“公平，向来要分场合、时间和地点。在孙家的船上妄谈公平，咱们现在还没有资格。别忘了，孙家给清古斋面子，可未必给薛老板面子，外面的鲨鱼还在这艘船附近游来游去，等着有人掉下去当食物。”刘亦然笑道，他转向孙老二，“但是，今天这笔交易，我只答应一件事，找到杀人凶手，洗脱我身上的污名。其他的事情，孙家的恩怨由孙家来解决。”

孙老二大笑道：“也好，你如果找到了正主，孙家的恩怨就交由孙家来解决，与你没关系。不过，你们要想找圣库宝藏，也离不开我。看在金银如海的分上，我这条信息拿十成中的一成，也不算过分吧？”

薛亮道：“这件事的后面还不知道要牵扯到谁，现在就分账，早了些吧？万一有命拿钱，无命享受，咱们的算盘可就都打错喽。”

孙老二被薛亮一句话逼住，又不好发作，不由脖子上暴起青筋，冷笑道：“薛亮，你是看准了今天刘亦然和你绑在了一起，无论说什么，我也会放你们走？”

薛亮道：“刘亦然欠我一条命，你要是把我丢到海里喂鲨鱼，也行，我薛亮也就三条船，条条比你的船大，虽然比不上陆珍记，也算是有点儿小名气。把我扔下海里，你猜猜看，我能不能游到三百海里外那艘最近的探宝船上？”

孙老二哈哈大笑，道：“薛亮，不愧是CC系的后人。你的手段我也听说过，不过我没想到，连威胁我，你都说得这么婉转。”

薛亮也笑道：“我是在替你着想，你却误解了我。你想想，刘亦然算半个清古斋的人，你把宝押在他身上，我是担心你用尽了心思拾柴烧火，却失了煮饭的锅灶。以现在的情势谈分成，还为时过早。先找到凶手才是最急迫的事。难道孙家两条人命摆在那里，你孙家老二不先想报仇，却想先拿银子？”

孙老二沉思片刻，道：“刘亦然，我会告诉你一个信息。不过，在此之前我想要确定一件事。”

薛亮道：“看来你还是不放心。要我说，你有时间怀疑，还不如想想怎么替大哥、三弟报仇。”

孙老二并不理睬薛亮，眼睛紧紧盯着刘亦然，道：“你说自己被点穴，据我所知，会这手功夫的人并不多见。你怎么证明？”

刘亦然道：“也好，既然如此，你就借我几个手下，我们再现当时饭局的场景，由你自己来判断我有没有机会杀死孙老三。”

说着，他站起身来，孙老二示意两名手下迅速搬来一张大圆桌，六把椅子。刘亦然安排孙老二坐在当晚孙老三的位置，他的上首是周华，顺时针方向，分别是欧静儿、薛亮、刘亦然、马卫，每一个人的身后侍立着一名服务员。

那一双银筷，摆在参与饭局的每个人面前。入门处左转角是酒柜，摆放酒具、餐具，银筷自在其间。房间四面青砖镂空，安装十二面雕花木窗。

刘亦然对孙老二道：“你记清了位置，现在，灯光突然暗了。”

房间内的灯光突灭，瞬间舱内陷入一片黑暗，十五秒后，灯光再度亮起。孙老二道：“不用再复原了，从理论上来讲，算上站在后面的服务员、从外面冲进来的人，能够动手的至少有五人，如果是个高手，十五秒的时间足够杀一个人了。你坐在斜对面，可能性并不是太大。”

薛亮对孙老二道：“现在你明白了对手有多么狡诈，不借助清古斋，你的胜算有多大？”

孙老二沉默半晌，道：“大哥死的那天，本是与朋友约好去湘云餐厅吃饭的，席间他去卫生间，他的保镖就在卫生间外等候，半天不见出来，急忙进去看时大哥已经晕倒在地，第一时间送医院，也还是没救回来。医生开出的死亡证明中，写了一个症状：心脏瞬间有大量血液涌入，受到挤压，心腔内压骤然升高，致使心脏破裂死亡。我当时就很奇怪，大哥的身体一向很好，怎么会有心脏病？”

薛亮问道：“你怀疑点住致命穴道，是你大哥的死亡主因？”

孙老二点了点头，道：“当时请了香港的武术名家刘其亮亲自检察了大哥的遗体，认定是点中极泉穴、天池穴两处穴道，极泉穴控制心脏往全身供血，天池穴则是通路，穴道被点后血液由全身向心脏涌去，又被截住出路，瞬间造成心脏破裂。”

薛亮哟了一声，心中一动，看向刘亦然。

孙老二重重叹口气，道：“我大哥本以为自己抽离这场局就可以了，谁知对方一再逼孙家入局。也罢，既然如此，鹿死谁手，还不一定。”说着他看向刘亦然，“我大哥自从得到中统局的机密档案，要说对圣库宝藏没有贪心，谁也不信，他也在四下暗暗调查，并查访到一件事，那就是李秀成自供还有第四个版本。”

薛亮笑道：“老二，我泼你一碗冷水，要说其他信息我还相信，你要说李秀成供词，不仅是四个版本，只要你愿意找，增增删删，市面上怕不是要找到上百个版本了。”

孙老二冷笑道：“薛亮，你说的上百个版本，无非来自同一个源头，安庆本。1864年的安庆本，由曾国藩在安庆刊印之后，送交军机处。第二个版本，是蒋梦麟在1936年根据九如堂本影印发行的。1962年《李秀成亲供手迹》由世界书局影印出版，上面有曾国藩用红笔增加和修正的痕迹，还使用红色括号，标明删除的供词内容。是为第三个版本。但是，你们有没有想过，这些市面上的李秀成供词是由谁来抄写的？”

刘亦然道：“你说的第四个版本，是由曾国藩……”

薛亮摇摇头，打断刘亦然的话，道：“我也找了很多资料，李秀成供词自写，曾国藩再三删改，哪里有什么第四个版本？”

刘亦然笑道：“薛老板，你说得太早了。几万字的内容，曾国藩一个人删改？”

薛亮一怔，突然拍了一下额头，道：“哎呀，大意了。他的幕僚。孙家老二，你快说，这第四个李秀成供词的版本，中统的机密档案上面怎么说？”

孙老二嘴角向上扯动，瞧着薛亮道：“那份机密档案，大哥曾给我们兄弟都看过。我记得非常清楚，上面记载着曾国藩下了命令，李秀成的供词分作八九人缮写、删改润色，共写了一百三十页，每页二百一十六字，装成一本。

“中统的档案记载，此版本由参与此事的幕僚所写的本子集合起来，其中一个叫李成俊的幕僚，博闻强记，深感事情重大，因为删改李供，隐瞒圣库宝藏，还有劝进密反，如果以后朝廷怪罪起来，会有抄家灭族之祸，于是他秘密抄留了一份，当作护身符，万一事发败露，还有回旋余地。而且，他不仅有李供，更记录了曾国藩天京之战后的事情。清人张廷居的著作《鹤居斋杂录》中就记录了此事，而这个记录，涉及一些奇怪的描述，比如城破当日，曾国藩取军士两百人，这两百人去做了什么，李成俊的本子中记载，与圣库宝藏有关。”

薛亮道：“记载了有什么用？那份中统的档案，又不在你手中。”

孙老二笑道：“这份档案虽不在手中，但我知道李成俊的那个本子藏在什么地方。大哥去世前早就放出风声，凡是与圣库宝藏有关的信息，都要高价收购。大哥去世之后，我放在古董街的眼线通报，有一家古董店的老板，据说手里有关于宝藏的消息，开价三万港元，卖的正是李成俊的集子。我当时就想到了中统机密档案中的记载，只是三弟出事，泰国的生意也出事，乱成一锅粥，一时没工夫去打理此事。薛亮、刘亦然，你们说，这算不算个值钱的信息？去一趟，说不定有收获。”

薛亮与刘亦然对视，彼此心照不宣，双方随即约定，孙老二命人取出两件云鹤八卦麒麟瓶，交给刘亦然、薛亮带走，并派游艇将两人送往码头。两人随后到了薛亮合伙人的古董店铺，刘亦然与洪爷商量，将麒麟瓶送往亡灵村，自然会得到族长重谢。洪爷自知亡灵村名号，此次又是将失却的麒麟瓶送回，有的是好处，于是满口答应。薛亮再问孙老二提到的古董店，以打听虚实，洪爷先将圣保罗医院派人送来的解药交与薛亮，薛亮大喜，与刘亦然分别喝下，解了毒菜之毒，又将解药带上两份备用。

洪爷道：“这个事我听说过，不仅是我听说过，荷李活道、摩罗街的生意人，几乎人人都知道。不过，他不是在卖集子，而是卖一个消息。你们要是有兴趣，咱们这就走一趟。”

一个消息三万港币，刘亦然心中疑惑，这明显与孙老二所说不符。薛亮想了想，道：“孙老二有诈，不过，我们不妨走一趟。这就叫明知山有虎，偏向虎山行。”

洪爷一个电话打过去，问明了那人在店内，就关店门引刘亦然和薛亮前往古董店。走路不过五分钟左右，三人进入一家店，那家店主早已在等候。

果然是一个消息，薛亮还价一万港币，这才被告知，李成俊的集子在安罗市吉柳村老宅藏书楼。付了钱，薛亮问道：“钱入你的口袋，别人也抢不走了，给句实话，李成俊的集子是怎么回事？孙老二说，集子在你这里，你却说，只有集子在吉柳村藏书楼的消息。”

那家店主收钱后很得意，道：“文物有真伪，消息也有真假。干这行的人，卖消息，卖古董，都是一样的行情规矩。你要信，古董就是真的；你要是不信，这消息就是假的。孙老二说的话，自然也有真有假，他信了，这消息就是真的。至于你信不信，就是你们自己的事了。”

薛亮与刘亦然闻言大笑，不得不承认店主说得有理，一万元买的消息，你信就值。随后，薛亮与刘亦然离了古董店，前往香港机场，定妥前往安罗市的机票。当天晚上十一点两人平安到达安罗市，先在附近找了家酒店歇息，找了出租车约定第二天早七点半来接，前往吉柳村李成俊藏书楼。

李成俊，咸丰二年会试恩科，殿试中高居二甲第三十二名进士，先入翰林院，成为庶吉士，后入曾国藩幕府，成为曾亲近幕僚跟随年久，告老还乡后回到吉柳村。出租车司机提起李成俊，只知是当地的一个名人，返乡后盖起李宅，如今虽有一人看守老宅，却已然是破败了。再问司机其他事宜，也说不出个所以然。

刘亦然见薛亮终于不再问了，才道：“薛老板，这时候你应该告诉我一件事了。”

薛亮呵呵笑道：“我就想看看你什么时候会问，还是憋不住了吧？你想问之前我说的那个要见面的人是谁，对吧？他叫王未。说来惭愧，我至今没有见过他。他在我参加饭局前打过来一个电话，说有一个叫刘亦然的人，会帮我取得圣库宝藏，只是，此行危险，要保障你的安全。”

刘亦然也笑了，道：“你多心了，我本来问的是李成俊集子的事，孙老二说有，店家说没有，你也认为这里面有诈，有不对劲的地方，本来我以为孙老二是要引我们前往吉柳村，那里一定有东西，现在既然你提到了王未，那就说一说吧。像薛老板这样的人，相信一个陌生人的话，看来他是提供了一些信息让你不得不相信他了。”

薛亮不由大笑，直至笑出眼泪，道：“自9月3日晚上从南京饭局逃出来，同生同死，到今天9月7日，满打满算也有五天了。我们两个到现在还是彼此防备、试探。你说说，究竟要到什么时候，你才能相信我？”

刘亦然见薛亮点破自己的心思，不免有些尴尬，索性道：“你只有一颗脑袋，我也不例外。事涉生死，你什么时候放下戒备开始相信我了，我们才能坦诚相待，那时才是坐在一起品酒聊天的时候。”

薛亮道：“也好，杀人凶手、圣库宝藏找到的那一天，我们两个人的信任才能建立起来。不过，我相信有一天，我们两个会喝着美酒，畅谈友情。先说王未，我之所以相信他，是因为他说出了一个只有拿到残页的人才知道的信息，中统的机密档案中提到了庞际云、赵烈文、李成俊等七八位幕僚誊抄的李秀成供词。”

刘亦然道：“王未看到的残页，会不会就是孙老大手中的残页？”

薛亮道：“现在看来，应该是孙老大手中的残页，那时却并不知道。你去找王希贤之后，我随即与他通了电话。他告诉我的消息，和后来孙老二在公海船上说的相差无几。我之前三番五次试图激怒孙老二，那是因为王未说了，孙老二一定会和我们合作。甚至在那通电话里，他就说了一个地名：吉柳村。这就是我为什么会说孙老二有诈的原因，孙老二知道是一个消息，却故意模糊了信息。”

刘亦然想了想，道：“王未看到了至少两份残页？”

薛亮点点头，道：“最起码，王未和孙家三兄弟并不陌生。同时，他知道南京饭局要发生的事。或许，孙老大的死也与他有关。”

正说着，出租车缓缓停驶，前方正是吉柳村李成俊藏书楼。薛亮支付了车资，与刘亦然步行向前，只见院墙青砖宽厚结实，有两处院墙年久无修，早已倒塌，院内两棵枣树之间系着一条麻绳，上面搭晾着些衣物。

两人绕了一圈，找到门洞，半扇门歪立，侧身而入，过了一进院，前后皆无人，招呼两声也不见人回应。两人再到后进院，便看见藏书楼了。此处门窗歪斜，屋内空空落落，墙根地上的青砖间散着些空心麦秆，自是为了防止潮气。屋内早已无书，墙角蛛网遍布，不见当年盛景。

刘亦然不免感慨，任你万千豪富，在岁月流逝中，不过一堆瓦砾，片许村中老人口中的往事而已。

正自忖度伤感，突听薛亮“哎呀”一声大叫，只见三条身影不知从何处袭来，手拿明晃晃的尖刀，话无一句，直接照着薛亮身上招呼。刘亦然还没反应过来，眼前寒光一闪，他本能地身体后仰，躲过一刺，身体瞬间失去平衡，紧接着后背被人猛推一掌，身体前倾，一个踉跄，差点儿栽倒在地上。

还没有等他站稳身体，左右两只胳膊便被四只手紧紧压住，一把尖刀贴在了他的咽喉上，一个声音道：“我们等了一天，钓的就是你们。既然如此，孙老三的命就有个交代了。”

突然，薛亮大喝一声：“王未，你再不出手，老子的命就没了。”

啪啪几声，只听惨叫连连，刘亦然再看时，旁边地上躺着三条大汉，左右挣扎，哎哟声不断，他眼前出现了一个身影，与另一人扭打在一起。当刘亦然看清了面前究竟是何人时，不由大叫一声：“是你！”

他胸中似有千言万语，沉甸甸地挂在心头，一时又说不出来，鼻端酸楚，双眼不由潮湿起来。

刘亦然怎么也没想到，王未，竟然是他。

第十四章 笔记破局

大先生大惊失色，他没想到，陈蕾将杀死孙老三的凶手主谋，指向了他。

空气似乎凝固了，周华急忙道：“陈小姐，这件事可不能妄加猜测。大先生是杀死孙老三的幕后指使？你的指控太严重了，等于是告诉大家，南京饭局从一开始就是一个谎言，所有参与饭局的人，都是大先生砧板上的鱼肉。这要流传出去，大先生的信用垮塌，生意可就全完了。谁还会和一个设下骗局杀死客人的人交往呢？”

周华每说出一个字，房间里的空气似乎便被冻结一分。欧静儿显然没料到事情竟然发展到如此境地，她看到大先生怒气冲冲，手下十数支枪指向陈蕾，一时不知该如何劝解。

赵劲夫向前一步，与陈蕾并肩，对大先生道：“杀一个人好杀，子弹打出去就行了，但再想救活，那可就难如上青天了。大先生，陈蕾的话还没讲完，不如听她讲清楚，再来决定如何？”

大先生冷笑道："你读了那么多书，难道就没有听过一句俗话，什么叫枪打出头鸟？你可别做出头鸟。"

陈蕾缓缓道："大先生是个讲道理的人，我说得不对，你再杀我不迟。我说对了，那大先生还将枪口对着我，就是敌我不分了。"

大先生怒极反笑，道："清古斋就算是有天大的面子，如果你今天说得不在理，那也得把命留在南京。我就不信了，七大家族的幻门陈家，还能把我怎么样了。"

陈蕾正色道："一人做事一人当，我的事，我来担当。但大先生今天执意不听我讲，那我今天做个哑巴，只不过，大先生永远也不会知道真相，你的命也随时操控在别人手里。"

见陈蕾话中有话，欧静儿忙道："大先生，姐姐不是妄言的人，她这么说，一定有她的道理。还请大先生消消火，您倒没有什么，可您的手下拿着枪，如果急着要为您出气，万一手一抖，枪走了火，那可算谁的事呢？"

欧静儿连说带笑，十余名手下看着大先生，一时不知道该怎么办。欧静儿见情势稍缓，几步走到大先生身边，撒娇似的用右手盖在了大先生的手枪上，一边将枪口慢慢地压低，一边道："大先生，我长到十九岁，爸爸可从来没教过我打枪。我可不想第一次听见枪声，眼前就见了血。"

大先生也听出了陈蕾的话中颇有意味，但情势紧逼，自己也不能示弱。欧静儿将手枪枪口压下，大先生便也顺水推舟，枪口不再指向陈蕾，那十余名手下也就势将枪口垂下。

欧静儿道：“姐姐说大先生的性命捏在别人手里，我怎么听不明白？姐姐还是快快说一说，要是讲不清楚，大先生可就夜夜失眠喽。”

大先生哼了一声，但被欧静儿的话激在那里，又不便发火。全场人的目光都盯在陈蕾身上，只听她道：“大先生，我先请教一件事，听说南京饭局的举办地，是一个非常奇特的地下溶洞改建的高级会所，这家地下会所是哪一家公司承建？什么时候开业的？大先生都请谁来过？”

大先生想了想，道：“溶洞是两年半以前无意中发现的，准备作为第二期私家会所使用。施工方是我自己的公司，走批件、设计图纸等，两年左右才完工。这里初时不对外开放，只预备接待和公司有业务往来的贵宾，南京饭局是第一次正式使用。”

陈蕾道：“南京饭局设在地下溶洞高级会所，第一次使用，也就意味着不熟悉地下溶洞环境的人，没有得到许可的人，根本不了解地下的情况，更无法进入溶洞会所。能够杀死孙老三并抢走了残页的人，最起码需要满足以上条件。也就是说，大先生，你身边有内奸。”

大先生眉头紧锁，道：“这句话，你说清楚了。”看陈蕾不言语，只看着四周，大先生手一挥，众手下逐一退去，室内只留陈、赵、欧、周四人。

大先生坐回圆桌，拿着两把手枪，一把指向周华，一把指向陈蕾，示意其他人站在一边，对陈蕾道：“有什么话都说出来，我身边有内奸，你觉得会是谁？”

陈蕾道：“大先生，我们从头开始梳理一遍，更容易将内奸挖出来。先请教，在南京饭局召开的那一天，为何作为主人的大先生没有出席？”

大先生沉思片刻，看了看周华、欧静儿，有些迟疑。欧静儿何等聪明，马上意识到其中有戏，道：“大先生，您放心，今天在这里听到的话，我只带耳朵，不带嘴。”

周华也点点头，道：“静儿的话，也代表我的意思。今天大先生所说的，也不会从我这里泄露出去。”

大先生呵呵一笑，道：“那天我去见了一个人，这个人我不得不见。实际上，举办南京饭局也是他的主意。那是大概一个半月之前，我刚从香港得到了中统机密档案的残页，看到其中记载的圣库宝藏的秘密后，内心兴奋不已。但我只拿到了其中的一部分，其余的部分我到处打探，没有下落。正一筹莫展的时候，我在8月份接到一个电话，那人提到了另一份中统机密档案，我立时约他在南京相见。见面之后我这才知道，这个人的背后是陆珍记，在东南亚寻宝领域颇有实力。他向我提了一个建议，不仅仅是合作找到圣库宝藏，还要和我联手，一起开拓内地的寻宝业务市场。我早就听说过，在欧美等国，公司可以合法经营私人寻宝、挖掘宝藏的业务，挖到的宝藏或文物，也可以在国际文物市场上流通，这样的生意一本万利。”

周华不由道："原来南京饭局的背后还有这样的交易。你今日不说，我只怕还蒙在鼓里。"

大先生道："这次的南京饭局，如果孙老三没被杀，若是寻到圣库宝藏，那参加饭局的人也会有机会参与股份。这也正是那人转述的陆珍记所提的建议。不仅如此，那人交给我一份名单，上面有三十七个人的名字。他说，其他的中统残页大概率在这些人手中。我一看名单，有几人估计不是，于是商讨着换了五人，总数仍保持三十七人。至于怎么从这些人中找到真正的残页持有者，他甚至提出了具体计策，在南京地下溶洞会所开设饭局，知会所有参加者，饭局将提供圣库宝藏的线索，四件文物，其中便有事关宝藏机密的残页。但为了证明参与者的诚意，每个参与者都将吃下毒菜。"

赵劲夫惊呼一声，看向陈蕾道："毒菜？亦然看来是真的吃下去了。"

陈蕾神色一变，却没有说话，听大先生接着道："他说，敢品尝毒菜的人，手中必有残页。那么，到时我们合作寻宝，约定分成比例，取得圣库宝藏之后分配就可以了。更加诱人的前景是，参与者既然能找到宝藏，就此合作开设内地第一家寻宝公司，这可是一笔合法的生意，古董行里的人，都会想插一脚。

"但就在饭局开设的当天下午，我接到了那人的电话，说陆珍记在上海，想约见我，具体谈一谈合作寻宝公司的事情。这样的机会，我没有理由不去。毕竟，圣库宝藏虽然号称金银如海，但只是一宗宝藏。中国大地宝藏众多，深埋在地下、海中的不可计数，如果能够搭上陆珍记这条大船，那对于我而言，利益自然是远超南京饭局。”

陈蕾道：“既然如此，南京饭局的事情大先生委托给了谁？”

大先生道：“饭局的主持，我在去往上海之前，临时交代给了马卫。他自二十一岁跟随于我，至今也有十来年了，办事心细，一些事情交给他我也放心。”

陈蕾想了想，道：“大先生，那南京饭局之后，马卫去了哪里？”

“你怀疑他？这不可能。他不会武功，怎么可能杀得了孙老三？更何况，孙老三死后，不管是不是刘亦然杀的，我都要给孙家一个交代。把刘亦然、薛亮抓回来的事，我交给马卫负责。”大先生说着停了一下，沉思片刻，又道，“你是说，马卫隐瞒了一些事情？”

陈蕾道：“现在还不能确定。只不过我想再请教一件事，自从孙老三被杀之后，大先生是不是还丢了什么东西？”

大先生道：“丢东西？我能丢什么东西？”

陈蕾道：“还是请大先生找一找哪些东西不见了。”

大先生将信将疑，唤来四名手下，每人持枪，对准赵、陈、欧、周四人，自己站起身来，走进内室。片刻工夫，他一脸阴沉地走出来，手中捧着三个蓝色的档案盒，“啪”的一声扔在桌上，道：“陈小姐，你长了第三只眼？让你猜对了，还真丢了一份东西，庞际云的笔记。”

周华眼睛一亮，道：“你竟然得到了庞际云的笔记？”

大先生道：“怎么，就只有你能四处搜集，我就不能收购？”

周华笑道：“哪里哪里，大先生神通，连曾国藩最亲近的幕僚庞际云的笔记都找得到，难怪内奸要动手去偷了。我倒是听说过，当时曾国藩曾派幕僚庞际云问李秀成一个至关重要的问题：‘城中窖金银，能指出数处否？’争夺天京圣库宝藏财富，是当时清廷和曾国藩的重要矛盾，李秀成供词如此重要，庞际云将那些问辞和答辞另装成卷，即《李秀成自述别录》。”

欧静儿瞪大了双眼，道：“周叔叔，您还留着一手啊？”

周华没有理睬欧静儿，接着对大先生道：“这是李秀成供词之外的录供，据说里面记载着李秀成答辞中关于藏宝地的重要信息。现在宝藏不见了，庞际云的笔记也不见了，也就意味着偷的人认为，庞际云参与了取宝，信息记在了他的笔记里。大先生，看来陈蕾说得没错，你的会所里肯定有内奸。”

赵劲夫道：“大先生先别不高兴，我认为周华讲得确实有些道理，内奸拿走了庞际云的笔记，只有一个理由，他认为笔记中记载了一些重要内容。只是不知道，大先生买到笔记是在取得机密档案残页之后，还是在此之前？”

周华不由问道：“这有什么区别？

赵劲夫笑道：“这里面的区别可大了。如果大先生是在取得档案残页之后买的庞际云笔记，那在明明知道圣库宝藏已被取走的情况下，为什么还要买？残页信息不全，也就意味着圣库宝藏只是一场空，但残页中的内容，显示了中统调查圣库宝藏的思路和手段，曾国藩的家书、日记、书札之外，还有一条路，就是找到参与此事的曾国藩幕僚的笔记或家书、书札，以及有关的一切内容。而庞际云笔记，显然是其中之一。大先生丢了庞际云笔记，这说明那个人在抢到南京饭局残页之后，也没得到全部信息。内奸冒了风险偷东西，是在按照中统局确认圣库宝藏被取走之后寻找新的藏宝地的方法，来确定最终的藏宝地。”

大先生不由笑道：“赵教授，我要是早些遇到你，那可就真是省大事了。不瞒你说，还真是如此。不仅是我，凡是拿到残页的人，在分析内容时都会意识到中统的调查手段，一方面寻找其他残页，一方面寻找参与此事的曾国藩幕僚的笔记、书札，换谁都会这么做。你既然猜到了，那么，不如我们合作，我把所有的档案都给你看，你要是找出来了，陈小姐该感谢你。她就算是说错了话，有赵教授的功劳，我也不会怪她。”

见大先生将陈蕾的命与解开圣库宝藏的秘密连在一起，威胁赵劲夫，欧静儿忙道：“哟，大先生，这样好吗？万一赵老师没有解开秘密，那姐姐还活不了啦？”

赵劲夫笑道：“大先生真是高看我，陈蕾的猜测没错，内奸偷走了笔记，按理说她应该安全了，但你现在又把她的命和我联系起来，大先生的算盘也打得太细了吧？”

大先生只是冷笑，不置可否，冷眼看着眼前四人。

欧静儿双手把三盒档案推向桌子中央，看着其余四人道：“大先生啊，庞际云笔记被偷走了，您也说过，对手按照中统的方法有可能确定藏宝地。我们还是不要互相威胁了，再这么内斗下去，其他人可就破解了笔记了。”

见大先生仍然一副不听人言的样子，欧静儿只好看向周华，道：“据我所知，参与此事的曾国藩亲近幕僚，不仅有庞际云，还有赵烈文、李鸿裔、李成俊等至少七八人，爸爸的手中有一些，周叔叔的手中也有一些，大先生也把自己的拿出来，赵教授既然在这里，大家共同破解最终的藏宝地，岂不是更好？”

欧静儿说完，见周华还在犹豫，又道：“周叔叔，你在此之前根本不知道中统残页的存在，还一直在李秀成供词上打转转，现在有了这么好的机会，这也是你能够参与圣库宝藏最好的机会。同样的机会，也摆在我们欧家面前，我相信，爸爸是不会拒绝的。”

说着，不等周华回应，她对大先生道：“我现在就给爸爸打电话，让他把那些内容传真过来。”

陈蕾道：“静儿，告诉你父亲，也不用所有内容，按照中统机密档案的思路，凡是和天京城破之后曾国藩行程有关的记录，以及与圣库宝藏有关的内容，传真过来即可。”

欧静儿笑道：“还是姐姐心细。大先生，我能不能借用一下电话？”

见大先生仍在犹豫，她又催促道：“您可想好了，拿到庞际云笔记的人也在破解其中的秘密呢！时间可不等人。再说了，您不就是想借此逼着我把圣库宝藏有关的信息全拿出来吗？现在不仅是欧家，还有周叔叔，您的目的超额达到了，再这样下去，就真没什么意思了。”

大先生见欧静儿识破自己心中所想，没再说什么，安排手下接来一台电话、一台传真机，摆在了桌上。欧静儿当场拨通国际长途，简单说明了南京的情况，欧家明当即赞同，并向大先生表达了照顾女儿的感谢之意，然后挂了电话。

周华见状，只得点头同意，离席去取相关笔记书札。赵劲夫随即开始翻看三个档案盒，并嘱咐欧静儿、陈蕾等人只看档案中和宝藏有关的内容。

大先生从中抽出五卷笔记，建议赵劲夫从此看起，道：“重金难寻之物，必有道理。你别小看这本赵烈文的笔记，我拿到的是日记稿本。说起来，这本笔记出自赵烈文的后人，在抗日战争爆发之后，他们去上海避难，那时候连饭都吃不上了，不得不以五百元的价格卖了出去，几经辗转，后来被当时汪精卫的内政部长陈群买到，据说手抄一份送给了汪精卫，原本藏在他的南京泽存书库。日本投降之后，陈群自杀了，这本日记稿本被运往我国台湾地区，1964年在台湾地区影印出版。但我手中的这本赵烈文《能静居日记》，不是影印版，而是陈群手抄送给汪精卫的版本，原汁原味。”

欧静儿道：“我早就听爸爸说过，赵烈文的《能静居日记》，有三种版本，一是台北学生书局影印的原稿本，另一个是清稿本，还有一个就是汪精卫手中的陈群版本。爸爸也曾四处寻找，高价收购，没想到在大先生手里。”

赵劲夫道：“这本原稿既然早就在手中，大先生必然已经看过了。据你看，哪些地方有可疑之处？”

大先生手持其中一卷，翻至一处折角页，指着上面的文字，道：“天京城破的当天，城门一开，抢财物是肯定的了。赵烈文在十六日记道，‘傍晚闻各军入城后，贪掠夺，颇乱伍。余又见中军各勇留营者皆去搜刮，甚至各棚厮役皆去，担负相属于道’。二十二日日记又记，‘武葆初来，言城中遍掘坟墓求金’。率湘军攻破天京的主帅曾国荃，早就知道圣库宝藏，曾国藩有军令，明令严禁城破寻金，但曾国荃在城破之后并不制止兵士去哄抢城中富户。曾家兄弟治军从严，令出即行，现在出尔反尔，这倒是奇怪。”

赵劲夫沉思片刻，道：“这个版本的赵烈文笔记中，有没有记载着往城外运送金银的内容？”

大先生翻至数页，道：“赵烈文在二十三日的日记中写明，‘计破城后，精壮长毛除抗拒时被斩杀外，其余死者寥寥，大半为兵勇扛抬什物出城，或引各勇挖窖，得后即行纵放。城上四面缒下老广贼匪不知若干，其老弱本地人民不能挑担，又无窖可挖者，尽遭杀死’。赵教授，这些内容，你看有没有什么蹊跷？”

赵劲夫暗自思忖，眉头紧皱，半晌方道：“圣库宝藏数量巨大，无论是谁取得宝藏，都不可能在南京城内埋藏，只有运出城去。城中富户的财富是散财，圣库宝藏的财富，则是成建制运送，那么必然会引起人的注意，所以最好的方法，是制造混乱，避人耳目，夹杂着出城。

“赵烈文记载湘军让太平军指引藏物之所在，并让他们挖掘出财物，挑担送物出城，回报是免死。也就是说，当时有非常多的人把金银运送出城，要的正是趁乱而出的效果。”

大先生点点头，道：“赵教授说得有理，在我收集到的其他人的笔记中，由多处可以看到，天京早在城破前一直流传城内藏有圣库宝藏。这一点赵烈文在笔记中也有记载。[1]对应曾国藩向朝廷上的奏折，有意将圣库金银充作军饷，可见当时赵烈文的日记可信。城破之后，湘军入城哄抢财物出城者无数，盛传这只是为掩护圣库宝藏出城的障眼法。”

欧静儿道：“在曾国藩的幕僚中，参与删改李秀成供词的人除了赵烈文，还有庞际云、周郎山等六七人。爸爸说过，这些人的笔记彼此印证，还是能够说明一些问题的。我记得其中赵烈文的《能静居日记》同治三年六月二十日记着一件事，当天晚上，赵烈文和周郎山去见了李秀成，日记里记与李秀成‘相谈良久’。

1　赵烈文笔记中写道：“见七月十一日廷寄，内称，请饬曾国藩等勉益加勉，力图久大之规，并粤逆所掳金银，悉运至金陵，请令查明报部备拨等语。曾国藩以儒臣从戎，历年最久，战功最多，自能慎终如始，永保勋名。……至国家命将出师，拯民水火，岂为征利之图。惟用兵久，帑项早虚，兵民交困，若如该御史所奏，金陵积有巨款，自系各省膏脂，仍以继各路兵饷赈济之用，于国于民，均有裨益。”

“爸爸当时说，这三个人谈了什么？为何不是曾国荃去亲讯？前次是赵烈文一个人见了李秀成，这次是赵烈文和周郎山两个人去，清人张廷居《鹤居斋杂录》记周郎山言，‘忧事不密，言辞甚多，恐误传尔。实则忠王言关系重大，彼此互托’。不能不说，这就是有些交谈内容非同小可，彼此监督的意思了。这个周郎山精通风水阵法，据说曾国藩每逢大事，都会让周郎山卜卦，一算吉凶。杂录里记载了他的笔记书札，只是未曾见过。”

大先生点头称是，道：“这份赵烈文手稿中记载，曾国藩在六月二十三日从安庆来到南京，当时就带着专办文牍公事的幕僚。赵烈文在日记中说，来的人文笔流转，长于作奏。也就是说，曾国藩把抓住李秀成看作一件大事，但也并不避讳让身边最亲近的幕僚知道，甚至让幕僚参与了此事。

“曾国藩的幕僚们，比如庞际云、李鸿裔等人，在曾国藩的日记中，也是两人‘奉委会鞫’忠王李秀成。那时候，曾国藩前后六次分别安排手下心腹幕僚，参与了李秀成供词删改，并将圣库宝藏取走、重新另选地点埋藏等事。欧静儿提到的《鹤居斋杂录》，据说记载曾国藩幕僚李成俊的笔记，甚至将他亲自参与的整个过程记述成文。只是没见到李成俊的原稿，不知道传言是真是假了。”

正说着，只听传真机响，机器转动，一页页纸开始打印，欧家的传真到了。欧静儿忙上前一一检视，将那些与宝藏、曾国藩有关的内容均以圆圈提示，请大先生、赵劲夫等细看，专一挑拣自己从未见过的内容。

赵劲夫看到其中一条，欧静儿父亲在李成俊的笔记相关内容旁边，画了一个大大的问号：六月二十七日，曾国藩外出消失一整天，去做了什么？

庞际云的笔记中提到讯问李秀成“城中窖金银，能指出数处否”，当时还有另一个人，曾国藩的幕僚李鸿裔也参与讯问，他在笔记中记李秀成指出数处，曾国藩闻之，连夜亲讯李秀成。第二天，曾国藩召幕僚同游玄武湖，外出一天，只见其船，不见其人。

欧静儿道：“有没有可能是曾国藩亲自看了圣库宝藏，此后便有了转移藏银的举动？”

只听周华的声音道：“静儿，你的猜测，答案在这个人的杂录当中。”

众人转头一看，周华手中提着一个尺余长的牛皮小箱走了过来，他打开皮箱，将里面的十数册书籍小心翼翼地取出，一一摆放在桌上。

大先生神情激动，双手拿起《李成俊嘉宅别录》，道：“这就是中统机密档案残页中提到的李成俊的笔记了，没想到是在你周华的手中。”

周华道：“李成俊这本别录，我翻看了不下十遍，没看出有什么稀奇的地方。里面记录的事情，从李成俊家世如何，到作为曾国藩的幕僚与太平军作战、攻克天京等，后随曾国藩进京，还包括自夸强闻博记，也确实提到了曾国藩删改李秀成的供词，隐瞒圣库宝藏，还有劝进密反。因怕朝廷追究，于是他秘密抄留了一份当作护身符，以便万一有一天事情败露了，还有回旋余地。我看来看去，也没有找到删改前的李秀成供词。”

大先生摇了摇头，笑道：“周华，这就是我们的区别了。你还在李秀成的供词中打转转，我早已获得了中统的机密档案，知道圣库宝藏已被取出。知道干我们这行当，最值钱的是什么吗？掌握的信息不同。你眼里看到的是李秀成供词中那些被删改的宝藏，中统局的那些特务，看到的是李成俊的嘉宅别录中不仅有李供，更有天京之战后李成俊记录的曾国藩行事，都有详细记录。你睁大眼睛仔细瞧，如果你早知道宝藏已取出，再看李成俊记录的这条内容，会怎么理解？”

众人看向大先生手中的《李成俊嘉宅别录》，只见上面写道：“总督与属下同游玄武湖，分乘两船，身怠神懒，留船荡漾，同僚自去。”

大先生接着道：“听说孙老大在死之前早就放出风声，愿出高价，搜罗一切与圣库宝藏有关的消息。当时我就猜测，十有八九，他手里有一份中统的残页。随后不久，就有消息传到我的耳朵里，香港荷李活道一家古董店老板手里，有一本《李成俊嘉宅别录》的集子。后来才知道卖的是消息，等我赶到李家老宅吉柳村时，集子早已被人买走了。现在看来，是被你周华买到手了，可惜了，你不知道中统残页的存在。我告诉你，李成俊所记的曾国藩与包括他在内的众多幕僚同游，却一直没见到他人，这明显就是打了个幌子，曾国藩在不在那条船上都是个问题。若是不在那条船上，曾国藩去了哪里？”

周华手握金砖，却一直找错了方向，被大先生几句话说得脸上一阵红，一阵白，正欲张口反驳几句，又寻思无从下手，犹豫间，只听赵劲夫道：“大先生，我知道答案。”

只见赵劲夫手里拿着一册卷本，正是清人张廷居的《鹤居斋杂录》：“这本书，在周先生派包不年去京城找我，我在图书馆查询李秀成供词相关资料时，一本清人笔记中曾提到过，说李秀成供词曾国藩作伪，后幕僚李成俊亲记其事，惜别录未见其踪。现在看来，周先生手中有两本至关重要的书，却一直没看到它们真正的价值。”

闻听此言，大先生脸色一变，放下《李成俊嘉宅别录》，双手竟有些颤抖，示意赵劲夫将《鹤居斋杂录》交给他。

赵劲夫笑道：“大先生看到这本书如此激动，看来我是猜对了。中统的机密档案中，曾经提到了张廷居的杂录？”

大先生几乎是抢夺一般，将赵劲夫手中的杂录掠在手里，匆匆翻阅，看定其中一页，又拿起《李成俊嘉宅别录》，再拿起散落在桌上的其他数本书籍，七八本书反复对照，越看呼吸竟急促起来，额头上的汗珠越来越密。终于他叹一口气，抬起头来道：“你们看看吧，中统残页里提到的这几本书，我相信与藏宝有关，却一直没想明白为什么。现在，这一切都清楚了，原因就在这里。”

清人张廷居的《鹤居斋杂录》中，详细记载着一件事：在攻克天京后，赵烈文、李成俊等人，都接到曾国藩派人传达的口头通知，总督和幕府部分同僚明日同游玄武湖。

《鹤居斋杂录》记：“文正公出督署，至江宁将军处，将军何言诺诺，文正公入府即离。至玄武湖边，众人等候良久。船长九尺，每船可坐三人。文正公独坐，顶有篷，布幔两侧，众人分乘良船。船出三里，游览寸许，文正公微恙，归船歇息。主将不在，众人无趣，绕湖一周即回。岸边未见文正公行船，众皆纳罕，沿湖遍寻，湖湾处停泊。船前立两名随从，言文正公歇息，公可自便。众至照忠祠，赵烈文、李成俊等三人以公事告假，至晚方回。又有一事，当日城外两百军士，近千百姓赶牲驾车，车驮重物，多言夺圣库金银，城外藏之。”

众人看罢，欧静儿道：“真是一个有意思的记录，曾国藩和下属去玄武湖边游玩，却先跑到江宁将军府，去和一位下属报了个到，然后才出发。这分明是故作迷阵嘛。曾国藩坐在一只船里，其他人分别乘坐另外几艘船，但是一路游来玩去，曾国藩这个邀请下属、同僚游玩的主人，却一直躲在船里不露面。没有人看到他，也就是他在众人眼前消失了。

“在同一天，有两百军士押着近千名天京城内的老百姓，里面疑似金银，出了城不见了。这言来语去，暗示把圣库宝藏运出了城外。”

大先生拍了拍额头，似乎想起一事，道：“在天京城破之后，御史贾铎就上了一道奏折，请皇帝下圣旨，命令曾国藩查明太平天国的圣库金银，向户部一一列明报备，一切花销，都应由皇上来批准。这一手非常狠，等于给了皇帝一个借口，我不想找你要洪秀全的金银，但下面的御史不干。曾国藩这时候的反应，在他的家书、日记，以及清人所记载的笔记，幕僚的记述中都有体现，承认有圣库金银，但是对不起，不见了。”

欧静儿笑道：“朝廷肯定不相信曾国藩的解释，但湘军当时攻下了天京，劝他反的风声不断，皇帝不能翻脸。这份清人的笔记中还记，六月二十九日皇帝下圣旨明令曾国藩将李秀成、洪仁达押解来京，七月初六，曾国藩收到圣旨当天就把李秀成杀了，到了七月二十日才向皇帝上了一道奏折，说在初十才收到圣旨。笔记又说，这四天内，天京城内金银尽被掠夺一空。看来曾国藩取走了圣库宝藏，在当时已经是风声四起了。”

大先生道：“《鹤居斋杂录》中也记录了此事。这份杂录与其他笔记、别录一一对比，中统的人肯定是发现了什么。赵教授，现在解开谜底的钥匙都摆在你面前了。”

赵劲夫紧锁眉头，并没有理会大先生等人的话，他将三十余卷笔记、别录等一一排列，桌面上放不下，就放在地上，一卷书翻至某页，另一卷书翻至另一页，渐渐地在地上铺排开来。众人看着赵劲夫不断调换着地面上书卷的顺序，终于，那些书卷依次列开，赵劲夫向大先生要来一幅南京地图，手指在地图上移动。

大先生、周华眼中似要喷出火来，紧盯着赵劲夫，似乎赵劲夫的嘴，便是打开圣库宝藏的通路。

突然，赵劲夫右手食指停在了地图左上角，大声道：“我明白了，圣库宝藏的藏宝地就在这里。”

第十五章
金银如海

就是在这里，吉柳村，刘亦然完全没想到，本应在崇祯藏宝洞内为救陈蕾被地下暗河激流卷走丧生的人，正与一人你来我往以命相搏。李小军！

三个回合下来，那人露出破绽，李小军左脚飞起，正中那人胸膛，那人一个踉跄，后退几步，喊了一声，“招子厉害，飞了”，四个人连滚带爬，向村外逃去。

李小军追了几步，这才回转身，笑模笑样地看向刘亦然。

刘亦然平息着激动，对薛亮道：“你说的王未，就是他？”

薛亮眼睛瞪得犹如铜铃，看着刘亦然奇怪的样子，道：“不是他，还有谁？要不是他告诉我，孙老二与人做了一笔交易，目的是送你来吉柳村再杀掉你，隐瞒有人杀了孙老三的事，抢走我的残页，我敢这么冒冒失失前来？”

刘亦然手指着李小军道：“他还说了什么？”

薛亮道：“王未还告诉我，只有冒险来吉柳村，才能够查到杀害孙老三的凶手，跟着被抢的残页，找到幕后主使。”

李小军笑着看看刘亦然，再看看薛亮，道：“薛总，你手里只有一份残页，其他三份，你得到的机会微乎其微。我建议你假装听信孙老二的话，故意让对方抢走残页，刘亦然与你的生命安全，有我在，出不了事。他们得到了全部四份档案残页，自然会带着我们去圣库宝藏的藏宝地。”

薛亮点点头，也笑起来，道：“不错不错，只是苦了刘亦然，哎，你这下看清楚了，那个幕后主使追的是我手中的残页，你只是一个钓饵。”

李小军道：“赶快先上车，跟着他们走。有什么话车上说。”

刘亦然一肚子的话憋在心里，和薛亮跟着李小军快步走向村外，拨开一堆玉米秸秆，里面隐藏着一台桑塔纳轿车。打开车门，李小军坐在驾驶位置，待刘亦然和薛亮一前一后坐稳，转动车钥匙，发动汽车急驶向公路。

车辆平稳地行驶，并没有加速追赶。薛亮忍不住问道：“王未，刘亦然叫你李小军，这是怎么回事？既然是追，你这为什么开得比三轮车也快不了多少？还有，你怎么知道他们四个人去了何处？”

李小军笑道：“他们抢走了残页不假，但你要给他们破解的时间，我们去得早了，反而打草惊蛇。至于说他们去了哪里，我心里是有谱的，你把心好好地放在肚子里。接下来，刘亦然，你有什么话，憋了这么长时间，都说出来吧。”

刘亦然在后视镜中看着李小军，一字一句地问道：“你什么时候改名叫王未了？”

李小军笑道：“你和赵劲夫两个人，我就单单佩服你。问得巧妙，你知道了我叫王未的原因，也就知道我为什么还活着了。不过，在回答你的问题之前，我倒是想问一件事，你为什么要来南京，参加一场有可能会死的饭局？”

刘亦然深吸一口气，看了看李小军，见他手把着方向盘，一路操作车辆前行，脸上平静如常，并没有见到自己的激动，不由心中五味杂陈：直到看见你，我才明白，原来你是在赌一把。你在赌我有多爱陈蕾，因为你知道，我对陈蕾爱得越深，你为救陈蕾而死，我就会对你的愧疚之心越加深重。为救陈蕾而死的人，应该是我，而不是你李小军。

当时他接到电话，听到一个粗哑的声音说：“要知道李小军是死是活，来南京。”当时他非常震惊。那次崇祯藏宝洞内搏杀，李小军被地下暗河冲走，生不见人，死不见尸，电话里却又说得死活两可，这句话透露出来的信息，让自己无论如何都要去看一看。就算是死了，也要找到尸骨，送回江西万安村，才不负他舍命救出陈蕾的情义。

现在想来，电话那一头就是李小军。

他整理思绪，道：“当时你故意变了声音，也怪不得我问你李小军的尸骨在哪儿，只听到一句回答，‘你怎么知道李小军死了’，也正是这句话，让我下定决心到南京，参加地下溶洞饭局，不惜吃下毒菜。那时我认为，你十之八九没有死。找到你，也算是对陈蕾有个交代了。”

李小军默然不语，只听刘亦然叹了一口气，接着道：“也不必瞒你，因为你的死，我与陈蕾之间一直无法再像过去那样相处。你为了陈蕾挡住危险，死在了洞里，她是我生死相伴的人，我在那个时刻却没能力救她，这就像一根刺，扎在了我们两个人心里。每天晚上，我都会想，李小军是用一条命，换了你所深爱的人一条命。而偏偏正是你李小军，与陈蕾定了娃娃亲。”

刘亦然突然住口，努力平抑着内心的激动，缓了缓才接着道：“我一听到电话里提到李小军生死未定，当时第一反应就是，终于有一个机会，有一个向你李小军还命的机会。我宁愿把命还给你，也不愿意看着陈蕾日渐消瘦，更不愿意因为你为救陈蕾放弃了自己生命这件事，而埋葬了我与陈蕾的感情。她虽然不说，但我能够体会到，自从你死之后，她对我的爱有了犹豫。那是种隔了一层纱的爱，明明看得到，却永远触摸不到内心最深处的真实，是最为折磨人的一种感情。南京饭局，就算是吃下毒菜，我死了，那也没什么大不了，只不过以我一条命，还了你李小军一条命，我和陈蕾自此不再欠你任何情分了。”

薛亮一直在静静听着，此时忍不住道：“哟，王未，不，李小军，没想到你们之间竟然还有如此不可思议的过往。这下子我明白了，你为什么要我保护刘亦然。刘亦然，我也明白了，你为什么要来南京，参加一场明知会死的饭局了。”

李小军没有答话，薛亮、刘亦然也没有说话，驾驶室内传来轮胎摩擦柏油马路的声音。前面出现了一辆北京吉普车，时速不过六十公里，李小军猛踩油门加速，打出超车信号，轻转方向盘按响了喇叭。

桑塔纳车提速，超越了吉普车，李小军驾驶车辆回到行车道，才道："我那次本来应该死，实话实说，我也做好了必死的准备。为了陈蕾，那时候我觉得这辈子值了。"

他心里一时间也有千言万语：那样活下去，太痛苦了。只不过因为时间，就差那么一点点时间，陈蕾爱上的是你，而不是我。对于我来说，我不承认输给了你。

那天，他是抱着必死的心，就算是成全自己了。既然喜欢，却又得不到，有什么意思？不如成全他们，自己活着对刘亦然和陈蕾都是一种折磨。

他当时拖着王也，紧紧锁死他的身体，王也喊道："李小军，你再不放手，我们两个都会死。"他从那声音中听出了恐惧。王也怕死，但自己不怕。他看了一眼刘亦然，刘亦然正奋力向她游过去。他最后看了一眼陈蕾，陈蕾的眼神中第一次流露出对自己的关心。"就为那一刻吧！"他脑子里只有一个想法，为了那一眼，就算是死，也值了。

他平缓了声音，道："当时水流太急，我拖着王也本来没有生还的可能，但是不知过了多久，我醒了过来，看到了林静怡和姜丰。"

薛亮“嘿”了一声，不由高声道：“你小子，既然对爱一个人心灰意冷，却又救了她，能活却偏偏要死，太复杂的情感了。行，我算是佩服你。但你既然活下来了，为什么不回家？”

李小军道：“那次的事后，只有我一个人活下来了，林静怡告诉我，我父亲，还有其他几个人，尸骨无存。姜丰派人沿着暗河水流找了三天三夜，一无所获。我能活下来，实属幸运。那时父亲也死了，陈蕾与刘亦然劫后余生，我一时心冷难热，再也不愿意见人，就在姜丰和林静怡家里调养身体，姜丰每天劝我想开点。快半个月时，林静怡突然告诉我说，不如帮她做件事，一来报答救命之恩，二来也为我娘积攒一笔养老钱。我本来打算入山访道，自此入了空门，但林静怡夫妇说得也有理，给我娘留一笔钱，日后也有个照应。”

薛亮道：“这样说起来，你也算是个孝子。只是，到底还是年轻。林静怡让你办的事，肯定是和圣库宝藏有关了？”

李小军道：“刘亦然，你还记不记得，那时我们去找林静怡夫妇，那一天他们两个单独把我叫到房间里？”

刘亦然点点头，道：“那时我和赵劲夫还奇怪，这么多人，为什么单单叫你一个人，你们此前并不相识，有什么好聊的？”

李小军道：“你还记不记得，第一次见到我时我在做什么？”

刘亦然的脑海中浮现出那天的情景，江西万安村，一个身穿白色丝绸制衣衫，脚蹬一双黑色胶底布鞋，二十多岁的年轻人，在院子里奇怪地走动，飘逸如仙，以丁字步站位起始，出脚先左后右，步法如同锯齿。

思绪翻转，刘亦然讶然道：“十方飞天神王罡步？”

李小军道：“没错，罡步。林静怡夫妇正是听到我会走罡步、谈道家，所以才请我去他的书房攀谈。姜丰说，他们手里刚刚收到一份秘件，里面提到了罡步、道家阵法等，他们一时不了解说的是什么，看到我对道家十分熟悉，问我是否可以帮他们取得宝藏，并且特意说明，这是一笔比崇祯宝藏多十倍的大财富。若是取得宝藏，我可以得到十分之一，价值远远超过这次所得。”

李小军的话，让记忆里那一晚在林静怡夫妇家发生的事情在脑海中再次浮现。刘亦然不由想起，正是他的那句话，让姜丰提出了问题。当时李小军正在和陈蕾说话，他不得不承认，当时心里突然有了一股醋意，他道：“李小军，你就不要只和陈蕾说，你和大家说说。我这才发现，你对道教也是非常了解和精通的。怪不得你那一天走罡步呢。”

现在回想，那时候姜丰的表情，应该是一种意外。他紧接着便问刘亦然谁会走罡步。当时李小军只说自己是走着玩，锻炼身体，也没什么精深的研究。

刘亦然想起来了，姜丰听到李小军的话，仔细打量了几眼，又问了李小军几句和道家有关的话。刀相派的吴心刚倒是看出来了，姜丰是在试探李小军。吴心刚当时还说，他倒是听闻过罡步，然后直接将怀疑说了出来：姜丰当时让李小军去讲八卦瓶这事没那么简单。刘亦然记得吴心刚的那句话：“你要是想试李小军，能不能抽个时间、换个地点，别让像我这样不懂的人，跟着一块儿心里起急行吗？”

姜丰当时大笑道：“吴总，你既然话已挑明，我们也明人不做暗事。我们确实有事，想试一试小军。如若可行，还想请小军帮忙，但我们相请之事，倒真与崇祯藏宝没有任何关系。”

吴心刚当时就说，还是把精力都放在崇祯藏宝上，“除非，你想请李小军帮忙的事，价值远远超过崇祯藏宝”。

记忆里抽丝剥茧，往事一幕幕出现在眼前，刘亦然沉声问道：“难道说，那时候你就知道圣库宝藏的事？”

薛亮听到此处，也不由惊讶：“那么大一笔宝藏，你都没答应，你这小子，倒是娃娃亲对你的吸引力大。这个陈蕾也不知长成什么模样，不过看你宁愿为了她去死，你这小子倒是痴情。再多钱，也分不了你的心。”

李小军脸一红，没有搭理薛亮，接着道：“那天在房间里，林静怡倒也坦诚，她直接告诉我，明天会有一个非常重要的人来，希望我能留下来。姜丰说，崇祯宝藏此行危险，王也、王峰两个人明显有问题，这两个人隐瞒了许多事，只是时间短，暂时也没套出什么有价值的信息。林静怡夫妇说过，那么多人里面，要我小心的正是这两个人，后来的事实证明，他们的判断正确。

“第二天，我们一行人去寻找崇祯宝藏，林静怡夫妇等待那个人，后来才知道，叫陆珍记，他从香港来内地，带给夫妇两人的礼物，正是那份中统局关于圣库宝藏的机密档案。我为报答救命之恩，按照林静怡夫妇的安排，来到香港听从陆珍记的指示，找到了孙老大，借他在香港组一个局，钓出其他残页。但孙老大拒绝了，并告诉我，第二次拒绝了你们，不希望有第三次，我当时就感觉有些奇怪。陆珍记的人要我干掉孙老大，我告诉了林静怡夫妇。姜丰说，若是我不愿意，可以直接回来。在我离开的第二天，孙老大莫名其妙地死了。紧接着林静怡夫妇委托我与大先生接触，准备南京地下溶洞饭局。我发现自己的一举一动已经被人盯上了，当时就意识到，这个饭局极为危险。”

刘亦然微皱眉头，想起在香港古董船上的事情，道：“也就是说你去见孙老大时，陆珍记已与他接触过。”

李小军道：“在我刚刚被林静怡夫妇救起静养的那段时间，我担心母亲，委托林静怡派人去江西万安村看望。现在他们为了宝藏不惜杀人，我拒绝了他们的提议便被监视，当时便意识到母亲处于危险之中。我从香港赶回内地，到万安后却看到母亲躺在医院里，得了一场怪病，后来林静怡夫妇派人送来一针特效药，打下去母亲的病就好了。这让我明白，林静怡有能力杀死母亲，却还不杀，意思很清楚，我的生死操控在她的手里。这是力量强大的展示，有时候比杀死一个人威力更大。

“那时我毫无办法，一个人不可能斗得过他们，所以我只提了一个条件，我不会为他们杀人，其他的事都可以，姜丰答应了。我知道眼下做也得做，不做也得做，否则只有死路一条，我独力难支，想要从局中逃出来，只能找人帮忙。当时我第一个想到的就是你，还有陈蕾、赵劲夫，再借助大先生、欧静儿、薛亮等人。所以我只好化名王未，借用你们的力量，才能破得了林静怡夫妇的局。”

薛亮道：“怪不得你要我派四个懂格斗的人去万安守着，收到你的信息，就把你母亲接出来，原来是这样。”

刘亦然想了想，道：“小军，你帮助林静怡夫妇做了什么？”

李小军脸上露出笑容，却又叹道：“他们一直没有为难我，是因为在中统的机密档案残页中，记载着圣库宝藏最终埋藏地的信息。林静怡夫妇知道我会罡步，精通风水阵法，说不定可以破解谜题。在他们拿到的残页上，记着曾国藩幕僚徐青山的笔记，提到了‘天京战事，多有兵勇厌战，与民居山中，筑房屋，隐终老’云云，姜丰认为，徐青山的记载，提到四象自然、湖悬天际等语，可能和藏宝地有关。虽然有一半污损，无法分辨，但我还是一眼就看出来了，那里和道家风水阵法有非常紧密的关系。”

薛亮兴奋地道：“你知道宝藏埋在哪里？”

李小军道：“没有完整的信息，我也只能是猜测。我告诉他们，想要知道更多的信息，就得找到其他残页，或者提供更多的信息，这也是为什么他们至今没有过多逼迫我的原因。现在，他们派人抢到了薛亮手中的那份残页，最后的信息拼凑完成，藏宝地点很快也可以破解出来了。”

薛亮道：“我差不多可以把残页中的内容背出来。李小军，你想知道什么，都可以问我。”

李小军“哦”了一声，道：“到现在了，你才肯告诉我？”

薛亮笑道：“也是到现在了，我才第一次见到你。换作是你，会把这么重要的信息轻易告诉别人吗？”

李小军不置可否，道：“林静怡夫妇一直以来让我在南京城附近方圆百里范围内，寻找可能的圣库宝藏埋藏地点。他们深信，中统局的机密档案中调查的思路是正确的，通过遍寻曾国藩和他众多幕僚的笔记、书札等文件，发现都和道家相关。所以，在你的那份残页里，有没有和道家有关的记载？”

薛亮深思片刻，道：“你这么一提醒我想起来了，残页中确实记载着一些与此相关的文字，‘夫水之于汋也，绿黄相间，朱雀炷尽，涵道天”，其他的字就缺失了。”

李小军沉思片刻，眉头一挑，道：“我知道了，‘夫水之于汋也’，是老子说的，汋，指的是水自然涌出形成山泉，山泉若泉之有源，是为溪涧之交汇，以流行也。‘绿黄相间，朱雀炷尽’，指的是环境了，必有四象[1]。另一半残页的内容，我看到过，是‘蒙，夫何脩焉’。当时没有理解什么意思，现在与你的信息连起来，就非常清楚了，即‘涵道天蒙，夫何脩焉’。‘夫何脩焉’，怎么去修为，无非是在自然。‘涵道天蒙’，南京附近有一个地名，叫做天蒙山。”

薛亮不由叫道：“看来这笔圣库宝藏，藏在了天蒙山。”

---

1 指青龙、白虎、朱雀、玄武。

李小军点点头，右脚徐徐踩下油门，桑塔纳轿车沿着公路，以时速120公里的速度急驶。三个小时之后，只见前方青山耸起，车辆沿山体盘旋，先前还有路，之后越来越荒凉，林木遍植处，石出路尽，李小军不得不把车辆藏进树林里，折下些枝条掩盖。三人下车，徒步向上攀登。

树密石陡，越向山间行，几不见路。李小军取出罗盘定位，不时以山地和水系调整，山脉起落，山峰绵延，正是玄武垂头，朱雀翔舞，青龙蜿蜒，白虎驯俯。李小军不由“啊呀”一声，道：“这是一个天然的风水组成的四象阵。”

薛亮问道：“风水阵，怎么，很难破吗？”

李小军没有说话，手持罗盘定位，转了数次方位，才道：“天有生气时，会成象，地有生气时，会成形，有气形，而后才有生命。有时候天地万物，生气生形，在风水山形上如同某一个形状，被称为‘天生自然’。按照生气之处辨明来处，即是寻龙捉脉，找到出处，就是看准其聚集点，或者守护或者破掉，这才有了风水局。风水有形，自然最为难得，如果是借此形成阵法，最为难破。”

薛亮道：“你是说，我们眼前就是一个天然生成的风水局？”

李小军点点头，道：“你还记得中统档案残页所录‘朱雀灶尽’吗，这就是生气聚形的位置，十有八九，圣库宝藏在那里。”

薛亮一听就兴奋起来，道：“既然找到了地方，那就赶快走，还在这里干站着做什么？”

刘亦然不由道：“薛老板，你忘了吗，林静怡、姜丰两个人为什么一定要找李小军？”

薛亮想了想，道：“罡步，阵法。”

两人再看李小军，只见他手持罗盘，眉头紧皱，似有不决之事。

薛亮急忙问道：“都找到位置了，还犹豫什么？”

李小军道：“这个风水阵很奇怪，东青龙，西白虎，北玄武，南应该是朱雀。但是，南方的位置，山形气聚，却不是朱雀。”

刘亦然也不由一惊，问道：“这不是四象风水阵吗，不是朱雀，还能是什么？”

李小军并不答言，只是再次拿着罗盘，细细寻脉定穴。一炷香的时间后，李小军道：“我明白了，这不是朱雀，这是凤鸟。也亏得我们没有贸然进去，否则后果不堪设想。果然是天生造化，非人力所能为之。”

薛亮问道：“凤鸟？这和朱雀有什么不一样？这么一变，是不是阵法更复杂，更难进去了？”

李小军手指南方一座山形，道：“你们仔细看，朱雀有冠，那边的山形却没有冠。什么是凤鸟？四方取象，苍龙、白虎、朱雀、龟蛇，各自有形聚气。只有朱雀不知道是什么。沈括说过：‘但鸟谓朱者，羽族赤而翔上，集必附木，此火之象也。或谓之“长离”，盖云离方知长耳。或云，鸟即凤也，故谓之凤鸟。’我方才还在疑惑，方位对，为什么山形聚气不对。后来拿着罗盘仔细再定，发现这里是地盘二十四山，后天八卦阵。这才意识到，那是凤鸟，朱雀最原始的形态，就是由凤鸟来的。”

薛亮看看山形，又看看李小军手中的罗盘，疑惑道：“有冠朱雀，无冠凤鸟。这么小的区别，阵法变化这么大吗？”

李小军笑道：“阵法的变化，小小的差别，那可是失之毫厘，差之千里。阵心是四象，沿着外围，高矮错落，却天然形成了二十四座小山峰。你们注意看，那二十四座小山峰有什么不一样的地方？”

薛亮看了又看，不知所谓，刘亦然也摇摇头。李小军道：“四象位于阵心，但它的外围，则由地盘二十四山按照后天八卦划分。这二十四山包含着八天干、十二地支、四维卦等。若是不懂的话，贸然闯进去，进去出不来。眼看着凤鸟就在眼前，就是不能进去。”

薛亮笑道：“你能够看出来，想必也一定能够进去了？”

李小军道：“乾、坤、巽、艮，这四维卦与后天八卦中的四维卦相同。从这里可以知道，先天八卦与地盘正针二十四山之间，还有一个后天八卦的圈层，想要破了这个阵，推断出地盘正针二十四山的正确方位，只有解开后天八卦圈层。所谓一卦管三山，这里的地势，最奇妙的正是与古罗盘相合。”

薛亮也不知听没听懂，只叹口气道：“这个时候，去哪里找一个古罗盘哟？”李小军将手中罗盘展开，只见罗盘颜色紫黑，天池直径为一点二寸，以象征一年中有十二个月，深三分，以象征一月三十日。罗盘指南针与天池底端的海底线上下重合，即可指定子午线。天地定位，子为北（阴），午为南（阳）。罗盘仅用一圆形指针，红色涂染南端，按阴阳五行之说，南方为火，为朱雀，为赤雉之血所染，因此配以红色。

李小军道：“我这罗盘，传自明朝祖上，现在也有几百年历史了。这罗盘与其他罗盘不同，以后再说其他妙处。你们看，罗盘将圆周 360°均分为八个方向，每卦各占 45°，均分 24 个方向，每山各占 15°。沿着山形聚气，会有什么变化？”

说着他两手平伸，将罗盘稳稳放置，眼前的二十四座山形竟然与罗盘相合，星星点点，隐隐然如同天生地造、双子孪生。李小军转动罗盘，向着太阳的方位，刹那间千万条光线洒在罗盘上，汇聚为一条由灿阳生成的金线。那条金线如蛇舞光华，在罗盘之上蜿蜒曲折，竟在眼前的二十四座山峰间辟出一条路线来。

薛亮不由暗暗称奇，道：“罗盘指定的方向，就是我们要去的方位？”

李小军点点头，手持罗盘在前，薛亮、刘亦然紧随其后，开始向凤鸟方位行进。

暗沟、涵道、清澈流水，组成了一个天然的四象阵，被掩盖在山间密林里。水声叮咚，顺着溪谷水道，遍栽柚子树，他们这才明白“绿黄相间”是何意。树下水道卷走落花漂叶，若是无意间深入，便会被引进死门，找不到出来的路径。

李小军引着刘亦然、薛亮绕石穿林，终于看到一个偌大的天湖，万顷碧波如腰带盘在半山，下面正是溪谷谷底，犹如一个水帽，扣在了溪谷上方。李小军领先，三人逐渐向溪谷中央前行。耳边传来鸟鸣，山风吹拂，临近坡底，眼见得距离朱雀指明的方位不远时，李小军突然停下脚步，示意薛亮、刘亦然低声。

三人俯身于林间，李小军屏息细听，耳边传来大先生气急败坏的声音："赵教授，你这是把我们领到了什么地方，这都转了快一个小时了，怎么又转回来了？"

从林间繁叶的缝隙里，李小军看到了熟悉的身影，赵劲夫在前，陈蕾在后，还有二十来人，被困在暗沟涵道，进出不得。

只听周华道："按照中统残页透露的信息，还有那么多的笔记线索，曾国藩在消失的那一天，将两百军士混着近千劳工押出了天京城，直奔三十里外的天蒙山。藏宝地好不容易找到了，赵副教授，你就把我们大家领到一个迷宫里吗？"

欧静儿道："迷宫？周叔叔，要依我看，我们现在走不出去，恰好说明圣库宝藏就在附近，赵老师将我们带到了正确的地方。只是，我们不知道怎么走出去，那就慢慢走好喽。"

大先生冷笑道："慢慢走？照这个样子走下去，怕是一辈子困在里面也说不定。我说赵劲夫，你倒是赶快想想办法，别在那里傻站着了。"

欧静儿道："大先生，着急也没有用，欣赏欣赏风景也不错。你看那边的大山，像一座半卧半坐的老虎，还有那边，多像一头大孔雀，还有那边，真像是一条龙。赵老师，这些天然山势，是不是就是风水阵法？”

赵劲夫点点头，看了看四周山势，不由叹了口气，道：“要是李小军在这里，这些阵法怎么能挡得住他？”

忽然耳边传来一个声音：“劲夫，陈蕾，别来无恙。这些阵法还真是非李小军破不了。”

陈蕾回身看去，只见林静怡、姜丰夫妇率领三十余人从林间走出，手持枪械，呈扇形将大先生等人围了起来。

林静怡上前几步，道：“大先生，你们的动作倒是快，找到了圣库宝藏所在地，也不说通知我们一声，是想独吞吗？”

姜丰道：“这就是大先生的不是了，王未代表我们夫妇去和大先生谈。按照约定，南京饭局我们出一份残页，所得我们才拿两成，大先生独拿三成，剩余的另两个人分。大先生现在悄悄地来到天蒙山，岂不是违背了诺言？”

大先生指了指林静怡手下三十多把手枪，哈哈大笑，道：“这就是你们的诚意？先把我的人枪都缴了？”

林静怡吩咐手下将大先生等人的枪支捣毁，道：“是你违诺在先，我们不得不提防一二。若是一会儿找到宝藏，怕不是谁的枪指着谁了。”

周华见这夫妇不善，忙上前一步，道：“不知这位老大来自何方，我可是不碍着你们的事。”

姜丰笑道：“周老板，欧小姐，两位既然来了，就跟着一块见识见识，好知道你们的大先生，是怎么准备杀了你们两人，再嫁祸给赵劲夫、陈蕾。这样既能独吞了宝藏，又把锅甩给清古斋。他这条计策要是成功了，幻门这下子该热闹了。”

大先生怒道：“姜丰，你不要信口胡说。”

林静怡呵呵冷笑道：“大先生，你借赵劲夫之力破了圣库宝藏谜题，只是，你没有拿到关键的残页，不知道曾国藩选择藏宝地看中的是这里天然的风水局，稍加改造，便成为浑然一体的阵法。”

听到这话，陈蕾猛然醒悟，道：“那一晚，你听说小军会罡步、阵法，随后就让小军去你的书房密谈了一夜，为的正是这圣库宝藏？”

姜丰笑道：“幻门后人的见识果然不俗。现在，仍然需要李小军出来破解阵法，带我们去藏宝地。”

赵劲夫一怔，道：“李小军？除非他活过来，否则，我们就得永远困在这里，怕也不会如你的意了。”

林静怡笑道：“劲夫啊，既然如此，我这就让李小军出来与你见面，这样你总该不会失望了。”

说着，林静怡大声道：“李小军，你要是听到的话，就赶快出来。”

等了半晌，没有一点儿动静。姜丰上前几步，将手中的五四式手枪指向陈蕾的额头，道：“李小军，你再不出来，就等着替陈蕾收尸吧。”

只听林间簌簌响动，陈蕾惊讶地看到李小军从柚子树间走了出来，笑眯眯地来到姜丰面前，道："姜先生，何必如此呢？"

话犹未了，欧静儿已几步跑了过来，一个耳光扇在李小军左脸上，大喝道："王未，你骗我。"听声音几乎要哭出来。她再伸出手打时，被李小军一把抓住，喝道："你要想活着出去，就安静一会儿。有命出去，我再和你解释；死了，就什么也不要说了。"

欧静儿松开了手，双眼只是望定了李小军，似有千言万语，一时无尽。

林静怡笑道："其他人呢？也出来吧。"

姜丰将手枪保险打开，朝着树林喊道："刘亦然，薛亮，识相的，也别耽搁工夫了。"

刘亦然、薛亮先后出了密林，走上前来。刘亦然看到陈蕾，笑了笑，道："这么不小心，被枪指着头。"

陈蕾一时悲喜交加，想骂几声，冲上去打几下，却将如火般的情绪压在心里，只是笑道："又不是第一次，你要是害怕，可以转过身不看。"

刘亦然笑道："可我要是转过身，你看不到我的脸，那该怎么办？"

陈蕾眼中一热，几乎要流出泪来，赶忙道："谁稀罕你的脸？我只想问你，小军活着，你早就知道了？"

姜丰见两人意绵情长，对李小军道："小两口叙旧，你也看到了，小军，你恐怕要失望了，不是你的终归不是你的。我早和你说过，是你自己一意孤行，要背叛我们。”

李小军看着姜丰，强忍着不看向陈蕾和刘亦然，道：“你早知道了？”

“你拒绝听从指示，我们就知道圣库宝藏这件事靠不得你，但我们又离不开你，我们拿到的档案残页上面写得清楚，‘绕数周，无法前进一步，五人失踪，来去三番，难以破解，不得不退去’。所以一听你懂得罡步、道家风水阵法，就知道你是我们要找的人，可惜你不识相。”姜丰道，他又转向林静怡道，“我早说过，天门的人不易收服，这下子你相信了？”

林静怡冷笑道：“让一个人死心塌地做事，就是让他相信自己掌控了一切，他才能按照你画好的路线，一步一步走下去。天门的人不易收服，但是可以让他按照设计好的路线，泄露信息给周华、欧静儿，引着大先生入局，若是由我们来说，他们怎么能信呢？让李小军来做，还是能够让他为我所用的。”

她转过脸，又对李小军道：“现在，你也看清楚形势了。我让你来，你不来，现在你既然自己来了，那就老老实实带我们走出阵法，找到圣库宝藏。说不定，还可以放你们一条生路。”

李小军深思片刻，忖度形势，对欧静儿道：“你还相信我吗？”

欧静儿摇了摇头，又点一点头，李小军道：“那就跟着我走，看清我走的路。”

李小军又对陈蕾笑笑，看了一眼刘亦然、赵劲夫，转身绕树过石，向前走去。欧静儿、陈蕾、刘亦然、赵劲夫等人紧随其后，那一边，大先生、周华等二十余人早已被林静怡夫妇的手下缴了枪械，押着人跟随。

一路之上，刘亦然将为何去南京参加饭局一事，详细告知了赵劲夫与陈蕾。陈蕾看着前方的李小军、欧静儿，喜忧交加，又问刘亦然：“我不怪你接到小军的信息去南京，但你为什么不和我说？”

赵劲夫忙道：“陈蕾，这一点你还真怪不得亦然。你想想，小军为救你而死，他与你结了娃娃亲，亦然是你的未婚夫，这种情感上的冲击，你都无法接受，更何况亦然？亦然要是和你说，小军可能没死，万一将来发现消息是假的，那对你来讲就是在伤口上撒盐。你要知道，这个世界上最痛苦的事，是给人一个希望，再亲手毁了它。这种情况下，亦然他怎么可能和你说？他只能先去南京一探虚实，看情况再做决定。”

赵劲夫说完，刘亦然露出感激之色，再看陈蕾，那种责怪他的神色已经释然了。

前行道路曲折，草石杂间，越往谷底，更无路径，一片人迹罕至的模样。林静怡派人手拿砍刀，在李小军身后开路，慢慢便发现，砍出的路径正是八卦九宫式样，由外向里一圈圈绕进谷底，越近朱雀方位，前方越是开阔。

突然前面传来大叫，林静怡、姜丰忙赶过去，只见前方隐约竟出现了一座座房屋，不由失色。正自讶异，只听一片吵嚷声，前行的众人一窝蜂地拥过去，紧接着传来房屋倒塌的声音，“哗啦啦”的声响中腾起阵阵尘土。

尘烟散去，众人眼前出现了不可思议的一幕：一座小型的村庄，竟然在谷底无人处，排排呈八角形修建，杂草长满高墙屋堰，十余排坟墓沿村边排列。往村内走，不时可见墙倒屋歪，数一数，竟有百余座房屋之多，大多残破不堪。

姜丰命人先将大先生手下捆绑，派两个人看守，其余人则四处寻找，片刻后回来报告未有收获。林静怡将李小军、赵劲夫带到面前，姜丰派人拿枪顶住陈蕾、刘亦然，林静怡一字一句地问李、赵二人：“要么是你没带对地方，要么，就是你有话没说。”

李小军看着眼前黑洞洞的枪口，并无惊慌失色，慢慢道：“这里是凤鸟头部位置，也是阵心，正是易守难攻之地，如果有宝藏，那也就在这里了。”

林静怡将目光转向赵劲夫，道：“赵劲夫，你说出来，只有好处，没有坏处。说不出来，那边有现成的坟墓，再多埋你们几个人也不算什么难事。”

赵劲夫反问道：“你威胁我？有那个时间，还不如多想一想，你杀了我们李小军还会不会带你们出去。”

姜丰示意手下将陈蕾押过来，道：“有陈蕾在，让小军做什么，他就乖乖地做什么。你信不信，赵劲夫，我现在让李小军跪下来，他也得听话！”

姜丰说着将枪口指向陈蕾，对李小军道：“小军，你觉得我说的话是不是真的？”

眼见着李小军向陈蕾走动一步，欧静儿忙叫道：“李小军，你不要跪。”话犹未了，她突然向前猛跑几步，撞向一堵歪斜的墙，只听“轰隆”一声响，那堵墙现出一个大洞。欧静儿俯身在倒塌的土堆中用手翻捡，站起身时，手中多了两块白亮的银锭。

李小军眉头紧皱，刚叫了一声“欧静儿”，姜丰一个箭步冲上前去，接过欧静儿手中的银锭，仔细看了看，惊喜地冲林静怡喊道：“这些房子，墙里面都是银子！”

众人一片哗然。林静怡、姜丰这才意识到，谷底的每一座房子，青砖其外，缝隙由泥灰抹过，里面皆是银锭。

姜丰不由欣喜地对林静怡道：“我明白了，中统局档案记载徐青山笔记看来准确无误，说‘天京战事，多有兵勇厌战，与民居山中，筑房屋，隐终老’只是一个借口，效仿《桃花源记》的故事让这些人的行为合理化，才不致让人猜疑。应该是曾国藩派徐青山寻找藏宝处，事先瞧准了天蒙山，再命人将圣库宝藏偷运出天京，在这坡底朱雀方位修建房屋，将金银藏于其中。如此机巧，怕也只有徐青山能想得出来。”

此时林静怡的手下纷纷向前，手推肩撞，本已摇摇欲倒的房屋晃了几下，即刻倒向地面，一块又一块银锭露出来，映着阳光散发出耀眼的白色。众人顿时乱作一团，纷纷涌向谷底更多房屋。

趁着人群哄闹，三四个人悄声摸了进来，迅速杀掉了林静怡的两名看守手下，将大先生等人的绳索一一解开。大先生大叫一声，二十余名手下发声喊，与林静怡手下各自纠斗起来，一时枪声大作，刀棍交加，混战成一片。

不多时，大先生、李小军等人合力将林静怡、姜丰等击败，拿绳索捆绑起来。仔细查点，大先生也折损了超过一半的人，只剩六七人，个个伤痕累累，坐在地上哀号连声。原来，带人袭击林静怡等人的，是代替大先生主持南京饭局的马卫。马卫胸前左侧中了一刀，血流不止，扯了一块布作简单包扎。

大先生此时方明白，为什么欧静儿将歪斜的屋墙撞出洞来，利用银锭吸引注意力，是在给马卫动手留出空间。

欧静儿道："刚才形势危急，我早看到马卫在旁边躲着，不逼他一下，他也不会出现。大先生的人比林静怡他们的人少，还被看押着，想要给马卫制造机会，只能引发他们哄抢。李小军、赵劲夫，你们早就看出这墙里是银锭，只是不愿意让林静怡他们得逞。既然你们不肯，那就由我来，虽然冒了些险，但现在看来，我的判断是正确的。"

林静怡却不慌不忙，道："大先生，周华，现在谁胜谁负还不一定呢，马卫，你说是不是？"

众人还没有反应过来，马卫已手起刀落，割了周华的喉咙。鲜红的血喷溅在大先生的脸上身上，他满脸惊恐，一时错愕不已，刚想说话，马卫一脚将他踹倒，再一步上前，扭住他的脖子，拿刀逼住。

情势突变，大先生忙道：“马卫，我待你不薄，何必如此害我？你现在回头，我还可以给你一个机会。你要知道，林静怡她能杀我，也能杀你。”

林静怡笑道：“马卫，你要想明白，他给不了你一切，你想要得到什么，必须自己来争取。我只是提供一个难得的机会，你能不能把握得住，还要看你自己。”

马卫将尖刀缓缓放在大先生咽喉处，问道：“大先生，你还有什么好说的？趁现在还有机会说，过一会儿啊，可就要去找周华做伴了。”

大先生冷笑道：“杀了我，你也就死定了。你吃的解药，确定是真的无疑？”

马卫一愣，道：“你给我的解药是假的？”

大先生道：“你杀了他们，我给你解药。”

姜丰哈哈大笑，道：“马卫，都这个时候了，你还相信大先生？”

突然欧静儿叫道：“马卫，你想要的解药，在我这里。”

马卫看看欧静儿，又看看林静怡夫妇与大先生，一时不知该信谁的话。

李小军见马卫犹豫，心中一动，道：“马卫，我只问一句，孙老大、孙老三是不是你杀的？”

欧静儿道：“解药就在我这里，你把这事说清楚！”

马卫道：“都到这个时候了，也没必要瞒你们。”他左手一指林静怡夫妇，道：“林静怡给了一百万要我杀孙老大，又许我十分之一的宝藏分成。饭局中我点了刘亦然的穴道，杀了孙老三，然后派人假借陆先生的名义追杀刘亦然，在吉柳村抢薛亮手中的残页，偷庞际云的笔记。林静怡，我给你干了这么多事，你却只分我一成，你也真是贪心不足！谁都和钱没仇，现在的形势，我老大你老二，你也不要怪我要反你。谁把解药交出来，谁就是我的朋友，否则的话，你们黄泉路上当朋友吧！”

李小军道：“可是你估计不知道，孙老大兄弟两个，林静怡与姜丰本来是交由我来杀的？”

马卫一怔，看向林静怡夫妇，李小军又道：“但我没做，你知道是为什么？因为我不愿意做一颗任人宰割的棋子。我没有做的后果是什么？马卫，他们夫妇派人去我家给我母亲下毒，我被胁迫得生死不能、不知道怎么办的时候，他们却以解药控制我。这说明什么？他们不会允许你这个棋子不在掌控中。所以，大先生在南京为参与饭局的人准备下毒菜之前，你就已经吃下了慢性药剂，难道你没有感觉？”

马卫满脸狐疑，欧静儿道：“马卫，你不用想了，你就是一颗棋子。你想不想当这颗棋子，身不由己。从你被人当棋子的那一刻开始，就已经注定要死，谁也救不了你。”

大先生忙叫道：“马卫，你不要听她胡说，我是你老大，你不相信我？”

马卫面露惨淡之色，冷笑一声，道：“大先生，我信你，你何尝信过我？在你拿到残页，准备南京饭局时，你就让我吃下了毒药，你以为我不知道？明摆着饭局之后我是死定了。你如果要我活，为什么还要陆珍记在去往东北时，在合适的时机杀了我？若不是陆珍记将事情告诉我，救了我的命，还没找到圣库宝藏，我就被你灭口了。”

欧静儿“哦”了一声，指着大先生道：“哎呀，你真是好毒的心肠，成心想要害死马卫，这就是磨还没有卸下来，你就想着要把人杀了。看马卫现在的样子，你们真是不拿他当人看。”

马卫不由惨笑道：“我无非是一个普通人，想通过自己的本事博一个前程。我不惜杀人犯法，却仍然被你们这些人抛弃，既然这样，我们的命，到底谁贵谁贱，今天就来看一看。大先生，你喜欢金银宝藏，拿人命当草芥，那好，我就满足你的心愿，这辈子你就和这些金银生死在一起吧！”

说着，马卫将大先生扭住，用力向反方向一扯，大先生登时歪倒在地，命丧谷底。

欧静儿忙道：“马卫，你想要的解药在我这里。小军在母亲经此一难后就存了心，后来在南京饭局时得知欧家来自日本，他就联系了我，委托爸爸在日本配出了解药。如果我猜得没错，你被林静怡下的毒，和小军妈妈中的是同一种毒。只不过，你中毒日久，能不能撑到走出天蒙山得问问林静怡。”

林静怡脸色一变，道：“马卫，你不要听她胡说。”

话犹未了，马卫两步走上前来，手中尖刀对准姜丰，对林静怡道：“只说一件事，是不是你下的毒？”

姜丰见情势不妙，大喊一声“要活命的，就跟他们拼了”，立时与马卫舍命相搏，两人扭打在一起。现场一片混乱，林静怡从地上抄起一把枪，指向马卫，“砰”的一声，子弹在地面激起碎石。欧静儿与陈蕾离林静怡最近，陈蕾拽住她的右手，欧静儿将枪死命夺下，重重砸向林静怡头部，这才将其制服。

刘亦然与赵劲夫将姜丰双手扭住，捡起一条绳索捆住，再看马卫，左胸中了一枪，加上刀伤，眼见活不成了。马卫从裤兜里掏出一个起爆器，对那些手下道：“你们几个从天蒙山上到谷底，可曾看到那个天湖？哈哈，还是林静怡、姜丰这两人的指示，我预先在天湖埋了炸药，不多，但足够把天湖炸出一个口子。只要我一按，那里的水就会流下来，把整个谷底淹没。我们没有仇，你们也没必要为救林静怡和我拼命。我只说一次，放下枪，跟李小军走，你们再不走就来不及了。”

那些人看着马卫手中的起爆器，将手中枪械丢在地上，扶着受伤的同伴，看向了李小军。马卫咳嗽着，轻声喃喃道：“人算不如天算，算得再好，却中了这一枪。”

他又转向李小军道：“谁想做普通人呢？我比不上你们，天资差，靠着跟师父吃苦狠狠地苛待自己，才学了一手功夫。可有本事了，又有什么用，还不是得不到赏识？”

说着他咳嗽几声，嘴角流出血来，喘息着道：“遇到林静怡、姜丰，我以为自己抓住了一个机会，一个能够改变自己命运的机会，所以甘愿被利用，也愿意当棋子，尽管可能会失败，但失败了又怎么样？还能比现在更差？如果成了，就是完全不同的另一种人生，这种赌注，让我愿意押上自己的一切。可惜，我还是赌输了。”

李小军急忙道：“跟着我们走，你还有机会活。”

马卫惨笑道：“李小军，你带着他们走吧。留下林静怡、姜丰，我倒要和他们好好聊聊天，这黄泉路上有的说了。”

李小军犹豫，想带马卫一起走，马卫已按下了手中的起爆器，只听从天湖的方向遥遥传来“轰隆”一声。马卫道：“这是第一炸，再按两次，天湖的水就谁也挡不住了。”

李小军只得带人从溪谷谷底出发，只听身后林静怡疯了一样地大叫，马卫笑道：“姜丰，不管管你老婆？那我来管。”一个响亮的耳光声过后，再也听不到林静怡的声音。

马卫喊道：“姜丰，你们既然喜欢宝藏，那咱们就一起留在这里，陪着宝藏吧。”面对无可挽回的结局，姜丰大叫大嚷，声音逐渐消失在谷底。

李小军带着刘亦然、赵劲夫、陈蕾、欧静儿、薛亮及七八名逃出来的手下快速向外撤退，刚刚到达溪谷入口，就听两声巨响，向下望去，只见天湖湖水向溪谷谷底倾泻而下，须臾间淹没了谷底。圣库宝藏，连同马卫、林静怡、姜丰等人，一起消失在天蒙山水底。

一周的时间，众人各有事情要办，日子仿佛过得飞快。

欧静儿对李小军很好奇，搞不明白他是如何从那些看似寻常的花草、林木、顽石之中，找到逃出生天的道路的，那一只罗盘，到底有什么神奇的地方。

李小军的回答，并未让欧静儿满意，因此她向李小军提出一个近似完全无理的要求：鉴于李小军曾经用王未的化名欺骗过她，因此他欠她一个人情，这个人情需要李小军无条件偿还。所以当李小军要回万安村时，欧静儿提出同行，她要去李小军的成长之地，挖掘埋藏在万安村的秘密。她说："李小军，你如果还是一个男人，就必须答应我的要求。"

李小军没有理由否认他是一个男人，只好带着欧静儿一起登上了去往江西的航班。临行之时，他没有和任何人告别，这是欧静儿的主意，她对李小军说："你和姐姐定了娃娃亲，却永远不可能和她成亲，你这会儿去见她，她如何面对你呢？不如先走，免了这份尴尬。等你觉得什么时候可以面对了，那时再见面，岂不更好？"

直至回到了万安村，李小军才给赵劲夫打了一个电话，那时赵劲夫正在符号研究所接待来此拜访的薛亮与刘亦然。放下电话，他对刘亦然道："小军让我给你转达一句话，他说，你不计生死参与南京饭局，这让他明白了一件事，你和他，是同一类人。因此，不必说抱歉，只说一声感恩。他说了，你会明白他的意思。"

刘亦然若有所思，细想后不免叹息一声。

薛亮笑道：“有意思，彼此相知，感恩以沫。你们之间的事我是不懂了，只不过，看了符号研究所的东西，让我想起一件事，我要邀请赵教授去趟旧金山。我相信，那里的符号隐藏的秘密，会让你流连忘返的。”

辞别赵劲夫，薛亮在离开北京之前，最后去的地方是“前门大栅栏，清古万向斋”。只是陈刚仍在东北未回，无缘一见。薛亮对陈蕾说：“来了北京城，不去清古斋，那我回到旧金山，怎么和朋友们讲清古斋的百年传奇，陈家至宝‘双无痕’？难道说我光长了张嘴，没有长眼睛？”

明知是奉承，陈蕾还是被逗笑了，他有救刘亦然之功，也不好拒绝，只好打开多宝柜，取出御金卫之双无痕。薛亮惊叹连连，又要看无棱窗，陈蕾只好再向薛亮讲解无棱窗的奥妙所在，薛亮这才心满意足地道声谢，离开清古斋。

刘亦然送薛亮前往机场返回旧金山。登机安检前，两人话别，分手之际，刘亦然突然问薛亮：“我到现在还没明白你为什么救我，只怕没有你说得那么简单吧？”

薛亮想了想，笑道：“在我回答你的问题之前，我能问你一件事吗？”

刘亦然点点头。

薛亮道：“在香港古董店的时候，你说过一句话，圣库宝藏，无论有多少金银财宝，只不过是在激荡的历史风云变幻中，无数人的命运在其中身不由己。不要说是曾国藩的选择，或许任何一个人在那种复杂的命运关头，根本没有选择的余地，只能接受命运的选择。只是无论选择了哪一条路，这条路的终点在什么地方，那时回头，方知千难万难。我想知道，你现在明白路的起点在什么地方了吗？”

刘亦然一怔，随即明白了薛亮的意思，不由哈哈大笑，道：“薛老板，你为什么救我，我懂了。”

薛亮也笑了，挥手道别，转身走进安检通道，消失在人流之中。

机场人来人往，不相识的路人分赴各方，身处其中，刘亦然一时感到些许落寞，犹如那日在香港古董店，他看到店内悬挂着“大义参天”的匾额时，命运的结局，就在一瞬间决定了。

刘亦然理解薛亮的话，包括他在内，赵劲夫、陈蕾、李小军等等，甚至圣库宝藏牵扯到的每个人，周华、马卫、大先生、林静怡夫妇、孙老三，哪一个人不是在随时随地做出抉择？只是这选择之路，胜败荣辱，不在于终点，而在于天地之间起点为何了。

附 录

小说是时间的艺术：从叙事视角到时间轨迹

孟繁勇

阅读本书，读者自然会感觉到故事的不同，我想说的是，本故事是用时间轨迹的手法创作完成的，用这种手法创作的故事超级好看。那么，什么是时间轨迹？这就需要厘清一个重要问题，小说是什么。

我认为，小说是时间的艺术。在小说的世界里，时间拥有至高无上的权力，是统治文学世界所有一切的国王。

关于时间在小说中的存在

对于文学所表现的时间，一种解释为感知世界过程中的心理时间或者生活时间，比如以乔伊斯、普鲁斯特的作品为代表的意识流小说——这正是时间通过感知的方式被理解的局限性。

在我们所感知的世界中，客观的时间和自然的时间（包括宇宙时间与历史时间等等），在时间的发生过程中刹那即逝，难以被抓住。导致的结果，便是文学在表现自然时间与客观时间时的无能为力，似乎只能以心理时间或者生活时间进行记录——比如，在意识流小说中，一瞬间发生的事情，就需要用大量的文字进行还原。文字相对于时间，容量太小，很容易满溢。

也就是说，如何感觉时间和如何理解时间，是两个问题的方向。我们的世界被时间统治，而对于时间理解的偏差及时间的深不可测，为我们理解世界为什么以某种姿态存在，而不是另一种状态存在，蒙上了一层神秘的面纱。在此情况下，必须搞清楚两个问题：什么情况下时间才可以存在？它的存在方式又如何呈现？

如果任何存在无时间性，那么我们只能得到一个结果：宇宙从未开始，世界就此终结。正因如此，当我们说到存在的时候，理解就出现了偏差。实际的情况是：从时间的意义上讨论存在，我们讨论的就是一个缺乏时间内涵的存在。而把存在的现象，如日出日落、开花结果等理解为时间的维度，事实上那只是主观意识中时间的空间化，而远非时间的真相。也就是说，当用时间标志事物发展的某一个位置（或者阶段），我们得到的结果，实际上只是将时间空间化了——这恰恰是导致我们对时间问题迷惑的根本原因之一。

而对空间的时间维度理解偏差，由此带来的问题是：

第一，什么时间是流逝而去的时间（过去）？

第二，什么时间是能够捉到的时间（现在）？

第三，什么时间是还未到来的时间（未来）？

我认为，在小说中存在的时间，含义完全不同。时间顺序并非过去、现在、未来，而是过去、未来、现在。在此过程中，过去，是早已消逝的未来。未来，是尚未到来却已注定消逝的现在。现在，是不断消逝的过去。

关于时间的运行方向

人类经验告诉我们，在能量本身是有效的状态下，物质（事件）才可能存在变化过程，实际上，这正是时间从有效转向无效的过程。能量的转变从形态上产生的变化，即成为时间的运行方向，这不是通常认知下的线性时间之箭，而是呈发散状的非线性时间。无数能量转变形成的世界，则是在时间存在的前提下相互作用、碰撞的结果，最终形成了神秘、博大，不知何始、不知何终的世界模样。进而，由时间控制的逻辑，造就了世界的神秘。

世界的变化，某种程度上是物质的相对位移，空间是基础，时间是其决定因素。时间相互作用的意义，在于世界在此基础上，才能够形成原因与结果两者之间的对等关系：因，可以成为果；果，也可以成为因。因此，对于文学中的世界，唯一的可能，是我们只能够借助时间去观察、描述真正的世界。

世界的呈现，具体到某一事件过程，是在纷繁世界中的特殊表现。被证明了的只有一点：被特殊性事件掩盖了的，是决定事件为何发生的关键时间。时间，被遮掩于存在的面纱之下，每一个时间都被与之相邻并发生相互作用的时间所禁锢。宏观上观察，世界如此不可思议，甚至是神秘莫测的，无法全部理解的。但在微观上，每一个时间，对应的则是无法计数的时间之间的相互作用。时间在多个方向上任意过渡，取决于每一个时间作用力的大小，是连续地吸收其他时间的结果，进而循环，彼此互为因果。这就是心理时间或者生活时间中的可逆与自然时间存在的可逆的重要区别：前者模仿世界；后者，将自然世界从A点直接搬到了B点，进而在文学的意义上生成（而非创造）了第二个真实且神秘的世界。

关于感官系统与时间的关系

世界之所以精彩，首先在于感官对事物的识别，如视觉、听觉、嗅觉、味觉、触觉等感官系统。正是由于有了眼睛（视觉）、耳朵（听觉）、鼻子（嗅觉）、舌头（味觉），以及手、脚等身体其他各个部位（触觉），感官相对于世界某一特殊物体的刺激做出回应，世界才呈现于人前。这是我们获取外部信息的唯一方式，同样也是作家借以感知世界并描述世界的唯一渠道。

当感官系统受到某一特殊事物的刺激时，反应不仅取决于刺激的强度，更取决于感官世界据此所判断的刺激物之间的关系。这就是贝纳特的“适应水平说”，即焦点的刺激、背景的刺激和残存的刺激。这个心理物理学上著名的观点，被用于解释社会行为和人格过程。

小说被以文字的形式描述呈现，无论是全知全能视角、内视角、外视角等，基础是建立于某个感官系统之下的叙事视角。脱离感官系统，不会产生任何叙事视角。也就是说，叙述语言中对故事内容进行观察和讲述的特定角度，同样的事件从不同的角度观察就可能呈现出不同的面貌，来源于刺激物为感官系统提供的角度。但上述叙事视角有一个共同弱点，都忽视了时间存在的重要影响。

我们将重新定义的时间概念(以下所述时间，皆为重新定义的时间概念和时间存在状态)，时间状态顺序为过去、未来、现在，而非过去、现在、未来。三个时间概念在小说中的存在模式，分别为“过去，是早已消逝的未来。未来，是尚未到来却已注定消逝的现在。现在，是不断消逝的过去”(每一个皆为独立时间，每一个独立时间，皆包含着过去、未来与现在)。引入上述感官系统“叙事视角”，对于物理世界中的感官系统而言，是在时间存在的前提下，上述感官系统对刺激物多重关系相互作用的结果。感官系统对于世界的反应，决定权在时间运行轨迹的基础之上，与感官系统的差别存在，以及感官系统的某一特殊感官对某一事物的刺激最先做出反应。不能不说的一点是，这是由复杂至极的无法计数的时间运行轨迹引发的连锁反应，但人们(包括作家)仅关注到感官系统的直接结果，感官对刺激物所做出反应的强度为何，决定了感官系统对世界的判断，而忽视了其背后的时间存在。

也就是说，依附在时间之上的事件的发生，则是在时间控制下的感知世界的功能，如视、听、嗅觉等感官系统的协同作用之下，才得以展现。刺激物被感官突出强化的结果，与被感官系统漠视的结果，是由时间存在运行轨迹这一基础决定的。

比如在触觉中产生的疼痛感，肌肤感觉痛，取决于在哪一个时间点事先察觉，进而引发其他感官系统在时间轨迹存在的前提下产生的连锁反应。在此之前，其他感官系统是无法察觉的，痛觉的关键独立时间存在，是被感官强化的结果。而感官系统的其他部分，则在这一时间点处于停滞状态。感官系统如视觉、听觉等参与由痛觉引发的活动（反应），在于引发痛觉的关键时间何时发生。进而，随着时间轨迹的不同，所引起特殊事件的感官系统连续反应也是不同的。甚至由于时间轨迹出现细微的变化，事件会产生截然不同的多维方向。

也就是说，感觉世界的方式，取决于感官系统，如听、视、嗅觉等。感官系统呈现世界的方式，取决于感官对刺激物的反应呈现何种时间轨迹。并且，时间轨迹发生的顺序，影响下一个依附在时间之上的事件（行为），进而，形成特殊事件发生的轨道，由此决定了事件为何以某种方向运行。

关于时间轨迹的雪球效应

时间轨迹如同一个抛出的雪球（雪球就是那个独立的时间），在时间无边无垠的雪地上沾起与之相邻的时间雪粒，随着连续吸收其他雪粒，导致不同独立时间相互作用的雪球效应越来越大，汇集为决定事件为何发生的独立关键时间。而独立的时间雪球，对应的则是无法计数的不同的时间雪球，它们之间连续碰撞、吸收、互相发生作用力，使得依附其上的事件发生质变，最终呈现出世界的本原模样。

时间雪球最终因体积过大与其他时间雪球碰撞导致崩溃，使得事件达到顶点，这就是事件高潮。随后，从高峰瓦解重归至时间雪粒，时间转而由有效转向无效，等待下一次雪球效应的到来，被吸收，组成另一个时间雪球，进而开始下一次循环。

时间轨迹在事件发生的轨道上，与周围的时间发生碰撞之时，彼此之间紧密结合。同一时间，相邻部分皆为独立存在的时间，每个独立存在的时间，皆包含着“过去、未来、现在”三种属性。时间的运行轨迹方向，可能是上述三种情况中的任何一种，之所以成为过去、未来、现在的任何一种时间状态，原因为与相邻独立时间的结合，连续吸收其他独立时间的结果。而独立时间控制下的独立事件，也就因时间运行轨迹的不同，产生变化，形成时间延续下的阶段结果。

时间雪球效应的发生与空间的关系

微观世界里，一个空间内，对应的则是单一的独立时间。但当时间雪球效应发生，随着连续与之相邻的时间发生相互作用，彼此之间吸收、碰撞时，空间与时间的关系将会发生变化：初始由单一空间对应独立时间，后为一个空间对应N个时间轨迹，再转至无数的空间内的时间轨迹存在，直至发展为N个空间对应N个时间轨迹之后，导致事件发生的独立关键时间出现，无数的关键时间的发生，最终促使建立在时间基础之上的事件沿着时间内生性逻辑确定的方向前行，而由时间内生性逻辑控制的N空间与N关键时间的相互作用，再次产生雪球效应，N循环的结果，就是感官系统呈现的世界模样。

由此，作为影响文学世界的时间轨迹，生成（由时间轨迹主导）而非创造（由作家叙事视角主导）了文学世界。从时间的角度考量，叙事视角的背后，被遮盖了的是更精准的时间轨迹。形成的结果是，文学世界并非由叙事视角引发，而是以时间轨迹为基础构成的时间内生性逻辑控制。

关于扁平化写作与立体多维式写作

叙事视角主导的小说创作，其自身欠缺时间的存在，是单一扁平化（视角）写作方式。无论是全能视角还是其他视角，都是主观意识的产物：由作者借来的单一视角，无法呈现本原世界的多维性。即单一空间，只对应单一时间。所造成的结果，是由叙事视角统治的小说，时间是固定的，文字是固定的，一旦落定，永远不会再动。

而由时间的理论基础形成的文学世界（时间轨迹），是立体多维式写作，如《庄周睡了，庄周醒了》。相对应的时间是运动着的活跃时间，引发的则是文字运动的跳跃，导致整个小说文本是运动活跃的，如同本原世界的事物不会是固定不动的，而永远是运动着